SECRETOS A VOCES

Alice Munro

SECRETOS A VOCES

Traducción de Flora Casas

GIROL SPANISH BOOKS
P.O. Box 5473 LCD Merivale
Ottawa, ON K2C 3M1
T/F 613-233-9044 www.girol.com

RBA

Título original en inglés: *Open Secrets*
© Alice Munro, 1994
© traducción: Flora Casas cedida por Random House Mondadori, S. A.
© de esta edición: RBA Libros, S.A., 2010
Santa Perpètua, 12 - 08012 Barcelona
rba-libros@rba.es / www.rbalibros.com

Los relatos que se detallan a continuación fueron publicados originalmente en *The New Yorker*: «La virgen albanesa», «Entusiasmo», «El Jack Randa Hotel», «Secretos a voces», «Una vida de verdad» (originalmente titulado «A Form of Marriage»), «Vándalos» y «Estación del Vía Crucis»; en *Paris Review*: «Han llegado naves espaciales». Partes del diario de «Estación del Vía Crucis» están tomadas de los relatos escritos en 1907 por Robert B. Laidlaw.

Primera edición en esta colección: abril de 2010

Ref.: OAFI401 / ISBN: 978-84-9867-768-3
DEPÓSITO LEGAL: B-14.378-2010
Composición: Manuel Rodríguez
Impreso por Liberdúplex

ÍNDICE

Este libro está dedicado a las amigas fieles:
Daphne y Deirdre, Audrey, Sally, Julie,
Mildred y Ginger y Mary.

ENTUSIASMO

CARTAS

En el comedor del Commercial Hotel, Louisa abrió la carta que le había llegado aquel día del extranjero. Comía filete con patatas, como de costumbre, y para beber, un vaso de vino. Había unos cuantos viajantes de comercio en la sala y el dentista que cenaba allí todas las noches porque era viudo. Al principio demostró cierto interés por ella, pero un día le espetó que nunca había visto a una mujer que probase el vino u otro tipo de alcohol.

«Es por mi salud», le dijo Louisa con expresión grave.

Cambiaban los manteles blancos todas las semanas y mientras tanto los protegían con tapetes de hule. En invierno, el comedor olía a tapetes restregados con una bayeta, al humo del carbón del horno y a salsa de ternera, patatas secas y cebollas, un olor no desagradable para quien entrase del frío de fuera con hambre. En cada mesa había una salvilla con el frasco de la mostaza, el de la salsa de tomate y el tazón de rábanos picantes.

La carta iba dirigida a la «Bibliotecaria, Biblioteca Pública de Carstairs, Carstairs, Ontario». Llevaba fecha de seis semanas antes, el 14 de enero de 1917.

Quizá le sorprenda tenr noticias de una persona que no conoce y que no se acuerda de cómo se llama. Espero que siga siendo la misma bibliotecaria aunque ha pasado tanto tiempo que a lo mejor se ha marchado. Lo que me ha traído aquí al hospital no es demasiado grave. Cosas peores veo a mi alrededor y aparto el pensamiento de todo esto imaginándome cosas y por ejemplo pensando si todavía estará usted ahí en la biblioteca. Si es usted la que digo, es de mediana estatura o quizá no exactamente, con el pelo castaño claro. Llegó usted unos meses antes de que yo me fuese al ejército cuando murió la señorita Tamblyn que llevaba allí desde que empecé a ir yo, a los nueve o diez años. En su época los libros estaban un poco manga por hombro y se jugaba uno la vida si le pedía la mínima ayuda porque era una verdadera fiera. Así cuando vino usted menudo cambio, porque lo colocó todo en secciones de literatura y de ensayo y viajes e historia y ordenaba las revistas y las sacaba nada más llegar en lugar de dejarlas cubrirse de polvo y de moho. Yo se lo agradecí mucho pero no sabía cómo decírselo. Además pensaba que por qué habría ido usted allí, siendo una persona culta.

Me llamo Jack Agnew y mi tarjeta está en el cajón. El último libro que saqué era muy bueno, *La humanidad en formación*, de H. G. Wells. Llegué hasta el segundo año del instituto y después entré en Doud como tantos otros. No me alisté nada más cumplir los dieciocho o sea que no me puede considerar un héroe. Soy una persona a la que siempre le ha gustado tener sus propias ideas. La única familia que tengo en Carstairs y en cualquier otro sitio es mi padre, Patrick Agnew. Trabaja para Doud, no en la fábrica sino en la casa, de jardinero. Es todavía más lobo solitario que yo y se va al campo a pescar en cuanto puede. A veces le escribo una carta pero me extrañaría que la leyera.

Después de cenar Louisa subió al salón de señoras del segundo piso, y se sentó a la mesa para escribir la respuesta.

Me alegro mucho de saber que se dio cuenta de lo que hice en la biblioteca, aunque sólo era la organización normal, nada especial.

Supongo que le gustaría tener noticias del pueblo, pero no soy la persona más indicada, por ser forastera. Hablo con la gente en la biblioteca y en el hotel. La mayoría de los viajantes de comercio hablan de cómo les va el negocio (bien si consiguen los artículos), un poco sobre enfermedades y un mucho sobre la guerra, y hay rumores y más rumores y montones de opiniones, que seguro le harían reír si acaso no le enfadaban. No voy a molestarme en contárselos porque seguramente esta carta la leerá un censor y la haría trizas.

Me pregunta por qué vine aquí. La historia no tiene nada de interesante. Mis padres murieron. Mi padre trabajaba en la sección de muebles de Eaton's, en Toronto, y después de su muerte también empezó a trabajar allí mi madre, en la sección de ropa de casa, y yo en la de libros. Podríamos decir que Eaton's es como el Doud de aquí. Fui al colegio religioso de Jarvis y después estuve enferma en el hospital una larga temporada, pero ahora estoy bien. Tenía mucho tiempo para leer y mis escritores favoritos son Thomas Hardy, al que acusan de pesimista, pero yo creo que lo que dice es verdad como la vida misma, y Willa Cather. Dio la casualidad de que estaba en este pueblo cuando me enteré de que la bibliotecaria había muerto y pensé que a lo mejor era el trabajo más indicado para mí.

Ha sido una suerte que su carta me llegara hoy porque están a punto de darme de alta y no sé si me la habrían mandado a donde voy ahora. Me alegro de que no piense que mi carta era demasiado estúpida.

13

Si se encuentra con mi padre o con alguien no tiene que contarles que nos estamos escribiendo. No es asunto de nadie y sé que mucha gente se reiría si supiera que escribo a la bibliotecaria como hacían incluso cuando iba a la biblioteca, así que mejor no darles esa satisfacción.

Me alegro de marcharme de aquí. He tenido mucha más suerte que algunos de los que veo a mi alrededor que no volverán a andar ni a recuperar la vista y tendrán que esconderse del mundo.

Me pregunta que dónde vivo en Carstairs. Si sabe dónde está Vinegar Hill, al final de Flowers Road, pues es la última casa a la derecha, que antes estaba pintada de amarillo. Mi padre cultiva patatas o eso hacía. Yo las llevaba por el pueblo en el carro y de cada carga que vendía me quedaba con cinco centavos.

Me habla de sus escritores preferidos. Hubo una época en que a mí me gustaba Zane Grey, pero dejé de leer novelas y empecé con la historia y los viajes. Sé que a veces leo libros muy por encima de mis posibilidades pero les saco algún provecho. H. G. Wells del que le hablaba es uno de ellos y Robert Ingersoll que escribe de religión. Me han hecho pensar mucho. Espero no haberla ofendido si es usted muy religiosa.

Un día que fui a la biblioteca era sábado por la tarde y acababa usted de abrir la puerta y estaba encendiendo las luces porque estaba oscuro y llovía. La lluvia la pilló en la calle sin paraguas ni sombrero y tenía el pelo mojado. Se quitó las horquillas y se lo dejó suelto. ¿Le parece algo demasiado personal preguntarle si todavía lo tiene largo o si se lo ha cortado? Se puso al lado del radiador y se sacudió el pelo y el agua chisporroteó como la grasa en una sartén. Yo estaba leyendo algo sobre la guerra en *The Illustrated News* de Londres y nos sonreímos. (¡No quería decir que tuviera el pelo grasiento con lo que he escrito!)

No me he cortado el pelo, aunque a veces me lo pienso. Si no lo hago, no sé si es por vanidad o por pereza.

No soy muy religiosa.

Un día subí por Vinegar Hill y encontré su casa. Las patatas están estupendamente. Me salió al paso un perro policía. ¿Es suyo?

Empieza a hacer bastante calor. El río se ha desbordado, como supongo que pasa todas las primaveras. El agua entró en el sótano del hotel y contaminó el depósito de agua potable, así que nos dieron cerveza y refrescos de jengibre. Ya se imaginará la cantidad de bromas que hizo la gente.

Me gustaría saber si puedo enviarle algo.

No necesito nada especial. Las señoras de Carstairs nos mandan tabaco y otras cosillas. Me gustaría leer algunos libros de los escritores de los que me habla pero dudo mucho que pueda hacerlo aquí.

El otro día un hombre se murió de un ataque al corazón. ¿Ha oído hablar del hombre que se murió de un ataque al corazón? Aquí no se habla de otra cosa en todo el día. Después todos se ríen, una cosa que parece de personas muy insensibles pero es que suena muy raro. Ni siquiera hacía calor, así que no se puede decir que a lo mejor fue por el miedo. (La verdad es que en ese momento estaba telegrafiando una carta así que más me vale andarme con cuidado.) Antes y después de lo que le pasó han muerto otros hombres de un disparo o por una bomba, pero él se ha hecho famoso por el ataque al corazón. Todo el mundo dice que para eso no tenía que haber venido hasta aquí ni el ejército haberse gastado tanto dinero.

El verano ha sido tan seco que han regado las calles todos los días para intentar asentar un poco el polvo. Los niños iban detrás del camión cisterna bailando. Ha habido otra novedad en el pueblo: un carrito con una campanita que vendía helados que les llamaba mucho la atención a los niños. La llevaba el hombre que tuvo el accidente en la fábrica. Supongo que sabe a quién me refiero, pero no recuerdo su nombre. Perdió un brazo, hasta el codo. Mi habitación del hotel, como está en el tercer piso, era como un horno y muchas veces paseaba por la calle hasta pasada la medianoche, como muchas otras personas, que a veces salían en pijama. Parecía un sueño. Todavía quedaba un poco de agua en el río, suficiente para ir en barca, que es lo que hizo el sacerdote metodista un domingo de agosto. Rezó para que lloviera en una ceremonia pública, pero la barca tenía un agujerito, empezó a entrar agua y a mojarle los pies y al final la barca se hundió y él se quedó en medio del río, que no le llegaba ni a la cintura. ¿Fue un accidente o alguien lo hizo a propósito? La gente decía que sus oraciones habían sido atendidas pero justo al revés.

Muchas veces paso junto a la casa de Doud cuando voy a pasear. Su padre tiene el césped y los setos preciosos. Me gusta la casa, tan original y tan amplia, aunque a lo mejor ni siquiera allí hacía fresco, porque oí las voces de la madre y de la niña por la noche como si estuvieran en el jardín.

Aunque le dije que no necesito nada, hay una cosa que sí me gustaría: una fotografía suya. Espero que no piense que me estoy excediendo. Quizás esté prometida o tenga un novio aquí al que está escribiendo al mismo tiempo que a mí. Usted no es una mujer corriente y no me extrañaría que le hubiese hablado un oficial pero ahora que se lo he pedido no voy a volverme atrás y puede usted pensar lo que quiera de mí.

Louisa tenía veinticinco años y había estado enamorada en una ocasión, de un médico que conoció en el sanatorio. Finalmente su amor fue correspondido, y al médico le costó el puesto.

Louisa albergaba la amarga duda de si le habrían obligado a abandonar el sanatorio o si se marchó por propia voluntad, preocupado por el enredo. Estaba casado, tenía hijos. También entonces las cartas desempeñaron un papel importante. Tras su partida, continuaron escribiéndose, y también una o dos veces después de que a Louisa le dieran de alta. Después, ella le pidió que dejara de escribirle y así lo hizo, pero el no recibir sus cartas la empujó a irse de Toronto y a trabajar de viajante de comercio. A partir de entonces, sólo sufría una decepción a la semana, cuando regresaba el viernes o el sábado por la noche. La última carta que ella le escribió fue firme y estoica, y cierta visión de sí misma como heroína de la tragedia del amor la acompañó por todo el país mientras acarreaba las maletas con los modelos de muestra escaleras arriba y abajo de los pequeños hoteles y hablaba de las modas de París y decía que sus sombreros eran fascinantes y bebía un solitario vaso de vino. Pero si hubiera tenido a alguien a quien contárselo, se habría reído sólo de pensarlo. Hubiera dicho que el amor era una trampa, una ilusión, y eso era lo que creía. Pero ante la perspectiva seguía sintiendo un silenciamiento, una conmoción de los nervios, un doblegamiento del juicio, una absoluta postración.

Se hizo una fotografía. Sabía cómo quería que fuese. Le hubiera gustado ponerse una sencilla blusa blanca, una blusa fruncida de campesina con el cordón abierto en el cuello. No tenía una prenda de tales características y en realidad sólo la había visto en fotografía. Y también le hubiera gustado dejarse el pelo suelto; o si tenía que recogérselo, le hubiera gustado hacerse un moño rodeado de sartas de perlas.

En lugar de eso, se puso su blusa de seda azul y se recogió el pelo como de costumbre. Pensó que en la fotografía parecía muy pálida, con los ojos hundidos. Tenía una expresión más severa y tristona de lo que hubiera deseado. De todos modos, la envió.

No estoy prometida ni tengo novio. Estuve enamorada una vez y tuvimos que romper. Me quedé muy triste en su momento pero sabía que tenía que superarlo, y ahora creo que fue lo mejor que pudo pasar.

Naturalmente, se devanó los sesos intentando acordarse de él. No recordaba haberse sacudido el pelo, como decía en la carta, ni haber sonreído a ningún joven mientras las gotas de lluvia caían sobre el radiador. Bien podría tratarse de un sueño; quizá lo hubiera soñado todo.

Empezó a seguir el desarrollo de la guerra con más detalle que antes. Ya no intentaba hacer como si no existiera. Iba por la calle con la sensación de tener la cabeza llena de la misma información, preocupante y exaltante al tiempo, que todos los demás. Saint-Quentin, Arrás, Montdidier, Amiens, y después la batalla del Somme donde, ¿no había habido otra batalla antes? Extendió sobre la mesa los mapas de la guerra que aparecían a doble página en las revistas. Vio las líneas de colores del avance alemán hasta el Marne, la primera incursión norteamericana en Château-Thierry. Miró los dibujos que representaban un caballo encabritado durante un ataque aéreo, unos soldados en África Oriental bebiendo en cocos y una fila de prisioneros alemanes con la cabeza o los miembros vendados y expresión desolada, taciturna. Había empezado a sentir lo que los demás: un temor y un recelo continuos y al mismo tiempo aquella exaltación adictiva. Podías apartar los ojos de tu vida del momento y notar cómo crujía el mundo tras las paredes.

Me alegro de que no tengas novio aunque sé que soy muy egoísta. No creo que volvamos a vernos nunca. No lo digo porque haya tenido un sueño sobre lo que va a pasar o porque sea una persona pesimista que siempre piense lo peor. Es que me parece que es lo más probable aunque no estoy obsesionado con ello y día a día hago lo que puedo para continuar vivo. No quiero preocuparte ni darte lástima sino sólo explicarte que la idea de no volver a ver Carstairs me hace pensar que puedo decir lo que quiera. Supongo que es como estar enfermo y con fiebre. Por eso digo que te quiero. Te imagino subida a un taburete de la biblioteca para alcanzar un libro y entonces yo me acerco y te cojo por la cintura y te bajo y tú te das la vuelta entre mis brazos como si lo tuviéramos todo preparado.

Todos los martes por la tarde, las señoras y las chicas de la Cruz Roja se reunían en el salón del Ayuntamiento, que estaba justo debajo del vestíbulo de la biblioteca. Cuando se quedaba vacía unos momentos, Louisa bajaba y entraba en la habitación llena de mujeres. Había decidido tejer una bufanda. En el sanatorio había aprendido a tejer con el punto más sencillo, pero no a echar los puntos ni a rematar, o se le había olvidado.

Las mujeres mayores estaban muy atareadas cerrando cajas o cortando y doblando vendas de grueso algodón extendido sobre las mesas, pero muchas chicas tomaban té y bollos junto a la puerta. Una de ellas tenía sujeta una madeja de lana entre los brazos mientras otra la devanaba.

Louisa les preguntó lo que quería saber.

—Entonces, ¿qué quieres tejer? —preguntó una de las chicas, todavía con un trozo de bollo en la boca.

Una bufanda dijo Louisa. Para un soldado.

—Ah, entonces tienes que usar la lana reglamentaria —dijo otra, más cortésmente, y saltó de la mesa.

Volvió con una bola de lana marrón; sacó un par de agujas de su bolsa y le dijo a Louisa que podía quedarse con ellas.

—Voy a empezártela —añadió—. También hay que hacerla con el ancho reglamentario.

La rodearon otras chicas y se burlaron de ella. Se llamaba Corrie. Le dijeron que lo estaba haciendo mal.

—¿Sí? ¿De verdad? —dijo Corrie—. ¿Os gustaría que os metiera una aguja en el ojo? ¿Es para un amigo? —le dijo solícita a Louisa—. ¿Está en el extranjero?

—Sí —dijo Louisa.

Desde luego, pensarían que era una solterona, se reirían de ella o le tendrían lástima, según la actitud que adoptase, de generosidad o de descaro.

—Pues aprieta bien el punto —dijo la que había terminado el bollo—. ¡Aprieta bien el punto para que vaya calentito!

Una de las chicas del grupo era Grace Horne. Era tímida pero de aire decidido, tenía diecinueve años, la cara ancha, los labios finos, con frecuencia apretados, el pelo castaño con flequillo liso y cuerpo atractivamente maduro. Se prometió en matrimonio con Jack Agnew antes de que él se marchase, pero habían acordado no decírselo a nadie.

LA GRIPE ESPAÑOLA

Louisa se había hecho amiga de algunos de los viajantes de comercio que se alojaban periódicamente en el hotel. Uno de ellos era Jim Frarey, que vendía máquinas de escribir, material de oficina, libros y toda clase de artículos de papelería. Era un hombre rubio, de hombros estrechos pero constitución fuerte, tendrá unos cuarenta y cinco años. Por su aspecto, hubiera podido pensarse que vendía algo más pesado y más importante en el mundo masculino, como herramientas de labranza.

Jim Frarey no dejó de viajar durante la epidemia de gripe española, a pesar de que nunca se sabía si las tiendas estarían abiertas o no. De vez en cuando también cerraban los hoteles, al igual que los colegios y las salas de cine e incluso —algo que a Jim Frarey le parecía escandaloso— las iglesias.

—Cobardes. Debería darles vergüenza —le dijo a Louisa—. ¿De qué sirve esconderte en casa y esperar a que ataque? Tú nunca cerraste la biblioteca, ¿no?

Louisa le contestó que sólo cuando se se habría puesto enferma. El suyo fue un caso leve, apenas una semana pero, naturalmente, tuvo que ir al hospital. No la dejaron quedarse en el hotel.

—Son unos cobardes —dijo él—. Si te tiene que tocar, te toca, ¿no crees?

Hablaron de las aglomeraciones en los hospitales, de los médicos y las enfermeras que murieron, del incesante y penoso espectáculo de los funerales. Jim Frarey vivía en una calle de Toronto en la que había una funeraria. Dijo que todavía sacaban los caballos negros, el coche negro, los adornos, para enterrar a los personajes que justificaban todo aquel despliegue.

—No paraban ni de día ni de noche —añadió—. Ni de día ni de noche. —Alzó el vaso y dijo—: Bueno, por la salud. Tienes buen aspecto.

Pensaba que Louisa tenía de verdad mejor aspecto que antes. Quizás hubiera empezado a darse colorete. Tenía la piel pálida, olivácea, y Jim Frarey creía recordar sus mejillas sin color. Además, se vestía con más gracia, y se esforzaba más por ser simpática. Antes era según le daba. También había empezado a beber whisky, aunque nunca sin ahogarlo en agua. Antes sólo bebía un vaso de vino. Jim Frarey pensó si sería un novio quien la habría hecho cambiar así; pero un novio podía mejorar su aspecto sin necesidad de que sintiera más interés por todo, y estaba casi seguro de que eso es lo que había ocurrido. Lo más probable es que se debiera a que el tiempo pasaba y a que la guerra mermaba terriblemente las perspectivas de encontrar marido. Eso podía servirle de estímulo a una mujer. Además, era más lista y más guapa y tenía mejor conversación que la mayoría de las casadas. ¿Qué ocurría con una mujer así? A veces, simple mala suerte. O mal cálculo en el momento importante. ¿Un poco demasiado lista y segura de sí misma, para aquella época, de manera que hacía sentirse incómodos a los hombres?

—De todos modos, la vida no puede detenerse —dijo—. Tú hiciste bien al mantener abierta la biblioteca.

Esto ocurría a principios del invierno de 1919, cuando se produjo otro brote de gripe después de que todos pensaran que había pasado el peligro. Al parecer, estaban solos en el hotel. No eran más que las nueve, pero el dueño ya había ido a acostarse. Su mujer estaba en el hospital con gripe. Jim Frarey había cogido una botella de whisky del bar, que estaba cerrado por miedo al contagio, y estaban sentados a una mesa junto a la ventana, en el comedor. Afuera se había formado una neblina invernal que se apretaba contra los cristales. Apenas podían verse las luces de los faroles ni los escasos coches que se arrastraban cautelosamente por el puente.

—Bueno, no fue por una cuestión de principios —dijo Louisa—. O sea, que mantuviese la biblioteca abierta. Fue por una razón más personal de lo que crees.

Después se echó a reír y le prometió una historia curiosa.

—Vaya, el whisky debe de haberme soltado la lengua.

—Yo no soy cotilla —dijo Jim Frarey.

Louisa le dirigió una mirada dura y burlona y dijo que cuando una persona asegura no ser cotilla, casi invariablemente lo es. Igual que si te promete no contárselo a nadie.

—Esto puedes contarlo donde y cuando quieras, con tal de que no des los verdaderos nombres y no lo cuentes aquí —dijo—. Creo que puedo confiar en ti para eso. Aunque en este momento parezca que no me importe, seguramente pensaré otra cosa cuando desaparezcan los efectos de la bebida. Es una lección, esta historia. Es una lección sobre lo estúpidas que pueden ser las mujeres. ¡Pues qué novedad, dirás tú, si eso es algo que se ve a diario!

Le habló de un soldado que había empezado a escribirle cartas desde el extranjero. La recordaba de cuando iba a la biblioteca, pero ella no le recordaba. Sin embargo, contestó en tono amistoso a su primera carta y se inició una correspondencia entre ambos. Él le contó dónde vivía en el pueblo y ella pasó junto a la casa para poder contarle cómo iban las cosas por allí. El soldado le explicó qué libros había leído y Louisa le dio cierta información. En definitiva, los dos desvelaron algo de sí mismos, y surgieron sentimientos cálidos por ambas partes. Primero por la del soldado, con respecto a las declaraciones amorosas. Ella no se precipitaba fácilmente, que no era tonta. Al principio, pensó que estaba siendo simplemente amable. Incluso más adelante no quiso rechazarlo ni abochornarlo. Él le pidió una fotografía. Louisa se hizo un retrato, que no le gustaba, pero se lo envió. Le preguntó si tenía novio, y ella contestó sinceramente, que no. El soldado no le envió ninguna fotografía ni ella se la pidió, aunque, desde luego, sentía curiosidad por saber cómo era. No le resultaría fácil hacerse una fotografía en medio de una guerra. Además, no quería dar la impresión de ser la clase de mujer que deja de mostrarse amable si el aspecto físico no acompaña.

Él le escribió que no tenía esperanzas de regresar. Le dijo que no tenía tanto miedo de morir como de acabar como algunos de los hombres que había visto en el hospital, heridos. No entraba en detalles, pero Louisa suponía que se refería a los casos que acababan de empezar a conocerse por entonces: los muñones de los hombres, los ciegos, los que se habían quedado como monstruos a consecuencia de las quemaduras. No se lamentaba de su suerte; Louisa no quería dar a entender eso. Simplemente, esperaba morir y elegía la muerte entre otras opciones y pensaba en ella y le escribía como hacen los hombres con sus novias en tales situaciones.

Cuando terminó la guerra, pasó una temporada sin tener noticias suyas. Todos los días esperaba recibir una carta que nunca llegó. Nada. Louisa temía que hubiese sido uno de tantos soldados, los más desafortunados en la guerra, uno de los que hubieran muerto la última semana, o el último día, o incluso la última hora. Leía el periódico local todas las semanas, y siguieron publicando los nombres de las víctimas más recientes hasta después de Año Nuevo, pero el suyo no figuraba entre ellos. Entonces, en el periódico empezaron a consignar también los nombres de los que regresaban, a veces junto a una fotografía y unas palabras de bienvenida. Cuando regresó el grueso de los soldados empezó a haber menos espacio para estos añadidos. Y un día vio su nombre, uno más de la lista. No le habían matado, no le habían herido: volvía a casa, a Carstairs; quizá ya hubiera llegado.

Fue entonces cuando decidió mantener abierta la biblioteca, aunque la epidemia de gripe se encontraba en pleno apogeo. Todos los días tenía la certeza de que él vendría, todos los días estaba preparada para él. Los domingos eran un martirio. Cuando entraba al Ayuntamiento siempre tenía la sensación de que había llegado antes que ella, que estaría apoyado contra la pared esperando su llegada. A veces la sensación era tan fuerte que veía una sombra y la confundía con un hombre. Entonces comprendió cómo se convencían algunas personas de haber visto un fantasma. Cada vez que se abría la puerta esperaba toparse con su cara. En ocasiones hacía un pacto consigo misma para no levantar la mirada hasta haber contado diez. Entraban pocas personas, debido a la gripe. Se impuso la tarea de ordenar cosas, porque si no se habría vuelto loca. Nunca cerraba hasta cinco o diez minutos después de la hora. Y entonces se le ocurría que quizás estuviese enfrente, en la escalera de Correos, observándola, demasiado tímido para acercársele. Naturalmente, le preocupaba que estuviese enfermo e intentaba enterarse de las noticias de los últimos casos en todas las conversaciones. Nadie pronunció nunca su nombre.

Fue entonces cuando dejó de leer, por completo. Las cubiertas de los libros le parecían ataúdes, o demasiado pobretones o demasiado vistosos, y lo que había en su interior hubiera podido ser polvo.

Pero ¿no había que perdonarla, no había que perdonarla por haber pensado, después de aquellas cartas, que algo que no podría ocurrir jamás era que no la abordase, que no se pusiera en contacto con ella? ¿Que no traspasara su umbral, después de tales promesas? Los entierros pasaban junto a su ventana y no les prestaba la menor atención, si no era el entierro de él. Incluso mientras estuvo enferma en el hospital lo único que le importaba era que tenía que volver, tenía que salir de la cama, no cerrarle las puertas a él. Apenas pudo ponerse en pie reanudó el trabajo.

Una tarde calurosa estaba ordenando unos periódicos recientes en las estanterías cuando el nombre del soldado apareció ante sus ojos como una imagen de sus sueños febriles.

Leyó una breve noticia, la de su boda con la señorita Grace Horne. No la conocía. No iba a la biblioteca.

La novia llevaba vestido de crespón de seda beige con ribetes crema y marrón y sombrero de paja también beige con cintas de terciopelo marrón.

No publicaban fotografía. Ribetes crema y marrón. Así se puso punto final a su historia de amor, y así tenía que ser.

Pero hacía cosa de unas semanas, un sábado por la noche, cuando ya se había marchado todo el mundo de la biblioteca y estaba apagando las luces, sobre su mesa descubrió un trozo de papel, con unas cuantas palabras escritas. «Estaba prometido antes de marcharme al extranjero.» Ningún nombre, ni el de él ni el de ella. Y allí estaba la fotografía de Louisa, medio escondida bajo el secante.

Había estado en la biblioteca aquella misma tarde. Ella había tenido mucho trabajo, abandonando con frecuencia su mesa en busca de un libro para un usuario o para arreglar unos papeles o colocar libros en las estanterías. Había estado en la misma habitación que ella, la había observado y había aprovechado la oportunidad. Pero no se dio a conocer.

«Estaba prometido antes de marcharme al extranjero.»

—¿Crees que se burló de mí? —dijo Louisa—. ¿Crees que un hombre puede ser tan malvado?

—Según mi experiencia, las mujeres son mucho más dadas a esa clase de burlas. No, no. No pienses una cosa así. Seguramente era sincero. Se entusiasmó demasiado. Es ni más ni menos que lo que parece a primera vista. Estaba prometido antes de marcharse, no esperaba volver sano y salvo pero volvió. Y al llegar, le estaba esperando su prometida. ¿Qué podía hacer él?

—Sí, desde luego. ¿Qué podía hacer? —dijo Louisa.

—Se pasó de listo.

—¡Exactamente! —dijo Louisa—. ¿Y qué era en mi caso sino vanidad, que había que quitarme a bofetadas? —Tenía los ojos vidriosos y una expresión maliciosa—. ¿Crees que un día me vio bien y pensó que el original era todavía peor que la fotografía y por eso se largó?

—¡Claro que no! —dijo Jim Frarey—. Y no deberías darte tan poca importancia.

—No quiero que pienses que soy idiota —dijo Louisa—. No soy tan idiota e inexperta como podría parecer por lo que te he contado.

—Yo no pienso que seas idiota, para nada.

—Pero a lo mejor sí que soy inexperta, ¿no?

Ya estamos, pensó él; lo de siempre. Las mujeres, cuando te han contado algo de sí mismas, no pueden evitar contarte algo más. La bebida las trastorna por completo, se olvidan hasta de la mínima prudencia.

Un día Louisa le confió que había estado internada en un sanatorio. Entonces le dijo que se había enamorado de un médico de allí. El sanatorio estaba en un lugar maravilloso, en el monte Hamilton, y se veían los senderos bordeados de setos. Los escalones estaban formados por plataformas de piedra caliza y en algunos puntos protegidos había plantas que no se suelen encontrar en Ontario: azaleas, rododendros, magnolias. El médico sabía un poco de botánica y le explicó que era vegetación de Carolina. Muy distinta de la de allí, más exuberante, y también había bosquecillos, árboles preciosos, senderos desdibujados bajo los árboles. Árboles con tulipanes.

—¿Tulipanes? —preguntó Jim Frarey—. ¿Tulipanes en los árboles?

—¡No, no, era la forma de las hojas!

Se rió de él provocativamente; después se mordió los labios. A él se le antojó continuar el diálogo, y dijo: «¡Tulipanes en los árboles!», mientras ella insistía en que no, que eran las hojas las que tenían forma de tulipán, ¡no, yo no he dicho eso, si lo sabes! Y así pasaron a una fase de valoración, con muchas precauciones —que él conocía bien y esperaba que ella también conociese—, llena de sorpresas pequeñas, agradables, señales medio sardónicas, un surgir de esperanzas impúdicas y una fatídica cordialidad.

—Todo para nosotros —dijo Jim Frarey—. Nunca había pasado antes, ¿verdad? Y a lo mejor no vuelve a pasar.

Ella le dejó que le cogiera las manos, casi que la levantase del asiento. Él apagó las luces cuando salieron del comedor. Subieron la escalera, algo que habían hecho con frecuencia por separado. Pasaron ante el cuadro de un perro sobre la tumba de su amo, y la escocesa cantando en el prado y el viejo rey de ojos saltones, con expresión de complacencia y saciedad.

—«Está todo nublado, y mi corazón asustado» —iba medio cantando, medio tarareando Jim Frarey mientras subían. Llevaba una mano tranquilizadora posada en la espalda de Louisa—. Vamos, vamos —dijo mientras la hacía tomar la curva que formaba la escalera. Y cuando empezaron a remontar el estrecho tramo que llevaba al tercer piso añadió—: ¡Nunca había estado tan cerca del cielo en esta casa!

Pero más tarde, aquella misma noche, Jim Frarey emitió un gemido final y se incorporó para reñirla somnoliento:

—Louisa, Louisa, ¿por qué no me habías dicho que era así?

—Te lo he contado todo —dijo Louisa con voz débil e insegura.

—Entonces será que yo me había hecho una idea distinta —dijo él—. No tenía intención de que esto cambiara las cosas para ti.

Ella dijo que no había cambiado nada. En aquel momento, sin que él la sujetase y la enderezase, sintió que se ponía a dar vueltas irresistiblemente, como si el colchón se hubiese transformado en una peonza y ella estuviese encima. Trató de explicar que los vestigios de sangre de las sábanas podían atribuirse al período, pero las palabras salían de sus labios con un abandono infinito y no encajaban.

ACCIDENTES

Cuando Arthur regresó a casa de la fábrica poco antes de mediodía, gritó: «¡Que nadie se acerque hasta que me lave! ¡Ha habido un accidente en el aserradero!». Nadie respondió. La señora Feare, el ama de llaves, estaba hablando por el teléfono de la cocina, tan alto que no le oyó y, naturalmente, su hija estaba en el colegio. Arthur se lavó, metió toda la ropa que llevaba en el cesto, y fregó y restregó la bañera, como un asesino. Salió limpio, incluso con el pelo reluciente y bien atusado, y fue a casa del trabajador. Había tenido que preguntar dónde estaba. Pensaba que era en Vinegar Hill, pero le dijeron que no, que ésa era la casa del padre. El joven y su mujer vivían en el otro extremo del pueblo, después de donde estaba la trituradora de manzanas antes de la guerra.

Encontró las dos casas de ladrillo, la una junto a la otra, y se dirigió a la de la izquierda, como le habían indicado. De todos modos, no hubiese resultado difícil saber cuál era. La noticia había llegado antes que él. La puerta estaba abierta y unos niños demasiado pequeños para ir al colegio merodeaban por el patio. Una niña en un cochecito de juguete que no iba a ninguna parte le cortaba el paso. Arthur dio un rodeo para pasar. En ese mismo momento, una niña mayor que la otra le habló en tono serio, a modo de advertencia:

—Su papá se ha muerto. ¡Su papá!

Una mujer salió del salón con los brazos cargados de cortinas y se las dio a otra mujer que estaba en la entrada. La que se hizo cargo de las cortinas tenía el pelo gris y una expresión suplicante. Le faltaban los dientes de arriba. Probablemente se quitaba la dentadura postiza cuando estaba en casa, para mayor comodidad. La mujer que le entregó las cortinas era corpulenta pero joven, con la piel fresca.

—Dígale usted que no se suba a esa escalera —le dijo la mujer de pelo gris a Arthur—. Se va a romper la crisma por querer quitar las cortinas. Se ha empeñado en que lo lavemos todo. ¿Es usted el de la funeraria? ¡Ay, perdone! Usted es el señor Doud. ¡Sal, Grace! ¡Es el señor Doud!

—No la moleste —dijo Arthur.

—Se cree que van a estar todas las cortinas quitadas y lavadas y listas para mañana, porque vamos a tener que ponerlo en el salón. Es mi hija. A mí no me hace caso.

—Esto no es nada —dijo un hombre sombrío pero de aspecto tranquilo con alzacuellos que salió de la parte trasera de la casa. El sacerdote. Pero no de una de las iglesias que conociera Arthur. ¿Anabaptistas? ¿De la Iglesia de Pentecostés? ¿Los Hermanos de Plymouth? Estaba tomando té.

Llegó otra mujer y recogió rápidamente las cortinas.

—Tenemos la lavadora llena y sin parar —dijo—. Con el día que hace, se secarán en nada. Que no entren los niños.

El pastor tuvo que hacerse a un lado y levantar la taza para evitar a la mujer y el fardo de ropa. Dijo:

—Señoras, ¿es que nadie va a ofrecerle una taza de té al señor Doud?

Arthur dijo:

—No, no se molesten. Los gastos del funeral —le dijo a la mujer de pelo gris—. Si pudiera usted explicarle...

—¡Lillian se ha mojado los pantalones! —gritó triunfalmente una niña en la puerta—. ¡Señora Agnew! ¡Lillian se ha hecho pis encima!

—Sí, sí —dijo el pastor—. Se lo agradecerían muchísimo.

—La tumba y la lápida, todo —dijo Arthur—. Encárguese usted de que lo comprendan. Lo que quieran en la lápida.

La mujer de pelo gris había salido al patio. Volvió con una niña en brazos, berreando.

—Pobre criatura —dijo—. Si le dicen que no entre, ¿adónde iba a ir? ¿Qué iba a hacer sino tener un accidente?

La mujer joven salió del salón arrastrando una alfombra.

—Quiero que cuelguen esto en la cuerda y lo sacudan —dijo.

—Grace, el señor Doud ha venido a dar el pésame —dijo el pastor.

—Y a preguntarle si puedo hacer algo —dijo Arthur.

La mujer de pelo gris empezó a remontar la escalera con la niña mojada en brazos y otras dos a la zaga.

Grace se fijó en ellas.

—¡Eh, no, ni hablar! ¡Salid de aquí!

—Mi mamá está aquí.

—Sí, y tu mamá está muy ocupada y no le hacéis ninguna falta. Me está ayudando. ¿Es que no sabéis que el papá de Lillian ha muerto?

—¿Puedo hacer algo por usted? —dijo Arthur, con intención de marcharse.

Grace se quedó mirándolo con la boca abierta. El ruido de la lavadora llenaba la casa.

—Pues sí —dijo—. Espere aquí.

—Está agobiada —dijo el pastor—. No quería ser grosera.

Grace volvió con un montón de libros.

—Esto —dijo—. Los sacó de la biblioteca. No quiero que me pongan una multa por ellos. Iba todos los sábados por la tarde o sea que supongo que habría que devolverlos mañana. No quiero meterme en líos por los libros.

—Yo me encargaré de ellos —dijo Arthur—. Con mucho gusto.

—Yo es que no quiero meterme en líos por culpa de los libros.

—El señor Doud dice que quiere hacerse cargo del funeral —le advirtió el pastor a Grace, con cierta dulzura—. De todo, incluyendo la lápida. De lo que quieras poner en la lápida.

—Ah, pues nada raro —dijo Grace.

El pasado viernes por la mañana se produjo un accidente especialmente desagradable y trágico en el aserradero de la fábrica Doud. Al pasar bajo el eje principal, el señor Jack Agnew tuvo la desgracia de que se le enredase una manga en un tornillo de presión de un callo cercano, de modo que un hombro y un brazo quedaron atrapados bajo el eje. En consecuencia, la cabeza se puso en contacto con la sierra circular, de unos treinta centímetros de diámetro. En cuestión de segundos, la cabeza del desgraciado joven quedó separada del cuerpo, a la altura del cuello y por debajo de la oreja izquierda. Se cree que su muerte fue instantánea. Como no pronunció palabra ni emitió grito alguno, fue la sangre, que brotó a borbotones, lo que alertó a sus compañeros del terrible suceso.

Volvieron a publicar la noticia en el periódico una semana más tarde, para quienes no la hubieran visto o desearan otro ejemplar con el fin de enviárselo a amigos o familiares de otros lugares (mayormente a quienes habían vivido en Carstairs y se habían marchado). Corrigieron la errata de «callo». Añadieron una nota de excusa por el error y también la descripción de un funeral multitudinario, al que asistieron habitantes de localidades próximas e incluso de puntos tan alejados como Walley. Fueron en coche y en tren, y algunos en calesa. No conocieron a Jack Agnew en vida pero, como decía el periódico, deseaban rendir tributo a su muerte, tan trágica como impresionante. Aquella tarde, todas las tiendas de Carstairs estuvieron cerradas durante dos horas. El hotel no cerró sus puertas pero fue porque los forasteros necesitaban algún sitio donde comer y beber.

Dejó mujer, Grace, y una hija de cuatro años, Lillian. La víctima había luchado valientemente en la guerra y sólo le habían herido en una ocasión, nada grave. Muchas personas comentaron aquella ironía.

La omisión en el periódico del nombre del padre no fue deliberada. El director de la publicación no había nacido en Carstairs y la gente olvidó hablarle de la existencia del padre hasta que fue demasiado tarde.

El padre no se quejó del olvido. El día del funeral, que hacía muy buen tiempo, salió de la ciudad como hubiera hecho cualquier otro día que hubiese decidido no pasar en casa de Doud. Llevaba sombrero de fieltro y un abrigo largo que le servía de manta si quería echarse una siesta. Llevaba los chanclos perfectamente sujetos a los pies con tiras de goma de las de cerrar los frascos. Iba a pescar. Aún no se había levantado la veda, pero él siempre conseguía adelantarse un poco. Pescaba durante toda la primavera y principios de verano y cocinaba y comía lo que cogía. Tenía una cacerola y una sartén escondidas en la orilla del río. La cacerola era para cocer el maíz que recogía en los sembrados en otra época del año, cuando también comía fruta de los manzanos y las parras silvestres. Estaba cuerdo, pero detestaba la conversación, algo que no pudo evitar en las semanas siguientes a la muerte de su hijo, pero sabía cómo cortarlas en seco.

—Tendría que haberse fijado en lo que hacía.

Caminando por el campo aquel día, encontró a otra persona que no había ido al funeral. Una mujer. No intentó iniciar conversación alguna y en realidad parecía defender su soledad con tanta fiereza como él, azotando el aire con largas y decididas zancadas.

La fábrica de pianos, que había empezado a hacer órganos, se extendía por el extremo occidental del pueblo, como una muralla medieval. Había dos edificios alargados como las defensas interior y exterior y un puente entre los dos, donde estaban las oficinas. Y los hornos, el aserradero, el almacén de madera y las naves llegaban hasta el pueblo y las calles en las que vivían los trabajadores. El silbato de la fábrica dictaba la hora de levantarse para muchos: sonaba a las seis de la mañana. Volvía a sonar para avisar del comienzo de la jornada a las siete y a las doce del almuerzo y de nuevo a la una para reanudar el trabajo. Por último, a las cinco y media avisaba a los hombres de que era hora de dejar las herramientas y volver a casa.

Las normas estaban colocadas junto al reloj de fichar, detrás de un cristal. Las dos primeras eran como sigue:

UN MINUTO DE RETRASO SON QUINCE MINUTOS DE PAGA.
SEAN PUNTUALES.
NO SE TOMEN LA SEGURIDAD A LA LIGERA. TENGA CUIDA-
DO POR USTED MISMO Y POR SU COMPAÑERO.

Había habido accidentes en la fábrica y había muerto un hombre al caerle encima una carga de tablones. Eso ocurrió antes de la época de Arthur. Y en una ocasión, durante la guerra, un hombre perdió un brazo, o parte de un brazo. El día que ocurrió, Arthur estaba en Toronto. De modo que nunca había visto un accidente, o al menos nada serio. Pero muchas veces se le venía a la cabeza que podía ocurrir algo.

Quizá no se sintiera tan seguro de que no pudiera sobrevenirle una desgracia como se sentía antes de la muerte de su mujer. Murió en 1919, durante el último brote de gripe española, cuando a todos se les había pasado el susto. Ella no tenía miedo. Aquello había ocurrido hacía cinco años y a Arthur aún seguía pareciéndole el final de una época de su vida libre de preocupaciones. Pero a otras personas siempre les había parecido muy serio y responsable; nadie notó que hubiera cambiado demasiado.

En sus sueños con accidentes había un silencio envolvente; todo estaba mudo. Las máquinas de la fábrica dejaban de hacer el ruido de costumbre y desaparecían las voces de todos los hombres, y cuando Arthur miraba por la ventana del despacho comprendía que la suerte estaba echada. Nunca recordaba ver nada especial que se lo indicase. Era sencillamente el espacio, el polvo del patio de la fábrica, lo que se lo dijo *en aquel momento*.

Los libros estuvieron en el suelo de su coche una semana o así. Su hija Bea le dijo: «Qué hacen esos libros ahí?», y entonces se acordó.

Bea leyó en voz alta los títulos y los autores. *Sir John Franklin y la aventura del viaje al noroeste*, de G. B. Smith. *¿Qué anda mal en el mundo?*, G. K. Chesterton. *La conquista de Quebec*, Archibald Hendry. *El bolchevismo: teoría y praxis*, de lord Bertrand Russell.

—El bol-*ché*-vismo —dijo Bea, y Arthur le dijo cómo se pronunciaba correctamente.

Preguntó qué era, y él le dijo:

—Es algo que hay en Rusia y que yo no entiendo muy bien, pero por lo que tengo entendido, un verdadero desastre.

Bea tenía trece años por entonces. Había oído hablar del Ballet Ruso y también de los derviches. Durante los dos años siguientes estuvo convencida de que el bolchevismo era una especie de baile diabólico, incluso quizás indecente. Al menos eso era lo que contaba cuando se hizo mayor.

No mencionaba el hecho de que los libros tuvieran algo que ver con el hombre que había sufrido el accidente. Con eso, la historia habría resultado menos divertida. O quizá lo hubiera olvidado de verdad.

La bibliotecaria parecía confusa. Los libros aún tenían las tarjetas, lo que significaba que no los habían registrado, sino que los habían cogido de las estanterías y se los habían llevado.

—El de lord Russell falta desde hace mucho tiempo.

Arthur no estaba acostumbrado a tales reproches, pero dijo con suavidad:

—Yo los devuelvo en nombre de otra persona. El chico que ha muerto. El del accidente en la fábrica.

La bibliotecaria tenía el libro de Franklin abierto. Estaba mirando el dibujo del barco atrapado en el hielo.

—Me lo pidió su mujer —dijo Arthur.

Ella cogió los libros uno a uno y los sacudió como si esperase que fuera a caer algo. Pasó los dedos por entre las hojas. La parte inferior de la cara se le movía de una forma desagradable, como si se estuviera mordiendo las mejillas por dentro.

—Supongo que se los llevaría a casa sin más —dijo Arthur.

—¿Cómo? —dijo ella al cabo de unos momentos—. Perdone, no le he oído.

Es por el accidente, pensó él. La idea de que el hombre que había muerto de aquella manera fuera la última persona que había abierto los libros, pasado sus páginas. Pensar que podría haber dejado un trocito de su vida en ellos, una tira de papel o un limpiador de pipas como señal, o incluso unas hebras de tabaco. Eso la ha desquiciado.

—No importa —dijo Arthur—. He pasado por aquí para devolverlos.

Se alejó de la mesa pero no salió de la biblioteca inmediatamente. No iba allí desde hacía años. El retrato de su padre colgaba entre las dos ventanas de la sala principal, donde estaría siempre.

A. V. Doud, fundador de la Fábrica de Órganos Doud y patrocinador de esta biblioteca. Defensor del progreso, la cultura y la educación. Verdadero amigo de la ciudad de Carstairs y de los trabajadores.

La mesa de la bibliotecaria estaba en la arcada que separaba la sala principal de las demás. Los libros estaban en estanterías dispuestas en hileras en la sala trasera. En los pasillos había unas lámparas bamboleantes con pantalla verde y largos cordones. Arthur recordó que unos años antes se presentó ante el consejo la petición de comprar bombillas de sesenta vatios en lugar de cuarenta. Lo solicitó aquella bibliotecaria, y la atendieron.

En la sala principal había periódicos y revistas colocados en estanterías de madera y pesadas mesas redondas también de madera, con sillas, para que la gente se sentase a leer, e hileras de gruesos libros oscuros tras un cristal. Probablemente diccionarios, atlas y enciclopedias. Dos bonitas ventanas altas que daban a la calle mayor, con el retrato del padre de Arthur entre ellas. Otros cuadros de la habitación estaban colgados a demasiada altura, demasiado ennegrecidos y atestados de figuras como para que la persona que estuviera debajo pudiera distinguirlos fácilmente. (Más adelante, después de haber pasado muchas horas en la biblioteca y comentado aquellos cuadros con la bibliotecaria, se enteró de que uno de ellos representaba la batalla de Flodden Field, con el rey de Escocia cargando colina abajo contra una nube de humo, otro el funeral del Rey Niño de Roma y otro la disputa de Oberón y Titania, de *Sueño de una noche de verano*.)

Se sentó a una de las mesas de lectura, desde donde podía mirar por la ventana Cogió un antiguo ejemplar del *National Geographic* que estaba allí encima. Se puso de espaldas a la bibliotecaria. Pensaba que era una cuestión de tacto, ya que ella parecía un tanto agitada. Entraron varias personas, y la oyó hablar con ellas. Su voz sonaba bastante normal. Arthur no dejaba de pensar en marcharse, pero no lo hizo.

Le gustaba la ventana alta y desnuda inundada por la luz de la tarde primaveral, y también le gustaban la dignidad y el orden de aquellas habitaciones. Le producía una agradable perplejidad la idea de que personas adultas entraran y salieran, de que leyesen libros asiduamente. Una semana tras otra, un libro tras otro, durante toda una vida. Él leía un libro de vez en cuando, cuando se lo recomendaba alguien, y solía disfrutar con la lectura, y además leía revistas, para mantenerse al tanto de las cosas, y jamás se le ocurría leer un libro hasta que se le presentaba otro, de aquella forma casi casual.

A ratos no había nadie en la biblioteca, salvo la bibliotecaria y él.

En uno de aquellos ratos, ella se puso a colocar unos periódicos en la estantería. Cuando terminó, se dirigió a él en tono apremiante pero controlado.

—La descripción del accidente que apareció en el periódico... ¿era más o menos exacta?

Arthur dijo que posiblemente demasiado exacta.

—¿Por qué? ¿Por qué lo dice?

Arthur se refería a la inagotable ansia de la gente por los detalles más truculentos. ¿Debía fomentarla el periódico?

—Bueno, yo creo que es natural —dijo la bibliotecaria—. Creo que es natural querer conocer lo peor. La gente quiere hacerse una idea. A mí me pasa lo mismo. No sé nada de maquinaria y me resulta difícil imaginarme qué ocurrió, incluso con la ayuda del periódico. ¿Hizo algo raro la máquina?

—No —dijo Arthur—. No fue que la máquina le agarrase o le empujase, como un animal. El muchacho hizo un mal movimiento o tuvo un descuido y se acabó.

Ella no dijo nada, pero no se movió.

—Hay que poner los cinco sentidos en lo que se hace —dijo Arthur—. No descuidarse ni un segundo. Una máquina es una servidora, una servidora excelente, pero como ama es estúpida.

Arthur pensó si aquello lo habría leído en alguna parte o si se le habría ocurrido a él.

—Y supongo que no hay ninguna forma de proteger a las personas, claro —dijo la bibliotecaria—. Pero usted debe saber de todo esto.

Después se marchó. Había entrado alguien.

Tras el accidente vino el buen tiempo. La duración de las tardes y el calor de los días suaves parecían algo repentino y asombroso, como si no fuera así como acababa el invierno en aquella región del país casi todos los años. Las aguas de la crecida encogían milagrosamente, las hojas salían disparadas de las ramas enrojecidas, y los olores de los corrales se arrastraban hasta el pueblo y quedaban envueltos por el olor de las lilas.

En lugar de querer salir en tardes así, Arthur se sorprendía pensando en la biblioteca, y muchas veces acababa allí, sentado en el sitio que había elegido el día de su primera visita. Se quedaba allí media hora, o una hora. Hojeaba *The Illustrated News* de Londres, *National Geographic*, *The Saturday Night* o *Collier's*. Le enviaban todas aquellas revistas a su casa y podría haberse quedado allí, en el estudio, mirando el césped rodeado de setos, que el viejo Agnew mantenía en condiciones aceptables, y los arriates, por entonces cuajados de tulipanes de todos los colores y combinaciones posibles. Al parecer, prefería el panorama de la calle mayor, por donde de vez en cuando pasaba un Ford nuevo que parecía veloz, o un coche vacilante de un modelo antiguo con cubierta de tela polvorienta. Prefería la oficina de Correos, con la torre del reloj que ofrecía cuatro horas distintas en cuatro direcciones diferentes y, como le gustaba decir a la gente, todas ellas erróneas. También ver a los que pasaban o deambulaban por la acera, gente que intentaba poner en funcionamiento la fuente, a pesar de que no la abrían hasta el primero de julio.

No es que sintiera la necesidad de relacionarse. No iba a la biblioteca a charlar, aunque saludaba a las personas que conocía por su nombre, y conocía a la mayoría. Y a veces intercambiaba unas palabras con la bibliotecaria, si bien con frecuencia se limitaba a «Buenas tardes» cuando entraba y «Buenas noches» cuando se marchaba. No le exigía nada a nadie. Tenía la sensación de que su presencia era afable, tranquilizadora y, sobre todo, natural. Al estar allí, leyendo y reflexionando en lugar de en casa, se le antojaba estar dando algo. La gente podía contar con ello.

Había una expresión que le gustaba: *funcionario público*. Su padre, que desde la pared le miraba con mejillas teñidas de un rosa infantil, vidriosos ojos azules y la boca malhumorada de un anciano, nunca se había considerado tal. Se consideraba más un personaje y benefactor público. Actuaba por caprichos y decretos, y siempre se salió con la suya. Recorría la fábrica cuando el negocio andaba mal, y le decía a tal o cual obrero: «Vete a casa. Vete. Vete a casa y quédate allí hasta que pueda volver a emplearte». Y ellos se iban. Trabajaban en sus jardines o cazaban conejos y contraían deudas por lo que tenían que comprar y aceptaban que las cosas no fueran de otra manera. Todavía era una broma entre ellos, imitar su bufido. *¡Vete a casa!* Su héroe, más de lo que Arthur lo sería jamás, pero ya no estaban dispuestos a admitir que los tratasen así. Durante la guerra, se habían acostumbrado a los buenos salarios y a que los necesitaran continuamente. No pensaban en el exceso de oferta laboral que habían provocado los soldados con su vuelta, no pensaban en que un negocio así se mantenía gracias a la suerte y al ingenio de un año tras otro, incluso de una estación a otra. No les gustaban los cambios; no estaban contentos con que se hubiese pasado a la fabricación de pianos mecánicos, que Arthur consideraba la esperanza del futuro. Pero Arthur siempre hacía lo que tenía que hacer, aunque su forma de proceder era la contraria a la de su padre. Pensarlo todo una y otra vez. Permanecer en segundo plano salvo en caso de necesidad. Mantener la dignidad. Siempre tratar de ser justo.

Esperaban que se lo diesen todo. El pueblo entero lo esperaba. Se les daría trabajo de la misma manera que el sol sale por las mañanas. Y los impuestos de la fábrica subieron al tiempo que empezaron a cobrar una tarifa por el agua, que antes era gratuita. La responsabilidad del mantenimiento de las carreteras de acceso recaía sobre la fábrica, no sobre el pueblo. La iglesia metodista pedía una abultada suma para construir una catequesis nueva. El equipo de hockey del pueblo necesitaba uniformes.

Se estaban erigiendo postes de piedra para el monumento a los caídos de la guerra. Y todos los años se enviaba a la universidad al chico más listo del curso superior, por cortesía de Doud. Pedid y se os dará.

Tampoco faltaban las expectativas en casa. Bea estaba dando la lata para ir a estudiar a un colegio privado y la señora Feare le había echado el ojo a una batidora nueva, además de a una lavadora. Aquel año había que pintar todo el revestimiento de la casa. Esa decoración como de tarta de boda que consumía pintura a litros. Y encima, a Arthur no se le había ocurrido mejor cosa que encargar otro coche, un sedán Chrysler.

Era necesario; tenía que tener un coche nuevo. Él tenía que tener un coche nuevo, Bea tenía que ir a estudiar, la señora Feare tenía que tener lo más moderno, y el revestimiento tenía que estar tan reciente como la nieve en Navidad. Si no, perderían respeto, confianza, empezarían a pensar si las cosas iban cuesta abajo. Y podía arreglarse, con un poco de suerte, todo podía arreglarse.

Durante años enteros, tras la muerte de su padre, se sintió como un impostor. No siempre, pero de vez en cuando se sentía así. Y aquella sensación había desaparecido. Podía estar allí sentado y darse cuenta de que había desaparecido.

Estaba en la oficina hablando con un representante de enchapados cuando ocurrió el accidente. Se lo indicó un cambio del ruido, pero más un aumento que un silenciamiento. Nada le alertó; sólo cierta irritación. Como ocurrió en el aserradero, no se tuvo noticia inmediata ni en los talleres ni en los hornos ni en el patio, y en algunos sitios siguieron trabajando durante varios minutos. De hecho, Arthur, inclinado sobre las muestras de enchapados en su mesa, podría haber sido una de las últimas personas en darse cuenta de que se había producido una interrupción. Le hizo una pregunta al representante, y el representante no contestó. Arthur alzó los ojos y vio que el hombre tenía la boca abierta, expresión de susto, la confianza propia de su oficio borrada de su rostro.

Y entonces oyó que le llamaban: «¡Señor Doud!», lo más normal, y «¡Arthur, Arthur!», los hombres que le conocían desde pequeño. También oyó «sierra» y «cabeza» y «¡Dios mío, Dios mío!».

Y no habría deseado otra cosa sino que el silencio, los ruidos y los objetos que retrocedían de aquella forma tan espantosa pero liberadora le dejaran espacio. No fue así. Los gritos y las preguntas y las carreras, él en medio de todo, arrastrado hacia el aserradero. Un hombre se había desmayado, cayéndose en tal postura que si no hubieran desconectado la sierra un momento antes también le habría cogido. Fue su cuerpo, postrado pero entero, el que Arthur confundió unos segundos con el de la víctima. Oh, no, no. Le empujaron. El serrín estaba teñido de escarlata. Empapado, brillante. Los tablones estaban alegremente salpicados, y las hojas. Un montón de ropas de trabajo chorreantes de sangre yacía en el serrín y Arthur comprendió que era el cuerpo, el tronco con los miembros. Había salido tanta sangre que la forma del cuerpo no se distinguía a primera vista; lo había ablandado, como un budín.

Lo primero que pensó fue tapar aquello. Se quitó la chaqueta y lo hizo. Tuvo que acercarse; sus zapatos chapotearon. La razón por la que nadie lo había hecho todavía era simplemente que nadie llevaba chaqueta.

—¿Han avisado al médico? —gritaba alguien—.

—¡Qué médico ni qué médico! —dijo un hombre que estaba al lado de Arthur—. No le puede coser la cabeza, ¿no?

Pero Arthur ordenó que avisaran al médico; pensaba que era necesario. Cuando hay una muerte, tiene que haber un médico. Lo demás se puso en movimiento por sí solo. Médico, funeraria, ataúd, flores, sacerdote. Darles algo que hacer. Retirar el serrín, limpiar la sierra. Mandar a los hombres que estaban cerca a lavarse. Llevar al comedor al hombre que se había desmayado. ¿Está bien? Que la secretaria prepare té.

Lo que se necesitaba era coñac o whisky. Pero los tenía prohibidos en el lugar de trabajo.

Faltaba algo. ¿Dónde estaba? Allí, dijeron. Ahí. Arthur oyó vomitar a alguien, no lejos. Muy bien. O la cogía él o le decía a alguien que la cogiese. El ruido del vómito le salvó, le estabilizó, le dio una determinación casi risueña. La cogió. La llevó con delicadeza, pero aferrándola bien, como se podría llevar un jarrón incómodo pero valioso. Apretando la cabeza contra su pecho, para que nadie la viese, como mimándola. La sangre se filtró por la camisa y le pegó la tela a la piel. Estaba caliente. Tuvo la sensación de estar herido. Era consciente de que le observaban y se sentía como un actor, o como un sacerdote. ¿Qué hacer con aquella cabeza, una vez que la tenía apretada contra el pecho? También para eso le llegó la respuesta. Colocarla, ponerla donde le correspondía, desde luego no con absoluta precisión, como si se tratase de ajustarla. Sólo ajustarla más o menos, levantar la chaqueta y ponerla de otra manera.

Ya no podía preguntar cómo se llamaba el hombre. Tendría que enterarse de otro modo. Tras la intimidad de sus servicios en la fábrica, su ignorancia hubiera resultado ofensiva.

Pero descubrió que lo sabía; también eso le fue dado. Mientras remetía el borde de la chaqueta sobre la oreja que seguía erguida, y por tanto, como prestando oído todavía, recibió un nombre. El hijo del señor que arreglaba el jardín, no siempre de fiar. Un joven al que se volvió a contratar a su regreso de la guerra. ¿Casado? Eso creía. Tendría que ir a ver a la mujer. Lo antes posible. Ropa limpia.

La bibliotecaria llevaba muchas veces una blusa rojo oscuro. Se enrojecía los labios con el mismo tono y tenía el pelo corto. Ya no era joven, pero mantenía un estilo atractivo. Arthur recordó que unos años antes, cuando la contrataron, pensó que se arreglaba con mucha sobriedad. En aquella época no llevaba el pelo corto; se lo recogía alrededor de la cabeza, al viejo estilo. Era del mismo color —un tono cálido y agradable, como el de las hojas—, que el de las hojas de roble, por ejemplo, en otoño. Intentó calcular cuánto le pagaban. No mucho, desde luego. Pero le lucía. ¿Y dónde vivía? ¿En una de las casas de huéspedes? No. Vivía en el Commercial Hotel.

Y algo más empezó a venírsele a la cabeza. Nada concreto. No es que pudiera decirse de forma definitiva que tuviera mala fama. Pero tampoco que estuviera libre de culpa. Se decía que tomaba copas con los viajantes de comercio. Quizá tuviera un novio. Uno o dos.

Pero bueno, ya era mayorcita para saber lo que se hacía. No era lo mismo que con una profesora, a quien se contrataba, en parte, para que diera ejemplo. Lo importante era que hiciera bien su trabajo, y eso podía verlo todo el mundo. Tenía su vida, como cada cual. ¿Y no era mejor que hubiera una mujer guapa en la biblioteca que una vieja gruñona como Mary Tamblyn? Podían entrar forasteros, y la gente juzga un pueblo por lo que ve; lo que hace falta es una mujer agradable con modales agradables.

Ya está bien. ¿Quién dice que no es así? Arthur estaba defendiéndola mentalmente como si hubiera venido alguien que quisiera echarla, y no tenía ninguna razón para ello.

¿Y lo que le preguntó aquella primera tarde, sobre las máquinas? ¿A qué se refería? ¿Le estaba echando la culpa solapadamente?

Arthur le habló de los cuadros y la iluminación e incluso le contó que su padre había enviado a los obreros de la fábrica y les había pagado por construir las estanterías de la librería, pero

44

no mencionó al hombre que se llevaba los libros sin decírselo a ella. Probablemente de uno. ¿Debajo del abrigo? Y los devolvía de la misma forma. Debió de devolverlos, porque si no, se le hubiera llenado la casa, y su mujer no lo hubiera consentido. No robaba, salvo de vez en cuando. Una conducta inofensiva, pero rara. ¿Existía alguna relación entre pensar que se pueden hacer las cosas de una forma un poco diferente y pensar que no va a pasar nada por hacer un movimiento descuidado por el que se te engancha una manga y se te viene la sierra encima?

Podría haberla, podría haber alguna relación.

—Ese muchacho..., ¿sabe usted?, el del accidente —le dijo a la bibliotecaria—. Lo de llevarse los libros que se le antojaban. ¿Por qué cree que lo hacía?

—La gente hace cosas raras —dijo la bibliotecaria—. Arrancan páginas, porque no les gusta algo o porque les gusta. Son cosas que hace la gente. No sé por qué.

—¿Ese muchacho arrancó alguna página? ¿Le regañó alguna vez? ¿No hizo que tuviera miedo de enfrentarse con usted?

Tenía intención de tomarle un poco el pelo, dando a entender que seguramente no sería capaz de asustar a nadie, pero ella no se lo tomó así.

—¿Cómo iba a hacerlo si nunca hablé con él? —dijo la bibliotecaria—. No sabía ni quién era.

Se alejó, poniendo punto final a la conversación. Así que no le gustaba que le tomaran el pelo. ¿Sería una de esas personas llenas de grietas remendadas que sólo se ven de cerca? ¿La perturbaba un antiguo sufrimiento, algún secreto? Quizás hubiera perdido a un novio en la guerra.

Más adelante, una tarde, una tarde estival de sábado, ella sacó el tema a colación, algo que él jamás había vuelto a mencionar.

—¿Recuerda que un día hablamos del hombre que tuvo el accidente?

Arthur dijo que sí.

—Quisiera preguntarle algo que a lo mejor le parece extraño.

Arthur asintió.

—Y aunque se lo pregunte... quisiera que... Es algo confidencial.

—Sí, por supuesto —dijo Arthur.

—¿Qué aspecto tenía?

¿Qué aspecto? Arthur se quedó perplejo. Le dejó perplejo que ella se tomase tantas molestias y que quisiera mantenerlo tan en secreto —sin duda era natural que le interesara cómo era un hombre que entraba allí y se llevaba sus libros sin que ella lo supiera—, y como no podía ayudarla, negó con la cabeza. No podía reconstruir una imagen de Jack Agnew.

—Alto —dijo—. Creo que era más bien alto, pero otra cosa no puedo decirle. No soy la persona más indicada para preguntar. Reconozco a un hombre fácilmente, pero no soy capaz de dar una buena descripción física, ni siquiera de alguien que veo a diario.

—Pero yo creía que fue usted quien... Tenía entendido que fue usted quien... —dijo—. Quien la recogió. La cabeza.

Arthur dijo secamente:

—Pensé que no podía dejarla allí tirada.

Se sintió decepcionado con aquella mujer, molesto y avergonzado de ella. Pero trató de hablar en tono neutro, evitando el reproche.

—Ni siquiera podría explicarle de qué color tenía el pelo. Estaba todo... prácticamente borrado.

Ella no dijo nada durante unos momentos y él no la miró. Después comentó:

—Debe de parecerle que soy una de esas personas... una de esas personas a las que les fascinan estas cosas.

Arthur emitió un ruido de protesta, pero desde luego, le parecía que así debía de ser.

—No tendría que habérselo preguntado —dijo ella—. No tendría que haberlo mencionado. Nunca podría explicarle por qué lo he hecho. Quisiera pedirle que, si puede evitarlo, no piense que soy esa clase de persona.

Arthur oyó la palabra «nunca». Nunca podría explicárselo. Así que no debía pensar. En medio de su decepción, pilló la indirecta, que sus conversaciones continuarían, y quizá menos azarosamente. Percibió humildad en su voz, pero una humildad basada en una especie de aplomo. Sin duda era algo sexual.

¿O sólo lo creía así, por ser aquélla la tarde que era? Era el sábado del mes que solía ir a Walley. Pensaba ir aquella noche; sólo había entrado de camino hacia allí, no tenía intención de haberse quedado tanto tiempo. Era la noche que iba a ver a una mujer que se llamaba Jane MacFarlane. Jane MacFarlane estaba separada de su marido, pero no pensaba pedir el divorcio. No tenía hijos. Se ganaba la vida como modista. Arthur la conoció cuando acudía a su casa a hacerle ropa a su mujer. Entonces no ocurrió nada, ni a ninguno de los dos se les ocurrió. En algunos sentidos, Jane MacFarlane era una mujer como la bibliotecaria: guapa, aunque ya no muy joven, resuelta y con estilo y buena en su trabajo. En otros sentidos, no tanto. No se imaginaba a Jane planteando un misterio a un hombre para a continuación darle a entender que jamás se resolvería. Jane era una mujer que proporcionaba paz a un hombre... El diálogo sumergido que mantenía con ella —sensual, limitado, amable— se parecía mucho al que había mantenido con su esposa.

La bibliotecaria se dirigió al interruptor que había junto a la puerta y apagó las luces principales. Cerró la puerta. Desapareció entre las estanterías y fue apagando las luces de allí también, pausadamente. El reloj del pueblo estaba dando las nueve. Debió de pensar que iba bien. El reloj de Arthur tenía las nueve menos tres minutos.

Era hora de levantarse, hora de marcharse, hora de ir a Walley.

Cuando hubo acabado con las luces, la bibliotecaria fue a sentarse a la mesa, junto a él.

Arthur dijo:

—Nunca pensaría de usted nada que pudiera disgustarla.

Al apagarse las luces no tendría que haberse puesto tan oscuro. Era pleno verano. Pero parecían haberse formado pesados nubarrones. La última vez que Arthur se había fijado en la calle, vio que quedaba bastante luz: gente del campo comprando, chicos lanzándose chorros de agua en la fuente y chicas paseando con sus vestidos de verano suaves, baratos, floreados, dejando que los jóvenes las observasen desde dondequiera que se hubieran reunido: los escalones de Correos, la puerta de la tienda de piensos. Y cuando volvió a mirar vio la calle toda alborotada con el ruidoso viento que ya llevaba gotas de lluvia. Las chicas chillaban y reían, sujetando los bolsos sobre la cabeza mientras corrían a refugiarse, los dependientes de las tiendas subían los toldos y guardaban los cestos de fruta, las estanterías con los zapatos de verano, las herramientas de jardín que estaban expuestas en las aceras. Las puertas del Ayuntamiento se cerraron de golpe cuando las campesinas entraron a la carrera, aferrando paquetes y niños, y apiñándose en los servicios de señoras. Alguien intentó abrir la puerta de la biblioteca. La bibliotecaria la miró pero no se movió. Y al poco la lluvia empezó a caer como una cortina sobre la calle, y el viento a azotar el tejado del Ayuntamiento y a batir las copas de los árboles. El estruendo y el peligro duraron unos minutos, hasta que aminoró la potencia del viento. Después el ruido que quedó fue el de la lluvia, que se precipitaba verticalmente y con tal fuerza que podría haber sido como en unas cataratas.

Si ocurre lo mismo en Walley, pensó Arthur, Jane comprenderá que no debe esperar. Aquella fue la última vez que pensó en ella hasta mucho más tarde.

—La señora Feare no quería lavarme la ropa —dijo, sorprendido de lo que decía—. Le daba miedo tocarla.

Con voz temblorosa, avergonzada y resuelta a la vez, la bibliotecaria dijo:

—Pienso que lo que hizo usted... creo que fue algo extraordinario.

La lluvia hacía un ruido tan constante que Arthur se vio libre de responder. Entonces le resultó fácil darse la vuelta y mirar a la bibliotecaria. Su perfil estaba débilmente iluminado por la lluvia que goteaba por las ventanas. Tenía una expresión tranquila y atrevida. O tal le pareció a él. Cayó en la cuenta de que apenas sabía nada de ella, qué clase de persona era en realidad o qué clase de secretos podía ocultar. Ni siquiera podía estimar qué valor tenía para ella. Sólo sabía que alguno tenía, y no el normal y corriente.

No era más capaz de describir el sentimiento que le producía que de describir un olor. Es como la descarga de la electricidad. Es como los granos de trigo tostados. No, como una naranja amarga. Me rindo.

Nunca había imaginado que se encontraría en una situación como aquélla, asaltado por una compulsión tan clara. Pero al parecer no estaba desprevenido. Sin pensar dos veces, ni siquiera una, en lo que iba a meterse, dijo:

—Ojalá...

Hablaba demasiado bajo; ella no le oyó.

Alzó la voz:

—Ojalá pudiéramos casarnos.

Ella le miró. Se echó a reír, pero se dominó.

—Lo siento —dijo—. Lo siento. Es por lo que estaba pensando.

—¿Qué? —dijo Arthur.

—He pensado... que es la última vez que le veo.

Arthur dijo:

—Se equivoca.

LOS MÁRTIRES DE TOLPUDDLE

El tren de viajeros de Carstairs a Londres dejó de circular durante la segunda guerra mundial y quitaron incluso los raíles. La gente decía que era para los gastos de la guerra. Cuando Louisa fue a Londres a ver al especialista del corazón, a mediados de los años cincuenta, tuvo que coger el autobús. Ya no debía conducir.

El médico, el especialista, le dijo que su corazón no era muy de fiar y que el pulso tenía tendencia a ponerse un poco saltarín. Louisa pensó que aquello sonaba como si su corazón fuese un comediante y su pulso un perrito atado a una correa. No había recorrido más de ciento veinte kilómetros para que la tratasen con tanta guasa, pero lo dejó correr, porque ya le había distraído algo que había estado leyendo en la sala de espera de la consulta. Quizá fuera precisamente lo que había leído lo que le puso el pulso saltarín.

En una de las páginas interiores del periódico local había visto un titular que decía HOMENAJE A LOS MÁRTIRES LOCALES, y simplemente para matar el tiempo continuó leyendo. Se enteró de que aquella tarde se iba a celebrar una especie de ceremonia en Victoria Park. Era una ceremonia en honor de los mártires de Tolpuddle. El periódico decía que pocas personas habían oído hablar de Tolpuddle y, desde luego, Louisa no sabía nada sobre el tema. Eran unos hombres a quienes habían juzgado y condenado por haber prestado juramento falso. Por aquel extraño delito, cometido hacía más de cien años en Dorset, Inglaterra, los enviaron a Canadá y algunos de ellos acabaron allí, en Londres, donde vivieron el resto de sus días y fueron enterrados sin ninguna ceremonia especial. Se los consideraba como los primeros fundadores del movimiento sindicalista, y el Consejo de Sindicatos, junto con representantes de la Federación del Trabajo canadiense y los sacerdotes de varias iglesias locales, habían organizado una ceremonia que tendría lugar aquel día con ocasión del ciento veinticinco aniversario de su detención.

Mártires es un tanto exagerado, pensó Louisa. Al fin y al cabo, no los ejecutaron.

La ceremonia daría comienzo a las tres, y los principales oradores serían uno de los sacerdotes de la localidad y el señor John (Jack) Agnew, portavoz sindicalista de Toronto.

Eran las dos y cuarto cuando Louisa abandonó la consulta del médico. El autobús para Carstairs no salía hasta las seis. Había pensado ir a tomar té y algo de comer al último piso de Simpsons, después ir de tiendas para comprar un regalo de boda y, si le daba tiempo, ver una película en la sesión de tarde. Victoria Park se encontraba entre la consulta y Simpsons, y decidió atajar por él. Era un día caluroso y la sombra de los árboles grata. No pudo evitar ver dónde habían colocado las sillas y una pequeña tribuna para los oradores recubierta de tela amarilla, con una bandera canadiense a un lado y otra que supuso sería la del sindicato en el lado opuesto. Se había formado un grupo de personas y se sorprendió cambiando de rumbo para echarles un vistazo. Algunas eran mayores, vestidas sencilla pero decentemente, las mujeres con pañoletas en la cabeza en aquel día tan caluroso, europeas. También había obreros, hombres con camisas de manga corta limpias y mujeres con pulcras blusas y pantalones amplios, a quienes habían dejado salir temprano. Algunas debían de venir de su casa, porque llevaban vestidos de verano y sandalias e intentaban no perder de vista a los niños pequeños. Louisa pensó que no les preocuparía lo más mínimo cómo iba vestida ella —a la moda, como siempre, de seda de color crudo con una boina carmesí—, pero justo en aquel momento vio a una mujer con un atuendo más elegante que el suyo, de seda verde, que llevaba el pelo oscuro recogido y tirante hacia atrás, atado con un pañuelo verde y dorado. Podría tener cuarenta años: tenía la cara estropeada, pero bella. Se acercó a Louisa enseguida, sonriendo; le indicó una silla y le dio un periódico mimeografiado. Louisa no pudo leer la tipografía de color morado. Intentó ver a unos hombres que hablaban junto a la tribuna. ¿Estaban los oradores entre ellos?

La coincidencia del nombre apenas revestía interés. Ni el nombre ni el apellido eran insólitos.

No sabía por qué se había sentado, ni siquiera por qué había ido allí. Empezó a experimentar una agitación ligeramente asqueante, que le resultaba conocida. A veces no la experimentaba por nada concreto, pero una vez que comenzaba, decir para sí que no era por nada no le servía. Lo único que podía hacer era levantarse y marcharse antes de que se sentara más gente y le impidieran salir.

La mujer de verde le salió al paso, le preguntó si se encontraba bien.

—Tengo que coger el autobús —dijo Louisa con voz ronca. Se aclaró la garganta—. Para fuera de la ciudad —dijo dominándose mejor, y echó a andar, no en la dirección de Simpsons. Pensó que prefería no ir, ni tampoco a Birks a comprar el regalo de boda, ni al cine. Esperaría sentada en la estación de autobuses hasta que llegara la hora de volver a casa.

A media manzana de distancia de la estación recordó que el autobús de ida no la había llevado allí aquella mañana. Estaban derribando la estación e iban a reconstruirla; había una provisional a varias manzanas. No se había fijado en qué calle estaba: ¿York Street, al este de la auténtica estación, o en King? De todos modos, tuvo que dar un rodeo, porque estaban levantando las dos calles, y casi había llegado a la conclusión de que se había perdido cuando cayó en la cuenta de que, por suerte, había entrado en la estación por la parte trasera. Era una construcción antigua, uno de esos edificios altos de ladrillo amarillo-grisáceo de la época en que la zona era un barrio residencial. Probablemente sería la última utilidad que le dieran antes de derribarlo. Debían de haber derruido las casas de alrededor para hacer el amplio solar cubierto de grava en el que estacionaban los autobuses. Todavía había varios árboles junto al aparcamiento y bajo ellos unas cuantas hileras de sillas que no había visto al bajarse del autobús antes de mediodía. Dos hombres estaban sentados en la antigua terraza de la casa, en viejos asientos de coche. Llevaban camisas marrones con los distintivos de la compañía de transportes, pero no parecían muy entusiasmados con su trabajo y no se levantaron cuando Louisa les preguntó si el autobús para Carstairs saldría a las seis como estaba previsto y dónde podía comprar un refresco.

Que ellos supieran, a las seis.

Una cafetería un poco más abajo.

Había nevera pero sólo quedaba Coca-Cola y naranjada.

Louisa sacó Coca-Cola de la nevera de una salita de espera sucia que olía a retrete estropeado. Cambiar la estación por aquella casa ruinosa debía de haber dejado a todo el mundo muy apático. Había un ventilador en la habitación que servía de oficina, y al pasar vio unos papeles que salían volando de la mesa. «¡Mierda!», dijo la chica que trabajaba allí y les puso un tacón encima.

Las sillas colocadas a la sombra de los polvorientos árboles urbanos eran viejas, de madera y respaldo recto, antiguamente pintadas de diversos colores: parecían sacadas de distintas cocinas. Delante de ellas había tiras viejas de alfombra y de alfombrillas de baño, de goma, para no tener que poner los pies en la grava. Detrás de la primera hilera de sillas creyó ver una oveja tumbada en el suelo, pero resultó ser un perro de un blanco sucio, que se acercó al trote y se quedó mirándola unos momentos con expresión seria, casi autoritaria; olfateó brevemente sus zapatos y después se alejó. Louisa no se había dado cuenta de si había pajitas y no le apetecía volver a mirar. Bebió la Coca-Cola de la botella, echando la cabeza hacia atrás, con los ojos cerrados.

Cuando los abrió, había un hombre sentado en la silla contigua y se dirigió a ella.

—He venido en cuanto he podido —dijo—. Nancy me ha dicho que ibas a coger un autobús. En cuanto he terminado el discurso me he marchado, pero han derribado la estación.

—Provisionalmente —dijo ella.

—Te he reconocido en seguida —dijo él—. A pesar de... bueno, son muchos años. Cuando te vi, estaba hablando con una persona y cuando volví a mirar habías desaparecido.

—Yo no le reconozco —dijo Louisa.

—No, claro —dijo el hombre—. Lo suponía. Claro. Cómo ibas a reconocerme.

Llevaba pantalones anchos de color tostado, camisa amarilla de manga corta, un pañuelo amarillo y crema. Un tanto dandi para ser sindicalista. Tenía el pelo blanco pero abundante y ondulado, ese tipo de pelo esponjoso que se riza, peinado hacia atrás, la cara sonrojada y con profundas arrugas de los esfuerzos de los discursos, y de hablar en privado, supuso Louisa, con gran parte del ardor y la persuasión de sus discursos en público. Llevaba gafas oscuras y se las quitó, como si quisiera que ella le viera mejor. Tenía los ojos azul claro, ligeramente enrojecidos e inquietos. Un hombre guapo, todavía con buen tipo salvo por un pequeño abultamiento encima del cinturón que le confería cierta autoridad, pero a Louisa aquella imagen tan efectista —la ropa meticulosamente deportiva, el despliegue de rizos, las expresiones impresionantes— no le resultaba atractiva. Prefería a Arthur. La moderación, la dignidad de sus trajes oscuros, que algunas personas llamarían pomposa, eso le parecía admirable e inocente.

—Siempre quise romper el hielo —dijo él—. Tenía intención de hablar contigo. Al menos debería haberme despedido. La oportunidad de marcharme se presentó de repente.

Louisa no tenía ni idea de qué responder. Él suspiró. Dijo:

—Supongo que te enfadarías conmigo. ¿Sigues enfadada?

—No —dijo ella, y de un modo ridículo, volvió a las formalidades—. ¿Cómo está Grace? ¿Y tu hija? Se llama Lillian, ¿no?

—Grace no está demasiado bien. Ha tenido artrosis, y con el peso que tiene... Lillian está bien. Está casada pero sigue dando clases en el instituto. De matemáticas. No es muy normal en una mujer.

¿Cómo podía corregirle Louisa? ¿Cómo decirle: no, tu mujer, Grace, se había casado durante la guerra, con un agricultor, viudo, y antes de eso venía una vez a la semana a limpiar a nuestra casa? La señora Feare estaba demasiado mayor. Y Lillian no terminó el instituto. ¿Cómo podía dar clases allí? «Se casó joven, tiene hijos, trabaja en el supermercado. Tenía tu misma altura y tu pelo, teñido de rubio. Muchas veces la miraba y pensaba que debía de ser como tú. Cuando estaba creciendo, le daba la ropa que se le quedaba pequeña a mi hijastra.»

En lugar de eso, dijo:

—Entonces la mujer del vestido verde... ¿no es Lillian?

—¿Quién, Nancy? ¡No, no! Nancy es mi ángel de la guarda. Se ocupa de dónde tengo que ir y cuándo y de si tengo el discurso preparado y de lo que como y bebo y de si he tomado las píldoras. Tengo la tensión alta. Nada demasiado grave, pero mi modo de vida es fatal. Ando siempre corriendo. Esta noche voy a Ottawa en avión, mañana tengo una reunión difícil y por la noche una cena absurda.

Louisa sintió la necesidad de decir:

—¿Sabías que me casé? Con Arthur Doud.

Creyó ver cierta expresión de sorpresa, pero él dijo:

—Sí, me había enterado. Sí.

—Nosotros también trabajamos mucho —dijo Louisa en tono enérgico—. Arthur murió hace seis años. Mantuvimos la fábrica en funcionamiento durante los años treinta a pesar de que a veces nos quedábamos sólo con tres hombres. No teníamos dinero para reparaciones, y recuerdo haber cortado los toldos de la fábrica y que Arthur los subió por una escalera y arregló el tejado. Intentamos hacer todo lo que se nos ocurría. Incluso pistas para bolos al aire libre, para esos parques de atracciones. Después llegó la guerra y ya no pudimos continuar. Vendíamos todos los pianos que hacíamos, pero también fabricábamos cajas de radares para la armada. Yo estuve en la oficina todo el tiempo.

—Así cambiaste —dijo él, con lo que a Louisa le pareció bastante tacto—. Con respecto a la biblioteca.

—El trabajo es el trabajo —dijo ella—. Y sigo trabajando. Mi hijastra, Bea, está divorciada, y en cierto modo ella se ocupa de la casa. Mi hijo ha terminado por fin en la universidad... En teoría está aprendiendo el negocio, pero siempre encuentra alguna excusa para marcharse a media tarde. Cuando vuelvo a casa a la hora de cenar, estoy tan cansada que podría desmayarme, y oigo el hielo tintineando en sus vasos y sus risas detrás del seto. Ah, Mud, me dicen cuando me ven. Pobre Mud, ven a sentarte aquí. Me llaman Mud[1] porque así lo decía mi hijo cuando era pequeño. Pero ninguno de los dos es un niño. La casa está fría cuando vuelvo. Es una casa preciosa, si te acuerdas de ella, de

---

1. Mud: barro. Mum: mamá. *(N. de la T.)*

tres pisos, como una tarta nupcial, con azulejos en la entrada. Pero yo siempre estoy pensando en la fábrica, en eso estoy ocupada constantemente. ¿Qué tenemos que hacer para mantenernos a flote? Ahora sólo hay cuatro fábricas que manufacturan pianos en Canadá, y tres de ellas están en Quebec, por el bajo coste de la mano de obra. Supongo que tú estarás enterado de todo eso. Cuando hablo con Arthur mentalmente, siempre es sobre lo mismo. Todavía me siento muy cercana a él, pero no precisamente de una forma mística. Lo lógico sería pensar que cuando envejeces tu mente se llena de eso que llaman el lado espiritual de las cosas, pero parece que la mía se hace cada día más práctica, como si quisiera aclarar algo. Bonito tema para hablar con un muerto.

Se quedó callada; se sentía avergonzada. Pero no tenía la certeza de que él hubiera prestado atención a todo aquello.

—Lo que me ayudó... —dijo él—. Si he hecho algo en la vida ha sido gracias a la biblioteca, así que te debo mucho.

Se puso las manos en las rodillas, dejó caer la cabeza.

—Qué tontería —dijo.

Emitió un gemido y acabó por echarse a reír.

—Mi padre —dijo—. No te acordarás de mi padre, ¿verdad?

—Sí, claro.

—Pues a veces pienso que tenía razón.

Después levantó la cabeza, la sacudió e hizo la siguiente declaración:

—El amor nunca muere.

Louisa se sintió molesta hasta el punto de ofenderse. En esto te convierte tanto discurso, pensó, en una persona capaz de decir una cosa así. El amor se muere todo el tiempo, o por lo menos se va a otro sitio, se oculta.

—Arthur venía a la biblioteca —dijo—. Al principio me irritaba muchísimo. Le miraba la nuca y pensaba: ¡Ja! ¿Y si te tiro algo? Tú no lo entenderías. No tendría sentido para ti. Y al final resultó que yo quería algo muy distinto, que quería casarme con él y llevar una vida normal. «Una vida normal» —repitió, y la invadió una especie de vértigo, como si perdonase todas las estupideces, como si se pusiese alerta su piel cubierta de manchas, sus dedos gruesos y secos que no estaban lejos de los de él, en la silla que los separaba. Una llamarada amorosa de las células, de antiguas intenciones. «Ah, nunca muere.»

Entró en el solar un grupo de personas con ropas muy curiosas. Avanzaban todos juntos, un conglomerado de negro. Las mujeres llevaban el pelo oculto, con la cabeza cubierta con pañuelos o cofias negras. Los hombres llevaban sombreros anchos y tirantes negros. Los niños iban vestidos igual que sus mayores, incluso con las cofias y los sombreros. ¡Qué impresión de estar muriéndose de calor daban con aquella ropa: parecían acalorados, polvorientos, preocupados y tímidos!

—«Los mártires de Tolpuddle» —dijo él, en un tono levemente jocoso, resignado y compasivo—. Bueno, supongo que debería ir a hablar un poco con ellos.

Aquel amago de broma, la amabilidad forzada, le hizo pensar a Louisa en otra persona. ¿En quién? Al ver la anchura de sus hombros por detrás, y el trasero amplio y plano, se acordó.

Jim Frarey.

¡Ah, qué broma le estaban gastando, o qué broma estaba gastando ella! No podía admitirlo. Se enderezó, vio todas aquellas ropas negras difuminándose en un charco. Se sentía mareada y humillada. No podía admitirlo.

Pero no todo era negro, ahora que se acercaban. Vio azul oscuro, las camisas de los hombres, y azul oscuro y violeta en algunos vestidos de las mujeres. Y entonces comprendió quiénes eran. Menonitas.

Había menonitas viviendo en aquella zona del país, donde antes no había ninguno. Algunos se habían instalado en Bondi, un pueblo al norte de Carstairs. Volverían a casa en el mismo autobús que ella.

Él no estaba con ellos, ni se le veía por ninguna parte.

Un traidor irremediable. Un viajero.

Cuando se dio cuenta de que eran menonitas, aquella gente dejó de parecerle a Louisa tan tímida o abatida. En realidad parecían bastante alegres: se pasaban una bolsa de caramelos de unos a otros, y los adultos comían con los niños. Se sentaron en las sillas que había alrededor de ella.

No era de extrañar que se sintiera pegajosa, fría. Había pasado bajo una ola que nadie más había notado. Podía decirse lo que se quisiera sobre lo que había ocurrido, pero lo que significaba estaba pasando bajo una ola. Había pasado bajo ella y la había atravesado y la había dejado con un brillo frío en la piel, un batir en los oídos, una cavidad en el pecho, una náusea en el estómago. Era a la anarquía a lo que ella se oponía: un aturdimiento devorador. Agujeros repentinos y bromas imprevistas y radiantes consuelos evanescentes.

Pero estos menonitas son una bendición. El *plof* de los traseros sobre las sillas, el crujido de la bolsa de caramelos, el chupeteo reflexivo y las conversaciones en voz baja. Sin mirar a Louisa, una niña le tiende la bolsa, y Louisa acepta un caramelo de menta. Se sorprende de poder sujetarlo en la mano, de mover los labios para articular gracias, de descubrir después en su boca justo el sabor que esperaba. Lo chupa como los demás, sin prisas, y deja que el sabor le haga una promesa de razonable continuidad.

Han encendido las luces, aunque todavía no es de noche. Sobre las sillas de madera, en los árboles, han colgado hileras de bombillitas de colores, algo que Louisa no había notado hasta aquel momento. Le hacen pensar en fiestas. Los carnavales. Gente que canta en los barcos del lago.

—¿Cómo se llama este sitio? —le preguntó a la mujer que estaba a su lado.

El día que murió la señorita Tamblyn, dio la casualidad de que Louisa estaba en el Commercial Hotel. Por entonces era representante de una empresa que vendía sombreros, encajes, pañuelos, adornos y ropa interior de señora a minoristas. En el hotel se enteró de la historia y pensó que iban a necesitar otra bibliotecaria. Empezaba a cansarse de ir cargada con los modelos de tren en tren, de un sitio a otro, de enseñarlos en los hoteles, de hacer y deshacer maletas. Así que fue a hablar con quienes estaban al cargo de la biblioteca. El señor Doud y el señor Macleod. Así se llamaban. Por su forma de hablar, parecían actores de vodevil, pero no por su aspecto. El sueldo era pequeño, pero tampoco le iba demasiado bien cobrando a comisión. Les dijo que había terminado la enseñanza media, en Toronto, y que había trabajado en la sección de libros de Eaton's antes de dedicarse a ser representante de comercio. No consideró necesario añadir que sólo llevaba allí cinco meses cuando descubrieron que tenía tuberculosis y que después tuvo que pasar cuatro años en un sanatorio. Al fin y al cabo, se había curado: ya no tenía manchas.

La dirección del hotel la instaló en una de las habitaciones para clientes permanentes, en el tercer piso. Desde allí veía las montañas cubiertas de nieve por encima de los tejados. El pueblo de Carstairs estaba en el valle de un río. Tenía unos tres o cuatro mil habitantes y una calle mayor que iba cuesta abajo, junto al río, y después seguía cuesta arriba. Había una fábrica de órganos y pianos.

Las casas estaban construidas para durar toda una vida, los patios eran amplios y las calles estaban flanqueadas por arces y olmos antiguos. Nunca había estado allí cuando había hojas en los árboles. Debía de ser muy diferente. Lo que ahora quedaba al descubierto estaría oculto.

Se alegró de poder empezar desde cero; se sentía tranquila, agradecida. Había empezado desde cero otras veces y las cosas no habían salido como esperaba, pero creía en las decisiones rápidas, en la intervención imprevista, en el carácter único de su destino.

El pueblo estaba impregnado del olor a caballo. A medida que se aproximaba la noche, grandes caballos con anteojeras y cascos emplumados tiraban de los trineos por el puente, pasaban junto al hotel, bajaban por las carreteras oscuras, donde no había faroles. En alguna parte del campo perderían el sonido de sus cascabeles.

UNA VIDA DE VERDAD

Apareció un hombre que se enamoró de Dorrie Beck. Al menos, quería casarse con ella. Era verdad.

—Si hubiera vivido su hermano, no habría tenido que casarse —dijo Millicent.

¿A qué se refería? A nada vergonzoso. Y tampoco se refería al dinero. Quería decir que había existido el amor, la ternura había creado comodidad, y en la vida pobre, un tanto irreflexiva, que llevaron Dorrie y Albert, la soledad nunca representó una amenaza. Millicent, que era astuta y práctica en algunos sentidos, también era irremediablemente sentimental en otros. Creía en la dulzura del cariño, que eliminaba el sexo.

Pensaba que era la forma de usar el cuchillo y el tenedor que tenía Dorrie lo que había cautivado a aquel hombre. En realidad, la misma que la de él. Dorrie cogía el tenedor con la mano izquierda y sólo se servía de la derecha para cortar, pero no lo cambiaba continuamente para coger la comida. Eso se debía a que había estado en la Escuela Whitby para Señoritas cuando era joven. El último recurso del dinero de los Beck. Otra cosa que había aprendido era una caligrafía preciosa, y ese factor también podría haber contribuido, porque después de conocerse toda su relación se desarrolló por carta. A Millicent le encantaba cómo sonaba lo de «Escuela Whitby para Señoritas», y tenía el plan —que nadie más conocía— de que su hija fuera allí algún día.

Millicent tampoco era una persona inculta. Había sido maestra. Había rechazado a dos novios serios —a uno porque ella no soportaba a su madre, a otro porque intentó meterle la lengua en la boca— antes de acceder a casarse con Porter, que tenía diecinueve años más que ella. Porter tenía tres granjas y le prometió un cuarto de baño en el plazo de un año, además de un comedor, un sofá y sillas. En la noche de bodas le dijo: «Ahora vas a tener que cargar con lo que se te va a venir encima», pero ella sabía que no era con mala intención.

Esto ocurrió en 1933.

Tuvo tres hijos, con bastante rapidez, y después del tercero se le presentaron problemas. Porter se portó bien; a partir de entonces, la mayor parte del tiempo la dejó en paz.

La casa de los Beck estaba en las tierras de Porter, pero no fue él quien compró la parte de los Beck. Compró la casa de Albert y Dorrie al hombre al que se la habían vendido ellos. Así que, técnicamente, tenían alquilada la antigua casa de Porter. Pero el dinero no intervenía en el asunto. Mientras vivió Albert, trabajaba un día para Porter cuando había cosas importantes que hacer, cuando pusieron el cemento en el suelo del granero o cuando segaban el heno. Dorrie le acompañaba en esas ocasiones, y también iba allí cuando Millicent daba a luz o hacía limpieza general. Tenía una fuerza extraordinaria para mover los muebles y era capaz de hacer prácticamente el mismo trabajo que un hombre, como instalar las ventanas dobles. Al principio de una tarea dura —como arrancar el papel de las paredes de toda una habitación—, echaba los hombros hacia atrás y tomaba una profunda bocanada de aire, con expresión de contento. Irradiaba resolución. Era una mujer grande, prieta, de piernas gruesas, pelo castaño, cara ancha y tímida y unas pecas oscuras como puntitos de terciopelo. Un hombre de la zona le había puesto el nombre de *Dorrie* a su yegua.

A pesar de que a Dorrie le encantaba la limpieza, no se prodigaba mucho en su casa. En la que habían vivido Albert y ella, y en la que siguió viviendo sola, tras la muerte de su hermano. Era grande y con una disposición bonita, pero casi no tenía muebles. Los muebles era un tema que aparecía en las conversaciones de Dorrie —el aparador de roble, el armario de su madre, la cama de hierro—, pero siempre añadía la frase «Eso se fue con la Subasta». La Subasta sonaba como una catástrofe de la naturaleza, algo como una inundación y un huracán juntos, de lo que habría sido absurdo quejarse. Tampoco quedaban alfombras, ni cuadros. Tan sólo el calendario de la tienda de comestibles de Nunn, para la que trabajó Albert. Gracias a la ausencia de tales objetos cotidianos —y a la presencia de otros, como las trampas, las escopetas y las tablas para estirar las pieles de conejos y ratas almizcleras que tenía Dorrie—, las habitaciones habían perdido su nombre, y limpiarlas parecía fuera de lugar. Un día de verano, Millicent vio un montón de excrementos de perro en lo alto de la escalera. No lo vio cuando estaba reciente, pero sí lo suficiente para que le molestara. Fue cambiando en el transcurso del verano: pasó del marrón al gris. Se petrificó, adquirió dignidad y estabilidad y, curiosamente, poco a poco Millicent fue acostumbrándose a verlo como algo que tenía derecho a estar allí.

La culpable era una perra llamada *Delilah*. Era negra, mezcla de labrador. Perseguía a los coches, y así fue como acabó muriendo. Tras la muerte de Albert, tanto la perra como Dorrie se desquiciaron un poco. Pero era algo de lo que nadie se dio cuenta al principio. A primera vista, se trataba simplemente de que no había un hombre que volviera a casa y, por tanto, ninguna hora concreta para tener la cena preparada. No había ropas de hombre que lavar; entonces, ¿para qué lavar de forma regular? Nadie con quien hablar, así que con quien más hablaba Dorrie era con Millicent, o con Millicent y Porter. Hablaba de Albert y de su trabajo, que había consistido en conducir el carro de la tienda de Nunn y después su propio camión, por toda la región. Había estudiado, no era un burro, pero al volver de la primera guerra mundial no se encontraba bien y pensó que le vendría mejor un trabajo al aire libre; por eso empezó a trabajar para Nunn y mantuvo el puesto hasta su muerte. Era un hombre sociable hasta límites increíbles y no se limitaba a repartir comestibles. Acercaba a la gente al pueblo en el camión. Llevaba a casa a los enfermos que salían del hospital. En su ruta de reparto había una loca, y un día, cuando estaba sacando las cosas del camión, sintió la compulsión de darse la vuelta. La mujer tenía un hacha en la mano, dispuesta a abrirle la cabeza. Es más; ya tenía el brazo levantado, y aunque Albert ya no estaba a su alcance, tuvo que continuar con el movimiento, y partió por la mitad una pella de medio kilo de mantequilla. Albert siguió llevándole cosas, y no tuvo valor para denunciarla, porque la hubieran llevado al manicomio. La mujer no volvió a coger el hacha; sin embargo, le daba a Albert unos bollos espolvoreados de semillas de aspecto repugnante, que él tiraba en la hierba al final del sendero. Otras mujeres —más de una— se le presentaron desnudas. Una de ellas salió de una bañera, en medio de la cocina, y Albert se agachó hasta el suelo y dejó los paquetes a sus pies. «Hay gente realmente rara», dijo Dorrie. Y después contó la historia de un solterón cuya casa fue invadida por las ratas y tenía que guardar la comida en un saco colgado del techo de la cocina, pero las ratas se subían a las vigas y saltaban al saco y lo desgarraban, por lo que acabó viéndose obligado a meter la comida en la cama cuando se acostaba.

—Albert decía que las personas que viven solas son dignas de lástima —dijo Dorrie, como sin darse cuenta de que ella se contaba entre tales personas.

66

A Albert le falló el corazón: sólo le dio tiempo a apartarse a un lado de la carretera y parar el camión. Murió en un sitio precioso, donde crecían robles negros y junto a la carretera discurría un arroyo de aguas claras.

Dorrie hablaba de otras cosas que le había contado Albert sobre los Beck, al principio. Que llegaron por el río en una balsa, dos hermanos, y levantaron un molino en la Gran Curva, donde lo único que había era el bosque. Y seguía sin haber nada más, salvo las ruinas del molino y del dique. La granja nunca fue su forma de ganarse la vida, sino un pasatiempo, y construyeron la casa y trajeron los muebles de Edimburgo. Los armazones de las camas, las sillas, las arcas talladas que acabaron en la Subasta. Los trajeron por el Horn, dijo Dorrie, y luego por el lago Hurón y por el río. Venga, Dorrie, dijo Millicent, eso es imposible, y sacó un libro de geografía que conservaba del colegio para indicarle el error. Entonces sería un canal, dijo Dorrie. Recuerdo que era un canal. ¿El de Panamá? Más probable que fuera el de Erie, dijo Millicent.

—Sí —dijo Dorrie—. Rodearon el Horn y después fueron por el canal de Erie.

—Digan lo que digan, Dorrie es una verdadera señora —le dijo Millicent a Porter, que no se lo discutió. Estaba acostumbrado a los juicios tajantes, muy personales, de su mujer—. Cien veces más señora que Muriel Snow —dijo Millicent, refiriéndose a la persona a la que podría considerarse su mejor amiga—. Y eso que a Muriel Snow la quiero de verdad.

Porter también estaba acostumbrado a oír aquello.

—A Muriel Snow la quiero de verdad y la defendería ante todo el mundo —decía Millicent—. Quiero mucho a Muriel Snow, pero eso no significa que esté de acuerdo con todo lo que hace.

Fumar. Y decir maldita sea, por todos los demonios y *caca.* «Por poco no me hago caca en los pantalones.»

67

Muriel Snow no fue a quien primero eligió Millicent como mejor amiga. En los primeros días de su matrimonio, picaba muy alto. La señora Nesbitt, mujer del abogado. La señora Finnegan, mujer del médico. La señora Doud. La dejaban que trabajase como una burra en la iglesia, en Auxilio Social, pero nunca la invitaban a sus meriendas. Nunca entraba en sus casas, a no ser para las reuniones. Porter era agricultor. Por muchas tierras que tuviese, un agricultor. Millicent tendría que haberlo comprendido.

Millicent conoció a Muriel cuando decidió que Betty Jean, su hija, empezase a aprender piano. Muriel era la profesora de música. Daba clases particulares y también en colegios. Tal y como estaban los tiempos, sólo cobraba veinte centavos por clase. Tocaba el órgano en la iglesia y dirigía varios coros, pero en algunos casos gratis. Se llevaba tan bien con Millicent que sin mucho tardar empezó a ir a su casa con tanta frecuencia como Dorrie, si bien con una situación muy distinta.

Muriel tenía más de treinta años y no se había casado. Hablaba de casarse abiertamente, en broma y en tono dolorido, sobre todo si estaba Porter. «¿No conoces a ningún hombre, Porter?» —decía—. ¿No puedes encontrarme a un hombre como Dios manda?» Porter decía que tal vez sí, pero que a ella tal vez no le parecería como Dios manda. Todos los veranos, Muriel iba a ver a su hermana a Montreal, y una vez estuvo con unos primos a los que conocía sólo por carta, en Filadelfia. Al volver, lo primero que contó fue la situación de los hombres.

—Terrible. Todos se casan jóvenes, son católicos, y las mujeres no se mueren nunca. Están demasiado ocupadas dando a luz.

»Bueno, me habían preparado a alguien pero me di cuenta desde el principio de que no funcionaría. Era uno de esos hombres pegado a las faldas de la madre.

»Conocí a otro, pero tenía un defecto espantoso. No se cortaba las uñas de los pies. Tenía unas uñas enormes, amarillas. Bueno, ¿es que no pensáis preguntarme cómo me enteré? Muriel siempre iba vestida de algún tono de azul. Una mujer debe elegir el color que le sienta realmente bien y llevarlo siempre, decía. Como el perfume. Es como tu firma. Casi todo el mundo pensaba que el azul es un color para las rubias, pero no tenían razón. Para empezar, el azul podía hacer a una rubia aún más desteñida que ella. Le sentaba mejor a una piel cálida como la de Muriel, una piel que adquiría un buen bronceado que nunca desaparecía del todo. Le iba bien al pelo y los ojos castaños, como los suyos. Muriel jamás escatimaba dinero con la ropa; hacer eso era una tontería. Siempre llevaba las uñas pintadas, de un color fuerte y llamativo, como albaricoque o rojo rubí o incluso dorado. Era pequeñita y de formas redondas y hacía ejercicio para mantener la delgadez de su cintura. Tenía un lunar en el cuello, delante, como una joya colgada de una cadena invisible, y otro como una lágrima en el extremo de un ojo.

—A ti no se te puede definir como guapa —le dijo un día Millicent, sorprendiéndose a sí misma—. Lo tuyo es fascinante. —Después se sonrojó por el piropo, comprendiendo que sonaba infantil y excesivo.

Muriel también se sonrojó un poco, pero complacida. Bebió un sorbo, admirada, francamente encantada. Un día, pasó por la casa camino de un concierto en Walley, del que esperaba una recompensa interesante. Llevaba un vestido azul hielo que desprendía destellos.

—Y eso no es todo —dijo—. Todo lo que llevo es nuevo, y todo de seda.

No era cierto que nunca encontrase a un hombre. En realidad, los encontraba con bastante frecuencia, pero raramente a alguno que pudiera llevar a cenar a casa de Millicent. Los conocía en otras ciudades, cuando iba con los coros que dirigía, en Toronto, en los recitales de piano a los que llevaba a algún alumno especialmente prometedor. A veces los conocía en las propias casas de los alumnos: los tíos, los padres, los abuelos. Y la razón por la que no entraban en casa de Millicent y se limitaban a saludar con la mano —a veces secamente, otras veces con bravuconería— desde el coche, era que estaban casados. ¿Una esposa enferma, en la cama, dada a la bebida, o una fiera? Quizás. A veces, ni siquiera hablaban de ella: una esposa fantasmal. Acompañaban a Muriel a representaciones musicales: la afición a la música era una excusa muy socorrida. En ocasiones, incluso había un niño que tocaba un instrumento y actuaba como carabina. La llevaban a cenar a restaurantes de ciudades lejanas. Cuando hablaba de ellos, Muriel los llamaba amigos. Millicent la defendía. ¿Qué mal podía haber en ello si todo era a plena luz? Pero no era exactamente así, y siempre acababa en problemas, palabras duras, crueldades. Una amonestación de la dirección del colegio. La señorita Snow debe cambiar su conducta. Da mal ejemplo. Una esposa al teléfono. Lo siento, señorita Snow, pero tenemos que anular la clase. O un simple silencio. Una cita a la que la otra persona no acude, una nota que no recibe respuesta, un nombre que no vuelve a pronunciarse.

—No pido gran cosa —dijo Muriel—. Espero que un amigo sea un amigo. Pero en cuanto se huelen el menor problema, te dejan plantada después de haber asegurado que siempre se pondrían de mi parte. Eso, ¿por qué?

—Bueno, verás, Muriel —le dijo Millicent en una ocasión—. Una esposa es una esposa. Me parece muy bien tener amigos, pero un matrimonio es un matrimonio.

Muriel estalló al oír aquello. Le dijo a Millicent que pensaba lo peor de ella, como todos los demás, ¿y acaso no tenía derecho a divertirse, a pasar un buen rato de una forma inocente? Dio un portazo y pasó con el coche sobre las calas, sin duda a propósito. Millicent tuvo la cara llena de manchas durante todo un día, de llorar. Pero el enfado no duró, y Muriel volvió, también hecha un mar de lágrimas y echándose la culpa a sí misma.

—Fui tonta desde el principio —dijo, y fue al salón a tocar el piano.

Millicent llegó a conocer el comportamiento de Muriel. Cuando estaba contenta y tenía un amigo nuevo, tocaba canciones tristes, tiernas, como «Flores del bosque», o:

> Ella se vistió con atuendo masculino,
> y alegre atuendo llevaba...

Cuando sufría una decepción, aporreaba las teclas, rápidamente, y cantaba con desdén.

> Eh, Johnny Cope: ¿aún sigues en pie?

A veces, Millicent tenía invitados a cenar (pero no los Finnegan, ni los Nesbitt ni los Doud), y en tales ocasiones le gustaba invitar también a Dorrie y a Muriel. Dorrie la ayudaba después a fregar los platos y Muriel tocaba el piano.

Le pidió al pastor anglicano que fuera a su casa un domingo, después de las vísperas, y que llevara al amigo que, según había oído decir, tenía alojado. El pastor era soltero, pero Muriel había renunciado a él desde el principio. Ni carne ni pescado, decía. Una lástima. A Millicent le caía bien, sobre todo por su voz. A ella la habían educado en la religión anglicana, y aunque se pasó a la Iglesia Unida, que era a la que Porter decía pertenecer (como todos los demás, como todas las personas importantes del pueblo), seguía prefiriendo las costumbres de los anglicanos. Las vísperas, la campana de la iglesia, el coro cuando subía por la nave con la mayor majestuosidad de que era capaz, los cánticos, en lugar de quedarse todos sentados, apiñados. Y lo mejor, las palabras. «Pero ten, oh, Dios, compasión de nosotros, miserables pecadores. Perdona, oh, Señor, a quienes sus culpas confiesan. Dispensa a quienes hacen penitencia, según la promesa...»

Porter fue con ella una vez y le pareció detestable.

Los preparativos para aquella cena fueron complicados. Sacaron el mantel de damasco, el cucharón de plata, los platos de postre negros con pensamientos pintados a mano. Hubo que planchar el mantel y limpiar la plata, y después el miedo a que quedase una manchita de abrillantador, un pegote gris en los dientes de un tenedor o entre las uvas del borde de la tetera de la boda. Millicent se pasó todo el día a medio camino entre el contento y la angustia, la esperanza y la incertidumbre. Se multiplicaban las cosas que podían salir mal. La nata podía no acabar de montarse bien todavía no tenían frigorífico y en verano refrescaban las cosas en el suelo del sótano. El pastel de cabello de ángel podía no subir y no alcanzar todo su esplendor. Si subía, podía quedarse seco. Las galletas podían saber a harina rancia o un escarabajo salir de la ensalada. Hacia las cinco de la tarde, se encontraba en tal estado de tensión y temor que nadie podía estar en la cocina con ella. Muriel había llegado temprano para ayudar, pero no cortó las patatas en trozos suficientemente finos, y encima se raspó los nudillos mientras rallaba zanahorias, así que se llevó una regañina por ser una inútil y acabó por ir a tocar el piano.

Muriel iba vestida de crespón turquesa y olía a su perfume español. Hubiera podido eliminar al pastor, pero todavía no había visto a su huésped. Soltero, tal vez, o viudo, puesto que viajaba solo. Rico, o no viajaría desde tan lejos. Según decía la gente, había venido de Inglaterra. Otros decían que de Australia.

Intentaba preparar las «Danzas polovtsianas».

Dorrie se retrasaba. Eso añadió leña al fuego. Hubo que volver a bajar al sótano la ensalada con gelatina, por si se ablandaba. Hubo que sacar las galletas que estaban calentándose en el horno, por miedo a que se pusieran demasiado duras. Los tres hombres estaban sentados en la terraza —iban a cenar allí, estilo bufé— y tomaban limonada espumosa. Millicent había visto las consecuencias de la bebida en su propia familia —su padre murió por lo mismo cuando ella tenía diez años— y le hizo prometer a Porter, antes de casarse, que no volvería a probarla. Naturalmente, Porter lo hacía —siempre tenía una botella en el granero—, pero cuando bebía se mantenía a distancia y ella creía de verdad que cumplía su promesa. Era algo bastante corriente en aquella época, al menos entre los agricultores: beber en el establo; abstinencia en la casa. La mayoría de los hombres habría pensado que pasaba algo raro si una mujer no imponía semejante ley.

Pero cuando Muriel salió a la terraza con sus zapatos de tacón y su provocativo vestido de crespón, exclamó:

—¡Ah, mi bebida preferida! ¡Ginebra con limón! —Dio un sorbo y miró a Porter con gesto de asco—. Otra vez, Porter. ¡Otra vez te has olvidado de la ginebra!

Después le tomó un poco el pelo al pastor, preguntándole si no llevaba una petaca en el bolsillo. El pastor contestó con galantería, o quizá fuera que el aburrimiento le hizo osado. Dijo que ojalá la llevara.

El invitado, que se levantó para las presentaciones, era alto, delgado y cetrino, con una cara que parecía hecha de pliegues colgantes, rigurosa y melancólica. Muriel no se dejó desanimar. Se sentó a su lado e intentó con brío meterle en la conversación. Le contó que daba clases de música y criticó mordazmente a los músicos y los coros locales. No perdonó a los anglicanos. Se burló del pastor y de Porter, y contó lo del pollo que había subido al escenario en el transcurso de un concierto en un colegio rural.

Porter había hecho temprano las tareas de la granja, se había lavado y puesto el traje, pero no paraba de mirar inquieto hacia el corral, como pensando que había olvidado algo. Una de las vacas estaba mugiendo con todas sus fuerzas y, al final, fue a ver qué le ocurría. Descubrió que su ternero se había enganchado en la cerca de alambre y se había estrangulado. No habló del suceso cuando volvió a la casa con las manos recién lavadas. «El ternero, que se ha enganchado en la cerca», fue todo lo que dijo, pero relacionó el accidente con aquella reunión, con vestirse de punta en blanco para después tener que comer con el plato encima de las rodillas. Le parecía que no era normal.

—Esas vacas son peores que los niños —dijo Millicent—. ¡Siempre quieren que les hagas caso en el momento más inoportuno! —Sus hijos, a los que había dado de comer antes, estaban asomados por entre los barrotes de la barandilla para ver cómo llevaban la comida a la terraza—. Creo que vamos a tener que empezar sin Dorrie. Ustedes, señores, deben de estar muertos de hambre. No es nada más que un pequeño bufé, muy sencillo. A nosotros nos gusta cenar fuera algunos domingos.

—¡Comiencen, comiencen! —exclamó Muriel, que había ayudado a llevar los diversos platos: la ensalada de patata, la de zanahoria, la ensalada con gelatina, la de col, los huevos picantes al horno y el pollo asado frío, el salmón y las galletas calientes y las salsas.

Justo cuando acababan de colocarlo todo, apareció Dorrie por un lateral, acalorada por la caminata o por la excitación. Llevaba el vestido bueno de verano, de organdí azul marino y lunares y cuello blancos, adecuado para una niña o una señora mayor. Le colgaban unos hilos de donde había arrancado el encaje roto del cuello en lugar de arreglarlo, y a pesar de lo caluroso del día, por una manga asomaba el borde de una camiseta. Se había limpiado los zapatos tan reciente y torpemente que iba dejando rastros de crema blanca por la hierba.

—Habría llegado puntual, pero he tenido que matar una gata montesa —dijo—. Andaba merodeando cerca de mi casa, y estoy convencida de que tenía rabia.

Se había mojado el pelo y lo llevaba sujeto con prendedores. Entre eso y la cara rosa y brillante parecía una muñeca con cabeza y miembros de porcelana unidos a un cuerpo de tela, relleno de paja.

—Al principio pensé que estaba en celo, pero no se comportaba así. No se frotaba la tripa contra el suelo como estoy acostumbrada a ver, y además vi salivajos. Así que pensé que lo único que podía hacer era matarla. Después la he metido en un saco y he llamado a Fred Nunn para ver si podía llevarla a Walley, al veterinario. Quiero saber si realmente tenía rabia, y Fred aprovecha la menor excusa para sacar el coche. Le he dicho que dejase el saco en la puerta si el veterinario no estaba en casa por ser domingo.

—¿Y qué pensará que es? —dijo Muriel—. ¿Un regalo?

—No. He prendido una nota con un alfiler, por si acaso. Estoy segura de que había saliva y babas. —Se tocó la cara, para indicar dónde estaba la saliva—. ¿Lo está pasando bien en el pueblo? —le dijo al pastor, que llevaba en el pueblo tres años y era quien había enterrado a su hermano.

—Quien está de visita es el señor Speirs, Dorrie —dijo Millicent.

Dorrie respondió a la presentación y no pareció avergonzarse por el error. Dijo que la razón por la que creía que se trataba de una gata montesa era que tenía el pelo todo enmarañado y asqueroso, y que un animal así no se habría acercado a la casa a menos que tuviese rabia.

—Pero pondré una explicación en el periódico, por si acaso. Lo sentiría mucho si fuera de alguien. Yo perdí mi perrita hace tres meses, *Delilah*. Desgraciadamente, la atropelló un coche.

Resultaba raro oírle llamar perrita a *Delilah*, una perra grande y negra que acompañaba con sus andares torpes a Dorrie y corría por el campo con júbilo salvaje atacando a los coches. A Dorrie no le había afectado su muerte; incluso dijo que estaba esperando que ocurriese cualquier día. Pero al oírla decir «perrita», Millicent pensó que quizá hubiera experimentado una pena que no demostró.

—Venga a llenarse el plato o tendremos que morirnos de hambre todos —le dijo Muriel al señor Speirs—. Usted es el invitado y va el primero. Si las yemas de los huevos están un poco oscuras es sólo por lo que han comido las gallinas, pero nadie se va a envenenar. Yo he rallado las zanahorias de la ensalada, así que si ven un poco de sangre es porque me entusiasmé demasiado y me pelé los nudillos. Más me vale callarme si no quiero que Millicent me mate.

Y Millicent se rió, medio enfadada, y dijo:

—¡Claro que no están oscuras! ¡Claro que no te has cortado!

El señor Speirs había escuchado con gran atención las palabras de Dorrie. Quizá fuera eso lo que hizo a Muriel ser tan descarada. Millicent pensaba que, a lo mejor, el señor Speirs veía a Dorrie como algo novedoso, como una salvaje canadiense que iba por ahí pegando tiros. Tal vez la estuviera observando para describírsela a sus amigos al volver a Inglaterra.

Dorrie estuvo callada mientras comía, y comió mucho. También el señor Speirs —a Millicent le encantó verlo—, y dio la impresión de ser una persona silenciosa. El pastor mantuvo viva la conversación comentando un libro que estaba leyendo. Se llamaba *La ruta de Oregón*.

—Unas penalidades terribles —dijo.

Millicent dijo que había oído hablar de él.

—Tengo unos primos que viven en Oregón, pero no recuerdo ahora el nombre del pueblo —dijo—. A lo mejor hicieron ese viaje.

El pastor dijo que si viajaron hace un siglo era muy probable.

—Ah, no sabía que hubiera sido hace tanto tiempo —dijo Millicent—. Se llamaban Rafferty.

—Un hombre llamado Rafferty hacía carreras de palomas —dijo Porter, con repentino brío—. Hace mucho, cuando había más cosas de éstas. Y además se apostaba dinero. Pues bueno, vio que había un problema con el palomar, que no entraban enseguida, y eso significaba que no tocaban el alambre y no las contaban. Así que cogió un huevo de una de las palomas, lo vació y metió un escarabajo, y el escarabajo formó tal jaleo dentro que la paloma creyó que tenía que empezar a empollar el huevo. Así que salió volando como una flecha, entró en el palomar tocando el alambre y todos los que habían apostado por ella ganaron mucho dinero. Y él también, claro. Esto pasó en Irlanda, y el hombre que contaba esta historia fue así como ganó el dinero para venir a Canadá.

Millicent no creía que el hombre se llamara Rafferty. Eso había sido una simple excusa.

—¿Así que tiene usted una escopeta en su casa? —le dijo el pastor a Dorrie—. ¿Es porque le preocupan los vagabundos y esa gente?

Dorrie dejó en el plato el cuchillo y el tenedor, masticó algo meticulosamente y se lo tragó.

—La tengo para disparar —dijo.

Tras una pausa dijo que mataba marmotas y conejos. Llevaba las marmotas al criadero de visones, al otro extremo del pueblo, y las vendía allí. Despellejaba los conejos y estiraba las pieles, y después las vendía en un sitio de Walley donde hacían gran negocio con los turistas. Le gustaba la carne de conejo cocida o frita, pero como no podía comérsela toda, a veces le llevaba un conejo ya limpio y despellejado a alguna familia que vivía de la beneficencia. En muchas ocasiones rechazaban su

77

ofrecimiento. La gente pensaba que era como comerse un perro o un gato. Aunque, según tenía entendido, no estaba mal visto en China.

—Es verdad —dijo el señor Speirs—. Yo he comido las dos cosas.

—Entonces es que la gente tiene prejuicios —dijo Dorrie.

El señor Speirs le preguntó por las pieles, le dijo que había que quitarlas con mucho cuidado, y Dorrie dijo que tenía razón y que se necesitaba un cuchillo bueno. Describió complacida el primer tajo en el vientre.

—Con las ratas almizcleras resulta incluso más difícil, porque hay que tener más cuidado con la piel, es más valiosa —dijo—. Es más gruesa. Impermeable.

—Pero no las caza con una escopeta, ¿verdad? —dijo el señor Speirs.

No, no, dijo Dorrie. Las cogía con trampas. Sí, claro, con trampas, dijo el señor Speirs, y Dorrie describió la que más le gustaba, a la que había añadido pequeñas mejoras inventadas por ella. Había pensado en sacar la patente pero nunca se había puesto a ello. Habló sobre los ríos en primavera, sobre la red de arroyos que ella seguía, recorriendo kilómetros un día tras otro, después de que se ha fundido casi toda la nieve pero antes de que empiecen a salir las hojas, cuando la piel de las ratas almizcleras está en su mejor momento. Millicent sabía que Dorrie hacía aquellas cosas, pero pensaba que era para ganar un poco de dinero. Al oírla hablar, daba la impresión de que realmente le gustaba aquella vida. El agua fría sobre las botas de goma, las ratas ahogadas. Y el señor Speirs la escuchaba como un perro viejo, quizás un perro de caza, que ha estado sentado con los ojos entrecerrados y al que la buena opinión que tiene de sí mismo le ha impedido abandonarse a un sopor descortés. Ahora que ha percibido el olorcillo de algo que nadie más entiende, se le abren los ojos de par en par, se le agita la nariz y sus músculos responden; olas de estremecimiento le recorren el vello del cuerpo al recordar un día de temeridad y entrega. ¿Hasta dónde llega el agua, preguntó, y qué altura alcanza, cuánto pesan las ratas y cuántas puede coger en un día, y se usa el mismo cuchillo que para los conejos?

Muriel le pidió un cigarrillo al pastor y él se lo dio; fumó unos momentos y lo apagó sobre la nata.

—Así no me la como y no engordo —dijo. Se levantó y se puso a ayudar a quitar los platos, pero al poco acabó sentada al piano, otra vez con las «Danzas polovtsianas».

Millicent estaba encantada de que hubiera conversación con el invitado, pero qué le atraía de la conversación era algo que la dejaba un tanto perpleja. Además, pensaba que la comida había salido bien y que no había ocurrido nada humillante, ningún sabor raro ni ningún asa de taza pegajosa.

—Yo creía que todos los que cazan con trampas estaban en el norte —dijo el señor Speirs—. Creía que estaban más allá del Círculo Polar Ártico o al menos en el terreno precámbrico.

—Antes pensaba ir allí —dijo Dorrie. Su voz enronqueció un poco, de vergüenza o de entusiasmo—. Pensaba que podía vivir en una cabaña y cazar durante todo el invierno. Pero tenía un hermano y no podía dejarlo.

A finales del invierno Dorrie llegó un día a casa de Millicent con una gran pieza de satén blanco. Dijo que quería hacer un vestido de boda. Hasta entonces nadie sabía nada de una boda —dijo que iba a ser en mayo—, ni conocía el nombre de pila del señor Speirs. Se llamaba Wilkinson. Wilkie.

¿Cuándo y dónde lo había visto Dorrie, desde la noche de la cena en la terraza?

En ninguna parte. Se había ido a Australia, donde tenía tierras. Se habían escrito.

Pusieron sábanas en el suelo del comedor, con la mesa apoyada contra la pared. Extendieron el satén sobre ellas. Su brillante anchura, su reluciente vulnerabilidad cubrieron de silencio toda la casa. Los niños fueron a contemplarlo, y Millicent les gritó que se marchasen de allí. Le daba miedo empezar a cortarlo. Y Dorrie, que con tanta facilidad hendía la piel de un animal, dejó las tijeras. Confesó que le temblaban las manos. Avisaron a Muriel para que se pasara por allí después del colegio. Se llevó una mano al corazón al enterarse de la noticia y llamó a Dorrie listilla, Cleopatra, que había conquistado a un millonario.

—Porque seguro que es millonario —dijo—. Tierras en Australia... ¿Qué quiere decir eso? ¡Seguro que no es un criadero de cerdos! Mi única esperanza es que tenga un hermano. ¡Ay, Dorrie, qué mala soy! ¡Ni siquiera te he felicitado!

Se prodigó en ruidosos besos con Dorrie, que los recibió inmóvil, como si tuviera cinco años.

Lo que dijo Dorrie fue que el señor Speirs y ella pensaban pasar por «una forma de matrimonio». A qué te refieres, dijo Millicent, a una ceremonia de matrimonio, a eso te refieres, y Dorrie dijo que sí.

Muriel dio el primer corte al satén, al tiempo que decía que alguien tenía que hacerlo, aunque a lo mejor si volvía a hacerlo ella no sería en el mismo sitio.

Al poco tiempo se acostumbraron a los errores. Errores y rectificaciones. Todos los días, a última hora de la tarde, cuando llegaba Muriel, acometían una nueva fase —el corte, los alfileres, el hilvanado, el cosido— con los dientes apretados y terribles gritos al unísono. Tuvieron que cambiar el patrón a medida que avanzaron, tener en cuenta que surgirían problemas imprevistos, como una sisa demasiado estrecha, un abultamiento del grueso satén en la cintura, las extravagancias del tipo de Dorrie. Dorrie suponía una amenaza para trabajar, así que la destinaron a barrer los recortes de tela y a colocar la bobina. Cada vez que se sentaba a la máquina de coser se mordía la lengua. A veces no tenía nada que hacer y deambulaba de una habitación a otra en casa de Millicent, parándose ante las ventanas para mirar la nieve y el aguanieve, el prolongado final del invierno. O se quedaba como un animal dócil con su ropa interior de lana, que francamente olía a su carne, mientras estiraban y remetían la tela alrededor de su cuerpo.

Muriel se había hecho cargo de la ropa. Sabía qué hacía falta. Hacía falta algo más que el vestido nupcial. Hacían falta un traje para el viaje, un camisón para la noche de bodas y una bata a juego y, por supuesto, ropa interior nueva. Medias de seda y un sujetador, el primero que usaría Dorrie.

Dorrie no sabía nada de aquello.

—Yo consideraba el vestido de boda el mayor obstáculo —dijo—. No se me había ocurrido pensar en nada más.

La nieve se derritió, los ríos se llenaron, las ratas almizcleras estarían nadando en el agua fría, lustrosas y alegres con el tesoro de sus lomos. Si Dorrie pensaba en las trampas, no lo decía. El único camino que recorría aquellos días era el que separaba su casa de la de Millicent.

Envalentonada con la experiencia, Muriel cortó un traje sastre de buena lana de color rojizo, y el forro. Tenía abandonados los ensayos del coro.

Millicent tenía que pensar en la comida de la boda. Se celebraría en el Brunswick Hotel pero, ¿a quién había para invitar, aparte del pastor? A Dorrie la conocían muchísimas personas, pero la conocían como la señora que dejaba conejos despellejados a la puerta de las casas, que iba por el campo y los bosques con su escopeta y su perra y vadeaba los arroyos crecidos con botas altas de goma. Pocas personas sabían nada de los antiguos Beck, aunque todos recordaban a Albert y les caía bien. Dorrie no era motivo de burla —algo había que la protegía de eso, o la buena fama de Albert o su propia brusquedad y dignidad—, pero la noticia de su boda había suscitado gran interés y no precisamente demasiadas simpatías. Se consideraba el asunto como un acontecimiento anormal, un tanto escandaloso, posiblemente un engaño. Según Porter, se hacían apuestas sobre si el novio se presentaría o no.

Finalmente, Millicent se acordó de unos primos que habían asistido al funeral de Albert. Gente corriente y respetable. Dorrie tenía su dirección; les enviaron invitaciones. Después, los hermanos Nunn, de la tienda de comestibles, para quienes había trabajado Albert, y sus mujeres. Un par de amigos de Albert con los que jugaba a los bolos, y sus mujeres. ¿Los dueños del criadero de visones donde Dorrie vendía las marmotas? ¿La señora de la pastelería que iba a escarchar la tarta?

La tarta se haría en casa, después se llevaría a la tienda para que la escarchara la señora que había estudiado repostería en Chicago. Se cubriría con rosas blancas, festones, corazones y guirnaldas y hojas plateadas y esas bolitas de caramelo también plateadas con las que se te rompen los dientes fácilmente. Mientras tanto, había que hacer la mezcla y ponerla en el horno, y aquí era donde podían entrar en juego los fuertes brazos de Dorrie, para remover y remover una mezcla tan espesa que parecía estar hecha toda de fruta garrapiñada y pasas de Corinto, con un poco de batido de jengibre para que cuajase, como pegamento. Cuando Dorrie apretó el gran cuenco contra su estómago y empuñó el batidor, Millicent oyó el primer suspiro de satisfacción que emitía desde hacía tiempo.

Muriel decidió que tenía que haber una dama de honor. O una matrona de honor. No podía ser ella, porque iba a tocar el órgano. «Oh, amor perfecto». Y la marcha nupcial de Mendelssohn.

Tendría que ser Millicent. Muriel no hubiera aceptado una negativa. Le llevó un vestido de noche suyo, que abrió por la cintura —¡qué segura y arrogante se sentía con la costura!— y propuso una banda de encaje, de un azul más oscuro, con un bolero también de encaje a juego. «Parecerá nuevo y te quedará como un guante», le dijo.

Millicent se echó a reír cuando se lo probó y dijo:

—¡Vaya pinta! —Pero parecía contenta. Porter y ella no habían celebrado su boda con grandes alharacas: sólo habían ido a la rectoría, al haber decidido ahorrar el dinero para muebles—. Supongo que tendré que llevar algún perifollo —dijo—. En la cabeza.

—¡El velo! —exclamó Muriel—. ¿Y el velo de Dorrie? ¡Nos hemos concentrado tanto en los vestidos que nos hemos olvidado del velo!

Dorrie intervino inesperadamente y dijo que no estaba dispuesta a llevar velo. No soportaba que le liaran eso alrededor; le daría la sensación de que eran telarañas. Muriel y Millicent se sobresaltaron al oír aquella palabra, porque circulaban chistes sobre la existencia de telarañas en otro sitio.

—Tiene razón —dijo Muriel—. Un velo sería excesivo.

Reflexionó sobre qué otra cosa. ¿Una guirnalda de flores? No, también excesivo. ¿Una pamela? Sí, un viejo sombrero de verano recubierto de satén blanco. Y otro recubierto de encaje azul oscuro.

—Éste es el menú —dijo Millicent en tono dubitativo—. Pollo a la crema en conchas de pasta, galletitas redondas, gelatina en moldes, la ensalada esa de manzana y nueces, helado rosa y blanco con la tarta...

Pensando en la tarta, Muriel dijo:

—¿Por casualidad tiene una espada, Dorrie?

Dorrie dijo:

—¿Quién?

—Wilkie. Tu Wilkie. ¿Tiene una espada?

—¿Y para qué iba a tener una espada? —dijo Millicent.

—No, pensaba que a lo mejor la tenía —dijo Muriel.

—No puedo informarte —dijo Dorrie.

A continuación, las tres guardaron silencio unos momentos, porque había que pensar en el novio. Tenían que franquearle la entrada en la habitación y situarle entre todo aquello. Pamelas. Pollo a la crema. Hojas de plata. Les asaltaron miles de dudas. Al menos a Millicent, y también a Muriel. Apenas se atrevían a mirarse.

—Había pensado que como es inglés, o lo que sea... —dijo Muriel.

Millicent dijo:

—De todos modos, es un buen hombre.

La fecha de la boda se fijó para el segundo sábado de mayo. El señor Speirs llegaría el miércoles y se quedaría en casa del pastor. El domingo anterior, Dorrie debía ir a cenar con Millicent y Porter. También estaba Muriel. Dorrie no apareció y empezaron sin ella.

Millicent se levantó a mitad de la cena.

—Voy a su casa —dijo—. Espero que sea más puntual el día de su boda.

—¿Te acompaño? —dijo Muriel.

Millicent dijo que no, gracias. Dos personas lo empeorarían.

¿Empeorarían qué?

No lo sabía.

Atravesó el prado sola. Era un día caluroso y la puerta trasera de la casa de Dorrie estaba abierta. Entre la casa y donde antes estaba el establo había un bosquecillo de nogales con las ramas aún desnudas, porque los nogales se cuentan entre los árboles que más tardan en echar hojas. La cálida luz del sol que caía a raudales por entre las ramas desnudas no parecía natural. Sus pies no hacían ningún ruido sobre la hierba.

Y allí, en la tarima de atrás, estaba el viejo sillón de Albert abandonado, porque no lo habían metido en la casa durante todo el invierno. Lo que le rondaba la cabeza era que Dorrie hubiese sufrido un accidente. Algo con una escopeta. Quizá mientras la limpiaba. Eso le ocurría a la gente. O podía estar tirada en un prado, en cualquier parte, tendida en los bosques entre las viejas hojas muertas y los puerros nuevos. O haber tropezado al saltar una cerca. Tenía que salir una última vez. Y después de tantas veces sin problemas, la escopeta se había disparado. Millicent nunca había sentido tales temores por Dorrie y sabía que en ciertos sentidos era muy cuidadosa y competente. Debía de ser que lo ocurrido aquel año hacía parecer que todo fue era posible. La propuesta de matrimonio, aquella suerte loca, podía hacer creer también en la calamidad.

Pero no era un accidente lo que le rondaba por la cabeza. En realidad, no. Bajo el miedo y las imaginaciones de accidentes, Millicent ocultaba lo que de verdad temía.

Gritó el nombre de Dorrie ante la puerta abierta. Y tan preparada estaba para el silencio por respuesta, el silencio maligno y la indiferencia de una casa recientemente abandonada por alguien que se había topado con la catástrofe —o aún no abandonada por el cuerpo de la persona con la que se había topado, que *había provocado* esa catástrofe—, tan preparada para lo peor, que se llevó un susto, se le quedaron las piernas flojas al ver a la mismísima Dorrie, con la camisa y los pantalones viejos que se ponía para salir al campo.

—Estábamos esperándote —dijo—. Estábamos esperándote para cenar.

Dorrie dijo:

—Debo de haber perdido la noción del tiempo.

—Vaya, ¿es que se te han parado todos los relojes? —dijo Millicent, recuperando el aplomo mientras seguía a Dorrie por la entrada de atrás con sus excrementos tan misteriosos como conocidos. Notó el olor de algo que se estaba cocinando.

La cocina estaba oscura por las lilas que se apretaban, grandes e ingobernables, contra la ventana. Dorrie usaba el fogón de leña que había en la casa desde el principio y tenía una de esas antiguas mesas de cocina con un cajón para guardar los cubiertos. A Millicent le alivió ver que el calendario era de aquel mismo año.

Dorrie estaba preparando algo de cenar. Tenía a medio picar una cebolla de color púrpura para añadirla a los trozos de panceta y las patatas que se estaban friendo en la sartén. Conque había perdido la noción del tiempo.

—Sigue —dijo Millicent—. Continúa con tu cena. Yo he comido algo antes de que se me ocurriera venir a buscarte.

—He hecho té —dijo Dorrie.

Lo mantenía caliente en la parte trasera de la cocina y, cuando lo sirvió, parecía tinta.

—No puedo marcharme —dijo, pinchando un pedazo de panceta que chisporroteaba en la sartén—. No puedo marcharme de aquí.

Millicent decidió tomarse aquello igual que cuando un niño anuncia que no puede ir al colegio.

—Pues al señor Speirs le va a encantar —dijo—. Después de venir desde tan lejos.

Dorrie se echó hacia atrás cuando la grasa empezó a ponerse rebelde.

—Será mejor que quites eso del fuego —dijo Millicent.

—No me puedo marchar.

—Ya te he oído.

Dorrie acabó de cocinar y puso lo que había en un plato. Añadió salsa de tomate y un par de gruesas rebanadas de pan empapadas en la grasa que quedaba en la sartén. Se sentó a comer y no habló.

Millicent también estaba sentada, esperando. Por último dijo:

—Dame una razón.

Dorrie se encogió de hombros y siguió masticando.

—A lo mejor sabes algo que yo no sé —dijo Millicent—. ¿Has averiguado algo? ¿Que es pobre?

Dorrie negó con la cabeza.

—Rico —dijo.

Así que Muriel tenía razón.

—Muchas mujeres darían cualquier cosa.

—Eso no me importa —dijo Dorrie. Siguió masticando, tragó y repitió—: No me importa.

Millicent tenía que arriesgarse, aunque le diese vergüenza.

—Si estás pensando en lo que creo que estás pensando, seguramente te estás preocupando por nada. Cuando envejecen, muchas veces ni siquiera se molestan.

—¡No, no es eso! Eso lo sé.

¿Ah, sí?, pensó Millicent. ¿Y cómo? Dorrie podía pensar que lo sabía, por los animales. Algunas veces, Millicent había pensado que, si de verdad lo supiera, ninguna mujer se casaría.

De todos modos dijo:

—El matrimonio te saca de ti misma y te da una vida de verdad.

—Yo tengo mi vida aquí —dijo Dorrie.

—Bueno, vale —dijo Millicent, como si hubiera renunciado a discutir. Bebió aquel té venenoso. Se le estaba ocurriendo una idea. Dejó pasar un rato y después dijo—: Depende de ti, desde luego, pero está el problema de dónde vas a vivir. No puedes seguir aquí. Cuando Porter y yo nos enteramos de que ibas a casarte pusimos la casa en venta, y la han comprado.

Dorrie replicó inmediatamente:

—Es mentira.

—No queríamos que se quedase vacía para que se convirtiese en refugio de vagabundos. Así que la hemos vendido.

—Vosotros no me jugaríais esa mala pasada.

—¿Por qué es una mala pasada, si vas a casarte?

Millicent había empezado a creerse lo que había dicho. Dentro de poco podría hacerse realidad. Podían ofrecer la casa a un precio suficientemente bajo, y alguien la compraría. Aún podía arreglarse. O derribarla, por los ladrillos y la madera. Porter se alegraría de librarse de ella.

Dorrie dijo:

—No seríais capaces de echarme de mi casa.

Millicent guardó silencio.

—Estás mintiendo, ¿no?

—Dame la Biblia —dijo Millicent—. Te lo juraré con la mano sobre la Biblia.

Dorrie miró a su alrededor. Dijo:

—No sé dónde está.

—Escúchame, Dorrie. Es por tu bien. Puede parecer que te estoy echando, Dorrie, pero sólo quiero obligarte a hacer lo que no estás dispuesta a hacer por ti misma.

—Ah —dijo Dorrie—. ¿Por qué?

Porque la tarta de boda está preparada, pensó Millicent, y el vestido de satén, y la comida encargada y se han enviado ya las invitaciones. Con todas las molestias que nos hemos tomado. La gente podría decir no obstante que era una razón absurda, pero los que dijeran aquello no serían los que se habían tomado las molestias. No sería justo desperdiciar tantos esfuerzos.

Pero había algo más que eso, porque Millicent creía lo que le había dicho a Dorrie, que así podría tener una vida. ¿Y a qué se refería Dorrie con «aquí»? ¡Si se refería a que tendría nostalgia, pues que la tuviera! La nostalgia no es algo que no se pueda superar. Millicent no pensaba preocuparse por aquel «aquí». A nadie podía interesarle vivir «aquí» si le habían ofrecido lo que a Dorrie. Era poco menos que un pecado rechazar semejante oferta. Además, por pura testarudez, por miedo y estupidez.

Millicent tenía la sensación de que Dorrie se veía entre la espada y la pared. Quizá estuviera rindiéndose, o dejando que la idea de rendirse empezara a calar en ella. Tal vez. Seguía sentada, inmóvil como un tocón de árbol, pero cabía la posibilidad de que el tocón tuviese pulpa en su interior.

Sin embargo, fue Millicent quien se echó a llorar de repente.

—¡Venga, Dorrie, no seas tonta! —dijo.

Las dos se levantaron al tiempo y se abrazaron, y fue Dorrie quien tuvo que desempeñar el papel de consolar y dar palmaditas de una forma magistral, mientras que Millicent no paraba de llorar y de repetir palabras deshilvanadas: «feliz. Ayuda. Ridículo».

—Cuidaré de Albert —dijo, cuando se hubo calmado un poco—. Le llevaré flores. Y no le contaré esto a Muriel Snow, ni a Porter. Nadie tiene por qué saberlo.

Dorrie no dijo nada. Parecía un poco perdida, distraída, como si estuviera dándole vueltas a algo, resignándose a su peso y su asombro.

—Este té está espantoso —dijo Millicent—. ¿No podemos hacer uno más decente, que se pueda beber?

Fue a tirar el contenido de su taza en el cubo de fregar.

Allí estaba Dorrie, a la débil luz de la ventana —testaruda, obediente, infantil, adulta—, una persona sumamente misteriosa y enloquecedora a la que parecía que Millicent hubiese conquistado, para sacarla de allí. A más precio del que se había imaginado, pensó Millicent. Intentó que Dorrie se prendiera de su mirada, sombría pero alentadora, que daba por finalizado su ataque de llanto. Dijo:

—La suerte está echada.

Dorrie fue andando a su boda.

Nadie sabía que tuviera intención de hacer tal cosa. Cuando Millicent y Porter detuvieron el coche frente a su casa para recogerla, Millicent seguía preocupada.

—Toca la bocina —dijo—. Espero que esté preparada.

Porter dijo:

—¿No es esa que va andando por la carretera?

Sí que era ella. Llevaba un abrigo gris claro de Albert sobre el vestido de satén, la pamela en una mano y un ramo de lilas en la otra. Se pararon y ella dijo:

—«No. Quiero hacer un poco de ejercicio, para aclararme las ideas.

No les quedó más remedio que continuar y esperar en la iglesia, desde donde la vieron acercarse, mientras la gente salía de las tiendas; algunas personas tocaron la bocina alegremente desde sus coches y otras saludaron con la mano y dijeron: «¡Aquí está la novia!» Al aproximarse a la iglesia, Dorrie se detuvo un momento para quitarse el abrigo de Albert, y entonces apareció resplandeciente, prodigiosa, como la estatua de sal de la Biblia.

Como Muriel estaba en la iglesia tocando el órgano no tuvo que ver, precisamente en el último momento, que se habían olvidado de los guantes y que Dorrie aferraba los tallos nudosos de las lilas con las manos desnudas. El señor Speirs también estaba en la iglesia, pero salió, quebrantando todas las normas, y dejó al pastor allí solo. Estaba tan flaco, amarillento y lobuno como lo recordaba Millicent, pero cuando vio que Dorrie metía el viejo abrigo en el asiento trasero del coche de los Porter, se ponía la pamela —Millicent tuvo que precipitarse a arreglársela—, pareció realmente satisfecho. Millicent se imaginaba a los dos en las alturas, montados sobre elefantes, esplendorosos, encumbrados, aventureros. Una visión. Rebosaba de optimismo y alivio y le susurró a Dorrie:

—¡Va a llevarte a todas partes! ¡Vas a ser una auténtica reina!

«He engordado tanto, que ni la reina de Tonga», escribió Dorrie desde Australia, años más tarde. En una fotografía se veía que no exageraba. Tenía el pelo blanco, la piel morena, como si se le hubieran disparado todas las pecas y después se le hubieran juntado. Llevaba un vestido enorme, con colores como de flores tropicales. Con la llegada de la guerra se acabó la posibilidad de viajar, y cuando terminó, Wilkie se estaba muriendo. Dorrie se quedó en Queensland, en una finca enorme en la que cultivaba caña de azúcar y piñas, algodón, cacahuetes, tabaco. A pesar del volumen que tenía, montaba a caballo, y había aprendido a pilotar aviones. Realizó varios viajes ella sola por aquella parte del mundo. Había cazado cocodrilos. Murió en los años cincuenta, en Nueva Zelanda, mientras escalaba una montaña para ver un volcán.

Millicent le contó a todo el mundo lo que había asegurado no contar a nadie. Y, naturalmente, se atribuyó toda la gloria. Recordaba su brillante idea, su estratagema, sin el menor remordimiento. «Alguien tenía que coger el toro por los cuernos», decía. Se sentía creadora de una vida, con mayor éxito, en el caso de Dorrie, que en el de sus propios hijos. Había creado felicidad, o algo parecido a la felicidad. Se olvidó de que había llorado, sin saber por qué.

Aquella boda influyó en Muriel. Presentó su dimisión en el colegio y se fue a Alberta. «Me doy un año de plazo», dijo. Y al cabo de un año había encontrado marido, no precisamente de la clase de hombres con los que se había relacionado hasta entonces: un viudo con dos hijos pequeños. Pastor cristiano. A Millicent le extrañó que Muriel lo llamase así. Porque, ¿no eran cristianos todos los pastores de la Iglesia? Cuando los dos

91

volvieron al pueblo para una breve visita —ya tenían otros dos hijos—, Millicent comprendió por qué. Prohibido fumar y beber y decir tacos, además del maquillaje y el tipo de música que solía tocar Muriel. Sólo tocaba canciones religiosas, precisamente de las que antes se burlaba. Llevaba ropa de todos los colores y una permanente espantosa: el pelo empezaba a grisearle y se le levantaba en copetes tiesos desde la frente. «Hay muchas cosas de mi vida anterior que me revuelven el estómago», dijo, y a Millicent le dio la impresión de que Porter y ella formaban parte de aquel mundo que le revolvía el estómago.

La casa ni se vendió ni se alquiló. Tampoco la derribaron, y estaba tan bien construida que no podía venirse abajo fácilmente. Podía mantenerse en pie años y años y seguir al menos presentable. Entre los ladrillos puede desparramarse todo un árbol de grietas, pero el muro no se viene abajo. Los marcos de las ventanas pueden atascarse, pero la ventana no se derrumba. Las puertas estaban cerradas con llave, pero probablemente los niños se colaban y escribían cosas en las paredes y destrozaban la vajilla que había dejado Dorrie. Millicent nunca entró.

Había algo que Dorrie y Albert hacían juntos y que después Dorrie hacía sola. Debió de empezar cuando los dos eran pequeños. Todos los años, en otoño, recogían —y después, sólo Dorrie— todas las nueces que se habían caído de los árboles. Iban haciéndolo poco a poco, recogiendo cada vez menos, hasta que prácticamente tenían la certeza de haber recogido la última nuez, o poco menos. Después las contaban y escribían el total en una pared del sótano. El día, el año, la cantidad. Una vez recogidas, las nueces no se utilizaban para nada. Las tiraban al borde del prado y allí se pudrían.

Millicent no prosiguió con esta tarea inútil. Bastantes cosas tenía que hacer, y también sus hijos. Pero cuando llegaba la época en que las nueces caían en la hierba, pensaba en Dorrie, en una costumbre que le hubiera gustado mantener hasta su muerte. Una vida de costumbres, de estaciones. Las nueces que se desploman, las ratas de agua que nadan en el arroyo. Dorrie debía de creer que viviría así, con sus extravagancias razonables, en su soledad soportable. Probablemente habría tenido otro perro.

«Pero yo no podía consentir semejante cosa», piensa Millicent. No lo hubiera consentido, y sin duda tenía razón. Ahora es una mujer mayor, sigue viva, aunque Porter murió hace varias décadas. Muchas veces no se fija en la casa. Simplemente está allí. Pero de vez en cuando ve su fachada cuarteada y las ventanas vacías, desequilibradas. Y detrás los nogales, perdiendo a cada momento su delicado dosel de hojas.

«Debería derribarla y vender los ladrillos», dice, y parece como si se quedara confusa por no haberlo hecho todavía.

LA VIRGEN ALBANESA

En las montañas, en Maltsia e madhe, debió de intentar decirles su nombre, y lo que ellos entendieron fue «Lottar». Tenía una herida en la pierna, de la caída sobre unas rocas cortantes cuando mataron a su guía. Tenía fiebre. No sabía cuánto tiempo habían tardado en llevarla por las montañas, envuelta en una alfombra y atada al lomo de un caballo. De vez en cuando le daban a beber agua, y también *rakí*, que era una especie de coñac muy fuerte. Olía a pinos. En un momento dado, estaban en una barca, y al despertarse vio las estrellas, que relucían y se desvanecían, cambiantes: racimos inestables que la mareaban. Más adelante, comprendió que debían de estar en el lago. El lago Scutari, o Sckhoder, o Skodra. Iban avanzando entre juncos. La alfombra estaba llena de bichos, que se metieron bajo el trapo que llevaba atado a la pierna.

Al final del viaje, aunque ella no sabía que fuera el final, se vio acostada en una pequeña choza de piedra, una prolongación de la casa grande, llamada la *kula*. Era la choza para los enfermos y los moribundos. No para dar a luz, algo que aquellas mujeres hacían en medio de los maizales, o junto al sendero cuando llevaban una carga al mercado.

Estuvo acostada, quizá durante semanas, en una cama de helechos. Era cómoda, y tenía la ventaja de poder cambiarse cuando se ensuciaba o se manchaba de sangre. Una anciana llamada Tima la cuidaba. Frotaba la herida con una pasta a base de cera de abejas, aceite de oliva y resina de pino. Le quitaba la venda varias veces al día, le lavaba la herida con *rakí*. Lottar vio unas cortinas de encaje negro colgadas de las vigas del techo, y pensó que estaba en su habitación, en casa, y que su madre (que había muerto) la cuidaba. «¿Por qué has puesto esas cortinas? —dijo—. Son horribles.»

Lo que en realidad veía eran telas de araña, gruesas y aterciopeladas por el humo, telarañas muy antiguas, que no se quitaban desde hacía años.

En su delirio, también tenía la sensación de que alguien empujaba una ancha tabla contra su cara, algo como la tapa de un ataúd. Pero cuando recuperó el conocimiento, comprobó que no era mas que un crucifijo, un crucifijo de madera que un hombre intentaba que besara. El hombre era sacerdote, franciscano. Era alto, de aspecto feroz, con cejas y bigote negros y olor a rancio, y además del crucifijo, llevaba una pistola que, según se enteró ella después, era un revólver Browning. Por su aspecto, el religioso sabía que ella era giaour —no musulmana—, pero no que pudiera ser hereje. Sabía un poco de inglés, pero lo pronunciaba de tal manera que ella no le entendía, y por entonces, no conocía ni una sola palabra de la lengua de los gegs. Pero una vez que hubo remitido la fiebre, cuando el sacerdote hizo una tentativa con algunas palabras en italiano, pudieron hablar, porque ella había aprendido ese idioma en el colegio y había viajado por Italia durante seis meses. El sacerdote entendía muchas más cosas que los demás, tanto que, al principio, ella esperaba que lo entendiese todo. «¿Cuál es la ciudad más próxima?», le preguntó, y él dijo: «Skodra». «Por favor, vaya allí, vaya a buscar el consulado británico, si es que existe. Soy ciudadana del Imperio Británico. Dígales que estoy aquí. O si no hay consulado británico, vaya a la policía.»

No comprendía que nadie iría a la policía bajo ninguna circunstancia. No sabían que pertenecía a aquella tribu, a aquella *kula*, aunque no tenían intención de cogerla prisionera y habían cometido un error vergonzoso.

Era un auténtico bochorno atacar a una mujer. Cuando mataron a su guía pensaron que ella volvería grupas, que huiría montaña abajo, hacia Bar. Pero su caballo se asustó con el disparo, tropezó entre las piedras y ella se cayó y se hizo una herida en una pierna. Entonces no les quedó más remedio que llevársela, atravesar la frontera entre la Crna Gora —que significa Roca Negra, o Montenegro— y Maltsia e madhe.

—¿Pero por qué le robaron al guía y no a mí? —dijo, pensando que, naturalmente, el móvil había sido el robo. Recordó lo hambrientos que parecían, el hombre y su caballo, y los harapos revoloteantes de su tocado.

—¡No son ladrones! —dijo el franciscano, atónito—. Son hombres honrados. Le mataron porque tenían un problema de sangre con él. Con su familia. Es su ley.

Le contó que el hombre al que habían matado, su guía, había matado a su vez a un miembro de aquella *kula*. Y lo había hecho porque el hombre al que mató había matado a un miembro de su *kula*. Era algo que funcionaba así, que llevaba funcionando así mucho tiempo; siempre nacían niños. Creen que tienen más hijos que nadie en el mundo, y es para cubrir esa necesidad.

—Sí, es terrible —concluyó el franciscano—. Pero lo hacen por su honor, el honor de su familia. Siempre están dispuestos a morir por su honor.

Ella dijo que su guía no debía de estar tan dispuesto, si había huido a Crna Gora.

—Pero habría dado igual —dijo el franciscano—. Incluso si se hubiera ido a América, habría dado igual.

En Trieste, embarcó en un vapor para recorrer la costa dálmata. Estaba con sus amigos, el señor y la señora Cozzens, a quienes había conocido en Italia, y un amigo de ellos, el doctor Lamb, que había venido de Inglaterra. Atracaron en el pequeño puerto de Bar, que los italianos llaman Antivari, y pasaron la noche en el European Hotel. Después de cenar, salieron a la terraza, pero como a la señora Cozzens le daba miedo resfriarse, volvieron dentro a jugar a las cartas. La noche amenazaba lluvia. Se despertó y se quedó escuchándola, decepcionada, sentimiento que dio paso al odio hacia aquellas personas de mediana edad, sobre todo el doctor Lamb, a quien creía que los Cozzens habían avisado de que viniera para que la conociesen. Seguramente pensaban que era rica. Una heredera del otro lado del Atlántico cuyo acento casi podían perdonar. Aquella gente comía demasiado y después tenía que tomar pastillas. Y les preocupaba estar en lugares desconocidos: ¿para qué habían ido? Por la mañana, tendría que volver al barco con ellos o si no montarían un lío. Nunca seguiría la carretera que atraviesa las montañas hasta Cetinge, capital de Montenegro. Les habían dicho que no era prudente. No vería la torre del campanario donde antes colgaban las cabezas de los turcos, ni el plátano bajo el que celebraba audiencia el príncipe poeta. Como no podía volver a dormirse, decidió bajar con las primeras luces del día e, incluso si seguía lloviendo, caminar un poco carretera arriba, por detrás de la ciudad, para ver las ruinas cuya existencia conocía, entre los olivos, y la fortaleza austriaca encaramada en la roca y la cara oscura del monte Lovchen.

El tiempo la favoreció, y también el recepcionista, que casi de inmediato le proporcionó un guía, desharrapado pero animoso, con su caballo desnutrido. Partieron: ella a lomos del caballo, el hombre a pie, delante. La carretera era empinada y serpenteante y estaba llena de piedras, el sol apretaba cada vez más y las sombras que se interponían eran negras y frías. Le entró hambre y pensó que debía volver pronto. Desayunaría con sus amigos, que se levantaban tarde.

Sin duda la buscaron, cuando encontraron el cadáver del guía. Debieron de avisar a las autoridades, quienquiera que fueran las autoridades. El barco debió de zarpar a su hora, y sus amigos en él. El hotel no les había retenido los pasaportes. En Canadá, a nadie se le ocurriría iniciar una investigación. No escribía con regularidad a nadie; había tenido una pelea con su hermano, sus padres estaban muertos. «No volverás hasta que te hayas gastado toda la herencia, y entonces, ¿quién cuidará de ti?», le había dicho su hermano.

Mientras la llevaban por el pinar, se despertó y se vio suspendida, arrullada —a pesar del dolor y quizá debido al *rakí*— en un entorno al que no podía dar crédito. Apretó los ojos contra el bulto que colgaba de la silla del hombre que iba delante de ella y que golpeaba el lomo del caballo. Tenía más o menos el tamaño de una col, e iba envuelto en un paño rígido, como herrumbroso.

Esta historia la oí en el antiguo hospital de St. Joseph, en Victoria, de labios de Charlotte, que era la clase de amiga que yo tenía en la primera época en que viví allí. Por entonces, mis amistades parecían íntimas e inciertas al mismo tiempo. No sabía por qué la gente me contaba cosas, ni lo que querían que yo me creyese.

Tuve que ir al hospital con bombones y flores. Charlotte levantó la cabeza, con su pelo abultado y recogido con horquillas, hacia las rosas.

—¡Bah! —dijo—. ¡No huelen a nada! Por lo menos a mí no me huelen a nada. Pero desde luego, son preciosas. Cómete tú los bombones —dijo—. A mí todo me sabe a alquitrán. Y no es que haya probado el alquitrán, pero esa es la sensación que tengo.

99

Estaba febril. Cuando le cogí la mano, la noté caliente y flácida. Le habían cortado el pelo, y daba la impresión de haber perdido carnes en la cara y en el cuello. La parte de su cuerpo oculta por las sábanas del hospital parecía tan amplia y abultada como siempre.

—Pero no te vayas a creer que soy una desagradecida —dijo—. Siéntate. Trae esa silla. A ella no le hace falta.

En la habitación había otras dos mujeres. Una de ellas se reducía a un montón de pelo gris amarillento sobre una almohada, y la otra estaba atada a una silla, sin parar de retorcerse y gemir.

—Esto es espantoso —dijo Charlotte—. Pero hay que hacer de tripas corazón. No sabes cuánto me alegro de verte. Ésa se pasa la noche gritando —dijo, señalando con la cabeza hacia la cama junto a la ventana—. Demos gracias a Dios por que ahora esté dormida. Yo no puedo pegar ojo, pero he estado aprovechando el tiempo. ¿A qué no sabes qué he estado haciendo? ¡Pues he inventado una historia, para una película! La tengo toda en la cabeza y quiero que la oigas. Tú me dirás si podría salir una buena película de esto. Yo creo que sí. Me gustaría que actuase Jennifer Jones. Pero mira, no sé. Me da la impresión de que ya no es la misma. Se ha casado con ese millonario.

»Vamos a ver —dijo—. Oye, ¿puedes levantar un poco más esta almohada? Se desarrolla en Albania, en el norte de Albania, que se llama Maltsia e madhe, en la década de los veinte, cuando todavía era todo muy primitivo allí. La protagonista es una chica joven que viaja sola. En el relato se llama Lottar.

Me senté y me dispuse a escucharla. Charlotte se inclinaba hacia adelante, incluso se balanceaba un poquito en su cama dura, para hacer hincapié sobre un punto determinado. Sus manos flácidas subían y bajaban, sus ojos azules se abrían de par en par, con expresión dominante, y de vez en cuando, se

desplomaba sobre las almohadas y cerraba los ojos para volver a concentrarse en el relato. Ah, ya, decía. Ya, ya. Y continuaba.
—Ya, ya —dijo una vez más—. Sé cómo sigue, pero por hoy es suficiente. Tendrás que volver. Mañana. ¿Vendrás mañana? Yo dije que sí, que mañana, y me dio la impresión de que se había quedado dormida sin oírme.

La *kula* era una casa grande de piedra rústica con un establo abajo y estancias para los humanos arriba. Estaba rodeada por una terraza, y siempre había una anciana sentada allí, con una especie de bobina que saltaba de una mano a otra como un pájaro y dejaba un rastro de trenzado negro y brillante, kilómetro tras kilómetro de trenzado negro, el adorno de los pantalones de todos los hombres. Otras mujeres trabajaban en los telares o cosían juntas las sandalias de cuero. Nadie se sentaba a hacer punto, porque a ninguna mujer se le hubiera ocurrido sentarse para semejante cosa. Eso era lo que hacían mientras iban y venían del arroyo, con las vasijas de agua atadas con correas a la espalda, o cuando iban hacia los sembrados o hacia el hayedo, donde recogían las ramas caídas. Tejían calcetines, negros y blancos, rojos y blancos, con dibujos en zigzag, como rayos. Las manos de las mujeres jamás debían estar ociosas. Antes del alba, preparaban la masa del pan en artesas, le daban forma de barras sobre la parte trasera de las palas y lo cocían en el hogar.
—Era pan de maíz; se comía caliente y se hinchaba como una bola en el estómago.— Después tenían que barrer la *kula*, sacar los helechos sucios y recoger montones de helechos nuevos para la noche siguiente. En esto consistía con frecuencia una de las tareas de Lottar, puesto que no servía para muchas otras cosas. Las niñas pequeñas removían el yogur para que no le salieran grumos mientras iba agriándose. Las niñas un poco mayores podían trocear un cabrito y coserle el estómago, que rellena-

ban con ajo silvestre, salvia y manzanas. O iban juntas, niñas y mujeres de todas las edades, a lavar los turbantes blancos de los hombres al frío riachuelo que había cerca, de aguas claras como el cristal. También se ocupaban de la cosecha de tabaco y tendían las hojas maduras para que se secaran en un cobertizo a oscuras. Entresacaban el maíz y los pepinos, ordeñaban las ovejas. Las mujeres parecían muy serias, pero en realidad no lo eran. Sólo estaban preocupadas, y orgullosas de sí mismas, y siempre dispuestas a competir. ¿Quién podía llevar la carga de leña más pesada, tejer más deprisa, entresacar el mayor número de mazorcas? Tima, que había cuidado a Lottar cuando estaba enferma, era la más espectacular. Subía la cuesta que llegaba hasta la *kula* con una carga de leña atada a la espalda que parecía diez veces más grande que ella. En el río, saltaba de una piedra a otra y les daba golpes a los turbantes como si se tratase de enemigos. «¡Tima, Tima!», gritaban las demás mujeres con irónica admiración, y «¡Lottar, Lottar!», casi en el mismo tono, cuando a Lottar, en la escala opuesta de la utilidad, se le escapaban las prendas río abajo. A veces, le daban un porrazo con un palo, como hacían con los burros, pero más por desesperación que por crueldad. A veces, las jóvenes decían: «¡Habla tu habla!», y ella hablaba en inglés para divertirlas. Ante aquellos sonidos tan raros, arrugaban la cara y escupían. Ella intentaba enseñarles palabras, como «mano», «nariz» y cosas parecidas, pero se las tomaban a broma y se las repetían las unas a las otras, muertas de risa.

Las mujeres estaban con las mujeres y los hombres con los hombres, salvo en ciertas ocasiones, por la noche —las mujeres bromeaban sobre tales ocasiones, decían que todo era vergüenza y sometimiento, y a veces se oían bofetadas—, y durante las comidas, porque entonces les servían a ellos. Lo que hacían los hombres durante todo el día no era asunto suyo. Preparaban las municiones y dedicaban muchos cuidados a sus armas, que en algunos casos eran muy bonitas, con decoración de grabados en plata. También dinamitaban rocas para despejar la carretera y se ocupaban de los caballos. Dondequiera que estuviesen, siempre había risas, y a veces cantaban y disparaban unos cuantos cartuchos de fogueo. En casa, parecía como si estuvieran de vacaciones, y de repente, algunos tenían que emprender una expedición de castigo, o asistir a un consejo convocado para poner fin a una matanza. Ninguna de las mujeres creía que funcionaría; se reían y decían que simplemente habría otros veinte muertos. Cuando un joven iniciaba su primera expedición, las mujeres montaban un alboroto tremendo con su ropa y el corte de pelo, para darle ánimos. Si no tenía éxito, ninguna mujer se casaba con él —cualquier mujer de mediano mérito se hubiera avergonzado de casarse con un hombre que no hubiera matado a nadie—, y todo el mundo deseaba que hubiese nuevas esposas en la casa, para ayudar en el trabajo.

Una noche, mientras Lottar estaba sirviéndole la comida a un hombre —un huésped; siempre había invitados alrededor de la mesa baja, la *sofra*—, observó que tenía unas manos muy pequeñas y las muñecas sin vello. Pero no era joven; no era un muchacho. Un rostro arrugado, apergaminado, sin bigote. Prestó atención cuando hablaba, y tenía la voz ronca pero femenina. Pero fumaba, estaba comiendo con los hombres, llevaba pistola.

«¿Es un hombre?», le preguntó Lottar a la mujer que estaba sirviendo la comida con ella. La mujer negó con la cabeza; no quería hablar donde pudieran oírla los hombres. Pero las niñas que andaban por allí no tuvieron tanto cuidado. «¿Es un hombre? ¿Es un hombre?», repitieron, imitando a Lottar. «¡Mira que eres tonta, Lottar! ¿Es que no sabes lo que es una virgen?»

Así que no volvió a preguntar nada más. Pero la siguiente vez que vio al franciscano corrió tras él y a él sí que le preguntó.

¿Qué es una virgen? Tuvo que correr, porque ya no se paraba a hablar con ella como antes, cuando estaba enferma en la choza. Cuando aparecía, ella siempre estaba trabajando en la *kula*, y además, el franciscano no podía pasar mucho tiempo con las mujeres. Se sentaba con los hombres. Corrió tras él cuando le vio alejarse, avanzando a grandes zancadas por el sendero entre los zumaques, camino de la iglesia de madera desnuda y la casa contigua, donde vivía.

Le dijo que era una mujer, pero una mujer que se había hecho casi como un hombre. No quería casarse y había prestado juramento ante varios testigos de que nunca lo haría, y después se puso ropas de hombre y se le permitió llevar pistola y tener caballo, si podía pagarlo, y vivir como se le antojase. Normalmente, estas mujeres eran pobres; no tenían a otra mujer que trabajase para ellas. Pero tampoco las molestaban y podían comer con los hombres en la *sofra*.

Lottar no volvió a decirle nada al sacerdote sobre ir a Skodra. Comprendía que debía de estar muy lejos. A veces, le preguntaba si había oído algo, si la estaba buscando alguien, y él decía, con gravedad, que no. Cuando pensaba en cómo había estado durante las primeras semanas —dando órdenes, hablando en inglés sin el menor reparo, convencida de que su caso, tan insólito, merecía atención especial—, se avergonzaba de lo poco que había entendido. Y cuanto más tiempo pasaba en la *kula*, mejor hablaba el idioma y más se acostumbraba al trabajo y menos a la idea de marcharse. Algún día tendría que irse, pero ¿cómo? ¿Cómo marcharse en medio de la cosecha de tabaco o de zumaques, o de los preparativos para la fiesta de san Nicolás?

En las plantaciones de tabaco, las mujeres se quitaban los justillos y las blusas y trabajaban medio desnudas al sol, ocultas tras las altas hileras de plantas. El jugo que salía del tabaco era negro y pegajoso, como melaza, y les corría por los brazos y les salpicaba los pechos. Al crepúsculo, bajaban al río y se lavaban.

Chapoteaban en el agua fría, las niñas y las mujeres de amplias caderas, todas juntas. Intentaban hacerse perder el equilibrio las unas a las otras, y entonces Lottar oía gritar su nombre, en tono triunfal, sin desprecio, como cualquier otro nombre: «¡Lottar! ¡Cuidado, Lottar!».

Le contaban cosas. Le contaron que hay niños que mueren a causa de la *striga*. Incluso los mayores pueden enfermar y morir, si la *striga* les echa la maldición. La *striga* parece una mujer normal y por eso nadie sabe quién es. Le chupa la sangre a la gente. Para descubrirla, hay que poner una cruz en el umbral de la iglesia el domingo de Pascua, cuando todo el mundo está dentro. Entonces la *striga*, que es una mujer, no puede salir. O también se puede seguir a la mujer de la que se sospecha que es *striga* y ver dónde vomita la sangre. Si se consigue raspar un poquito de sangre y ponerla en una moneda de plata, la persona que lleva esa moneda nunca será atacada por una *striga*.

Si se corta el pelo en luna llena, se pone blanco.

Si a alguien le duelen los brazos o las piernas, hay que cortarse un poco de pelo de la cabeza y las axilas y quemarlo; así desaparecen los dolores.

Las *oras* son los demonios que salen por la noche e iluminan con luces engañosas para despistar a los viajeros. Hay que agacharse y taparse la cabeza, porque si no, te llevan hacia un precipicio. Además, cogen los caballos y los obligan a galopar hasta que mueren.

Se había cosechado el tabaco, las ovejas habían bajado de las colinas, animales y humanos se encerraron en la *kula* durante las semanas de nieve y lluvia fría, y un día, con los primeros calores del sol de primavera, las mujeres hicieron sentarse a Lottar en una silla de la terraza. Allí, con gran ceremonia y regocijo, le afeitaron el pelo por encima de la frente. Después le pusieron un tinte negro, burbujeante, y le peinaron el pelo que quedaba. El tinte era grasiento: se le quedó el pelo tan rígido que pudieron moldeárselo formando ondas y moños tan duros como panes. Todo el mundo andaba alrededor, criticando y alabando. Le cubrieron la cara de harina y la vistieron con ropas que habían sacado de una de las grandes arcas talladas. Para qué, preguntó, al tiempo que desaparecía en una blusa blanca con bordados de oro, un corpiño rojo con charreteras, una faja de seda rayada de un metro de ancho y doce de largo, una camisa de lana negra y roja. Por último, le colocaron varias cadenas de oro de imitación sobre el pelo y alrededor del cuello. Para ponerla guapa, dijeron. Y cuando hubieron terminado: «¡Mirad! ¿No está preciosa?», dijeron las autoras con expresión triunfal, como si estuvieran desafiando a quienes pensaban que no podía llevarse a cabo la transformación. Le pellizcaron los músculos de los brazos, que se le habían endurecido de tanto cavar y acarrear leña, y le dieron palmaditas en la amplia frente enharinada. Después chillaron, porque se les había olvidado algo muy importante: la pintura negra para unir las cejas en una sola línea sobre la nariz.

—¡Que viene el sacerdote! —gritó una de las chicas, a quien seguramente habían colocado de guardia.

Y la mujer que estaba pintando la raya negra dijo:

—¡Bueno, pues que venga!

Pero las demás se hicieron a un lado.

El franciscano disparó un par de cartuchos de fogueo, como hacía siempre para anunciar su llegada, y los hombres de la casa hicieron otro tanto, para darle la bienvenida. Pero en aquella ocasión no se quedó con ellos. Subió inmediatamente a la terraza, gritando:

—¡Qué vergüenza! ¡Todas deberíais avergonzaros! Sé por qué le habéis teñido el pelo —les dijo a las mujeres—. Sé por qué le habéis puesto ropas de novia. ¡Para un perro musulmán!

»¡Y tú! ¡Tú aquí con toda esa pintura! —le dijo a Lottar—. ¿Acaso no sabes para qué es? ¿Es que no sabes que te han vendido a un musulmán? Va a venir de Vuthaj. ¡Llegará al anochecer!

—Bueno, ¿y qué? —dijo con descaro una de las mujeres—. Lo único que han conseguido por ella son tres napoleones. Con alguien tiene que casarse.

El franciscano le dijo que se mordiera la lengua.

—¿Es esto lo que quieres? —le dijo a Lottar—. ¿Casarte con un infiel e irte a vivir con él a Vuthaj?

Lottar dijo que no. Se sentía como si apenas pudiese moverse o abrir la boca, bajo el peso del pelo engrasado y las galas. Bajo tanto peso, se debatía como quien se enfrenta a un peligro, en un sueño. La idea de casarse con un musulmán le resultaba todavía demasiado lejana para representar un peligro: lo que comprendió fue que la separarían del sacerdote y que no podría volver a pedirle que le explicara nada.

—¿Sabías que ibas a casarte? —le preguntó el franciscano—. ¿Es lo que quieres, casarte?

No, dijo ella. No. Y el franciscano juntó las manos.

—¡Quitadle esas porquerías de oro! —dijo—. ¡Quitadle esas ropas! ¡Voy a hacerla virgen!

»Si te haces virgen, no pasará nada —le dijo a Lottar—. El musulmán no tendrá que matar a nadie. Pero tienes que jurar que jamás irás con un hombre, jurarlo ante testigos. *Per quri e per kruch.* Por la piedra y por la cruz. ¿Lo comprendes? No voy a consentir que te casen con un musulmán, pero tampoco quiero que haya más muertes en esta tierra.

Era una de las cosas que el franciscano intentaba evitar con todas sus fuerzas: la venta de mujeres a musulmanes. Le ponía frenético, que pudieran olvidarse tan fácilmente de su religión. Vendían a chicas como Lottar, de las que no podían obtener ningún otro provecho, y a viudas que sólo habían dado a luz niñas.

Lentamente, a regañadientes, las mujeres le quitaron los ropajes. Sacaron pantalones de hombre, sin adornos, una camisa y un turbante. Lottar se lo puso todo. Una mujer le cortó la mayor parte de lo que le quedaba de pelo con unas tijeras horribles de esquilar, tarea que resultó difícil por el tinte.

—Mañana te habrías casado —le dijeron las mujeres. Algunas parecían doloridas; otras despectivas—. Ahora, nunca tendrás un hijo.

Las niñas recogieron el pelo que le habían cortado y se lo colocaron en la cabeza, formando nudos y trenzas.

Lottar prestó juramento ante doce testigos. Naturalmente, eran todos hombres y estaban tan cariacontecidos como las mujeres por el giro que habían tomado las cosas. Lottar no vio jamás al musulmán. El franciscano riñó a los hombres y les dijo que si no dejaban de hacer aquello cerraría el cementerio y tendrían que enterrar a sus muertos en tierra sin consagrar. Lottar se sentó a cierta distancia de ellos, con su desacostumbrado atuendo. Le resultaba extraño y desagradable estar ociosa. Cuando el franciscano hubo terminado de arengarlos, se acercó a ella y se quedó mirándola. Respiraba pesadamente, por la ira que sentía o por los esfuerzos del sermón.

—Bueno, bueno —dijo.

Metió la mano entre los pliegues del hábito, sacó un cigarrillo y se lo dio a Lottar. Olía a su piel.

Una enfermera le trajo la cena a Charlotte, una comida ligera, a base de sopa y melocotón en almíbar. Charlotte le quitó la tapa al cuenco de la sopa y volvió la cabeza.

—Vete, no mires esta guarrería —dijo—. Vuelve mañana... Sabes que todavía no ha terminado.

La enfermera vino conmigo hasta la puerta, y una vez en el pasillo, dijo:

—Son siempre los que menos tienen en casa los que más critican el hospital. No es precisamente la persona más tratable del mundo, pero yo la admiro. Usted no es familia suya, ¿verdad?

No, no, dije. No.

—Cuando ingresó fue increíble. Le estábamos quitando la ropa y alguien dijo, huy, qué pulseras tan bonitas, e ¡inmediatamente quiso vendérselas! ¿Y su marido? ¿Le conoce? Son los dos unos auténticos personajes.

Gjurdhi, el marido de Charlotte, había venido a mi librería. él solo, una fría mañana, hacía menos de una semana. Llevaba una carretilla llena de libros, envueltos en una manta. Ya había intentado venderme libros en otra ocasión, en su casa, y pensé que a lo mejor eran los mismos. Entonces me quedé un poco confusa, pero después me vi en mi propio terreno y pude mostrar mayor firmeza. Le dije que no, que no vendía libros de segunda mano. Gjurdhi asintió con brusquedad, como si no hiciera falta que se lo dijera y no tuviera ninguna importancia para la conversación que manteníamos. Siguió cogiendo los libros, uno tras otro, e invitándome a que pasara los dedos por el lomo, a que apreciara la belleza de las ilustraciones y me impresionaran las fechas de edición. Tuve que negarme a adquirirlos una y otra vez, y me sorprendí pidiendo excusas, muy en contra de mi voluntad. A él se le metió en la cabeza que cada rechazo se aplicaba a un solo libro y siguió sacando uno tras otro, al tiempo que decía con vehemencia: «¡Y éste! ¡Mire, mire, qué libro tan bonito!».

Eran libros de viajes, algunos de principios de siglo. No tan antiguos, ni tan bonitos, con unas fotografías con demasiado grano, oscurecidas. *Excursión por Montenegro. El norte de Albania. Tierras secretas del sur de Europa.*

—Tiene que ir a la librería de viejo —le dije—. La de Fort Street. No está lejos.

Emitió un ruido de displicencia, como si quisiera dar a entender que sabía perfectamente dónde estaba, o que ya había hecho una intentona allí, o que la mayoría de los libros que tenía eran precisamente de aquella tienda.

—¿Cómo está Charlotte? —le pregunté cálidamente.

Llevaba algún tiempo sin verla, aunque ella venía a la librería con bastante frecuencia. Me traía regalitos, como granos de café recubiertos de chocolate para darme fuerzas, o una pastilla de jabón de glicerina para contrarrestar los efectos de manejar tanto papel, que reseca las manos. Un pisapapeles con piedras en su interior encontradas en la Columbia Británica, un lápiz que se encendía en medio de la oscuridad, para que pudiera ver y escribir las facturas si se iba la luz. Tomaba café conmigo, me hablaba, y se perdía por la librería, muy discreta, cuando me veía ocupada con un cliente. En los días nublados y oscuros del otoño llevaba la capa de terciopelo con la que la conocí, y se protegía de la lluvia con un paraguas enorme, antiguo. Lo llamaba su tienda de campaña. Si veía que estaba muy atareada con alguien, me daba un golpecito en el hombro y decía: «Mira, me voy tranquilamente con mi tienda de campaña. Ya hablaremos otro día».

En una ocasión, un cliente me dijo abiertamente: «¿Quién es esa mujer? La he visto por ahí, con su marido. Bueno, su pongo que es su marido. Yo pensaba que eran vendedores ambulantes».

¿Lo habrá oído Charlotte?, pensé. ¿Habrá notado la frialdad de la nueva dependienta? —También Charlotte mantenía una actitud glacial con ella.— A lo mejor yo estaba ocupada demasiadas veces. Nunca llegué a pensar que había dejado de venir a verme, sino que tardaba un poco más que de costumbre, por motivos que no tenían nada que ver conmigo. Además, a medida que se acercaba la Navidad, tenía más trabajo y me sentía más cansada. Me sorprendía agradablemente la cantidad de libros que vendía.

—No me gusta hablar mal de nadie —me dijo la dependienta—. Pero creo que debería saber que esa mujer y su marido tienen la entrada prohibida en muchas tiendas de la ciudad. Se sospecha que roban. Él lleva ese abrigo con mangas enormes y ella la capa. Lo sé seguro porque en Navidad iban quitando muérdago de los jardines y después intentaban venderlo en los edificios de apartamentos.

Aquella fría mañana, tras haber rechazado todos los libros que llevaba en la carretilla, volví a preguntarle a Gjurdhi cómo se encontraba Charlotte. Dijo que estaba enferma. Hablaba con expresión hosca, como si no fuera asunto mío.

—Llévele un libro —dije. Cogí uno de poesía de Penguin—. Déle éste, y dígale que espero que le guste. Espero que se mejore. A lo mejor puedo ir a verla pronto.

Gjurdhi puso el libro entre el montón. Pensé que tal vez intentara venderlo de inmediato.

—No a casa —dijo—. Al hospital.

Cada vez que se inclinaba sobre la carretilla, veía un crucifijo grande, de madera, que salía del abrigo y tenía que volver a colocárselo. Ocurrió una vez más y dije, irreflexivamente, entre confusa y arrepentida:

—¡Es precioso! ¡Qué madera tan bonita! Parece medieval.

Se lo sacó por encima de la cabeza, diciendo:

—Sí, muy antiguo. Muy bonito. Madera de roble. Sí.

Me lo puso en la mano, y en cuanto me di cuenta de lo que estaba ocurriendo, se lo devolví.

—Una madera preciosa —dije.

Mientras lo retiraba me sentí salvada, pero llena de irritación y remordimientos.

—¡Espero que Charlotte no esté muy mal! —dije.

Él sonrió con desdén, dándose unos golpecitos en el pecho, quizá para mostrarme el origen del problema de Charlotte, quizá sólo para tocarse la piel, que volvía a estar al desnudo.

A continuación, todos se fueron de la librería: él, el crucifijo, los libros y la carretilla. Pensé que se habían proferido insultos, que se habían sufrido humillaciones, por ambas partes.

Pasada la plantación de tabaco había un hayedo, adonde Lottar había ido muchas veces a recoger leña. Más allá ascendía una pendiente cubierta de hierba —un prado— y al final del prado, a una media hora de camino de la *kula*, había un pequeño refugio de piedra, una construcción primitiva sin ventanas, una entrada baja sin puerta, un hogar en una esquina, sin chimenea. Allí se recogían las ovejas; el suelo estaba lleno de excrementos.

Allí se fue a vivir después de haberse hecho virgen. Lo del novio musulmán había ocurrido en primavera, aproximadamente un año después de su llegada a Maltsia e madhe, y era la época en que había que llevar las ovejas a los prados más altos. Lottar tenía que ocuparse de contar el rebaño y de que los animales no se cayeran por un barranco ni se perdieran. Y también de ordeñarlas todas las tardes. Otra de sus obligaciones consistía en matar los lobos que apareciesen; pero eso no pasaba nunca. Nadie vivo en la *kula* había visto jamás un lobo. Los únicos animales salvajes con que se topó Lottar fueron un zorro, un día, junto al arroyo, y los conejos, numerosos y confiados. Aprendió a matarlos, despellejarlos y cocinarlos, y los limpiaba como había visto hacer a las chicas de la *kula* y a cocer las partes más carnosas en la cacerola que tenía, con dientes de ajo silvestre.

Como no quería dormir en el refugio, construyó un tejado de ramas fuera, contra el muro, como una prolongación del tejado del edificio. Tenía un montón de helechos para dormir y una alfombrilla de fieltro que le habían dado. Ya no le molestaban los bichos. Entre las piedras del refugio había unos ganchos.

No sabía por qué estaban allí, pero le hacían buen servicio para colgar los baldes de leche y los escasos utensilios que le habían proporcionado. Traía el agua del arroyo, en el que se lavaba el turbante y a veces se bañaba, más por aliviarse del calor que porque le preocupase la higiene.

Todo había cambiado. Ya no veía a las mujeres. Perdió la costumbre de trabajar constantemente. Las niñas subían por la tarde a recoger la leche, y tan lejos de la *kula* y de sus madres hacían travesuras. Trepaban al techo y a veces destrozaban las ramas que había colocado Lottar. Saltaban sobre los helechos y de vez en cuando cogían un buen puñado y formaban una rústica pelota, que se tiraban las unas a las otras hasta que se deshacía. Se lo pasaban tan bien que Lottar tenía que echarlas de allí al oscurecer, recordándoles el miedo que pasarían por el hayedo después de anochecido. Pensaba que iban corriendo todo el camino y derramaban la mitad de la leche.

De cuando en cuando, le llevaban harina de maíz, que mezclaba con agua y cocía en la pala, al fuego. Una vez le hicieron un regalo muy especial, una cabeza de oveja —Lottar pensó si la habrían robado— para que la cociese en la cacerola. Le permitían quedarse con una parte de la leche y, en lugar de tomarla fresca, habitualmente dejaba que se agriase y la removía para hacer yogur, en el que mojaba el pan. La prefería así.

Los hombres aparecían con frecuencia cruzando el bosque poco después de que las niñas se marcharan corriendo. Al parecer, ésa era su costumbre, en verano. Les gustaba sentarse a orillas del arroyo, disparar cartuchos de fogueo, beber *rakí* y cantar, o simplemente fumar y charlar. No hacían aquella excursión para ver qué tal le iba a Lottar, pero como de todos modos iban allí, le llevaban regalos, café y tabaco, y competían por aconsejarle cómo debía preparar el refugio para que no se desmoronase, cómo debía mantener el fuego toda la noche, le enseñaban a disparar.

Su pistola era una antigua Martini italiana, que le habían dado cuando abandonó la *kula*. Algunos hombres decían que aquel arma traía mala suerte, porque había pertenecido a un muchacho al que habían matado antes de que él matase a nadie. Otros decían que, en general, las Martini traían mala suerte, que no servían de gran cosa.

Las buenas eran las Mauser, por su precisión y su capacidad de repetición.

Pero las balas de las Mauser eran demasiado pequeñas para producir verdaderos daños. Muchos hombres llenos de agujeros de Mauser seguían vivitos y coleando: incluso se los veía por ahí silbando tranquilamente.

No hay nada comparable a un pedernal, con una buena carga de pólvora, una bala y clavos.

Cuando no hablaban de armas, los hombres hablaban de las matanzas recientes y contaban chistes. Uno de ellos contó un chiste sobre un hechicero. Un pachá tenía prisionero en la cárcel a un hechicero y lo sacaba para que hiciera trucos ante sus invitados. «Traed una vasija de agua —dijo un día el hechicero—. A ver: este agua representa el mar. ¿Qué puerto queréis que os enseñe en el mar?» Un puerto de la isla de Malta, le dijeron. Y apareció. Con casas e iglesias y un barco a punto de zarpar. «¿Queréis verme subiendo al barco?» Y el pachá se echó a reír. ¡Sí, venga! ¡Así que el hechicero puso un pie en la vasija de agua y subió al barco y se fue a América! ¿Qué os parece?

—Los hechiceros no existen —dijo el franciscano, que aquella noche había subido con los hombres, como hacía con frecuencia—. Si hablaras de un santo, a lo mejor tendrías algo de razón.

Hablaba en tono severo, pero Lottar pensó que estaba contento, como lo estaban todos los demás, como incluso a ella se le permitía estar, en presencia de los hombres y de él, aunque el franciscano no le prestaba la menor atención. El fuerte tabaco que le daban la mareaba y entonces se tumbaba en la hierba.

Llegó un momento en el que Lottar tuvo que pensar en vivir dentro del refugio. Las mañanas eran frías, los helechos estaban empapados de rocío y las hojas de las parras empezaban a ponerse amarillas. Cogió la pala y quitó los excrementos de las ovejas del suelo, para prepararse una cama dentro. También puso hierba, hojas y barro en las grietas entre las piedras. Cuando volvieron los hombres, le preguntaron para qué hacía todo aquello. Para el invierno, les dijo, y ellos se echaron a reír.

—Aquí no puede vivir nadie en invierno —le dijeron. Le mostraron hasta qué altura llegaría la nieve, poniéndose las manos en el esternón. Además, para entonces habrían bajado las ovejas.

—No tendrás trabajo, y entonces, ¿qué vas a comer? —dijeron—. ¿Es que te crees que las mujeres van a darte pan y yogur gratis?

—¿Cómo puedo volver a la *kula*? —dijo Lottar—. Como soy virgen, ¿dónde voy a dormir? ¿En qué puedo trabajar?

—Tienes razón —le dijeron con amabilidad, y después hablaron entre ellos—. Cuando una virgen pertenece a la *kula* le dan un poco de tierra, donde puede vivir sola. Pero esta mujer no pertenece a la *kula*, no tiene un padre que le dé nada. ¿Qué va a hacer?

Poco después de esta conversación —y a mediodía, cuando nadie iba a visitarla—, apareció el franciscano por el prado, él solo.

—No me fío de ellos —le dijo—. Creo que intentarán volver a venderte a un musulmán. Y eso a pesar de que has prestado juramento. Intentarán sacar algún dinero por ti. Si te encontrasen un cristiano no sería tan malo, pero estoy seguro de que será un infiel.

Se sentaron en la hierba y tomaron café. El franciscano dijo:

—¿Quieres llevarte algo? No. No tienes nada. Partiremos enseguida.

—¿Y quién va a ordeñar las ovejas? —dijo Lottar.

Ya había varias que empezaban a bajar; se quedarían esperándola.

—Déjalas —dijo el franciscano.

Así abandonaron no sólo las ovejas sino también el refugio, el prado, las vides silvestres y los zumaques y los fresnos y los enebros de los que Lottar se había ocupado todo el verano, la piel de conejo que le había servido de almohada y el puchero en el que hacía el café, el montón de leña que había recogido aquella misma mañana, las piedras alrededor de la hoguera, que ella conocía, una a una, por su forma y su color. Comprendió que se marchaba porque el franciscano estaba muy serio, pero no se le ocurrió mirar a su alrededor, para verlo todo por última vez. De todos modos, no hacía falta. Nunca lo olvidaría.

Cuando se internaron en el hayedo, el franciscano dijo:

—Ahora tenemos que ir con mucho cuidado. Vamos a coger otro camino, que no pasa tan cerca de la *kula*. Si oímos que alguien se acerca, nos escondemos.

Después, largas horas de caminar en silencio, entre las hayas con su suave corteza y los robles de oscuras ramas y los secos pinos. Subiendo y bajando, atravesando montañas, siguiendo caminos cuya existencia no conocía Lottar. El franciscano no vaciló ni un segundo ni pensó en descansar. Cuando por fin, salieron de entre los árboles, a Lottar le sorprendió que aún hubiera tanta luz en el cielo.

El franciscano sacó una barra de pan y una navaja de un bolsillo del hábito y comieron mientras seguían andando.

Llegaron al lecho seco de un río, recubierto de piedras sobre las que no se podía pisar fácilmente porque no eran planas: más bien una torrentera, una torrentera llena de piedras entre los maizales y las plantaciones de tabaco. Oyeron ladridos de perros, y de vez en cuando voces humanas. Las mazorcas y las plantas de tabaco, aún sin cosechar, les llegaban por encima de la cabeza, y caminaron por el lecho del río bajo su cobijo, mientras se iba desvaneciendo la luz del día. Cuando no pudieron seguir andando y les protegía la oscuridad, se sentaron en las piedras blancas del lecho del río.

—¿Adónde me llevas? —preguntó al fin Lottar. Al principio pensaba que iban hacia la iglesia y la casa del sacerdote, pero entonces comprendió que no era así. Habían llegado demasiado lejos.

—Te llevo a casa del obispo —dijo el franciscano—. Él sabrá qué hacer contigo.

—¿Por qué no vamos a tu casa? —dijo Lottar—. Podría ser tu criada.

—No está permitido... tener una mujer en casa. En la casa de ningún sacerdote. El obispo no permite que le sirva ni siquiera una vieja. Y tiene razón, porque cuando hay mujeres en casa siempre surgen problemas.

Continuaron después de que saliera la luna. Andaban y descansaban, andaban y descansaban, pero no dormían, ni siquiera buscaban un sitio cómodo para tumbarse. Tenían los pies endurecidos y las sandalias bien desgastadas, y no les salieron ampollas. Los dos estaban acostumbrados a recorrer grandes distancias, el franciscano por su remota parroquia y Lottar por las ovejas.

Al cabo de un rato, el franciscano estaba menos serio —o quizá menos preocupado— y empezó a hablarle casi como al principio de conocerse. Hablaba en italiano, aunque Lottar dominaba bastante bien la lengua de los gegs.

—Yo nací en Italia —dijo—. Mis padres eran gegs, pero viví en Italia cuando era pequeño y allí me hice sacerdote. Una vez fui allí, hace años, y me afeité el bigote, no sé por qué. Bueno, sí, porque en el pueblo se reían de mí. Después, al volver, no me atrevía a salir. Aquí, un hombre sin pelo no puede presentarse ante nadie. Me quedé en una habitación de Skodra hasta que volvió a crecerme.

—¿Vamos a Skodra?

—Sí, allí es donde vive el obispo. Enviará recado de que tuve que sacarte de allí, aunque haya sido un robo. En el *madhe* son unos salvajes. Se te presentan en mitad de misa y te tiran de la manga para pedirte que les escribas una carta. ¿No has visto lo que ponen en las tumbas? ¿Las cruces? Las hacen como un hombre muy delgado con un rifle entre los brazos. ¿No lo has visto? —Se echó a reír, movió la cabeza y dijo—: No sé qué hacer con ellos. Pero de todos modos, son buena gente: jamás te traicionan.

—Pero pensabas que podían venderme a pesar del juramento.

—Ah, eso sí. Pero venden a las mujeres para conseguir dinero. Son muy pobres.

Lottar comprendió que en Skodra se encontraría en una situación desconocida, pero no sería totalmente impotente. Cuando llegaran allí, podría escaparse. Encontraría a alguien que hablase inglés, encontraría el consulado británico. O si no, el francés.

La hierba estaba empapada antes del amanecer y la noche se puso muy fría. Pero cuando salió el sol, Lottar dejó de temblar y al cabo de una hora tenía calor. Anduvieron durante todo el día. Se comieron el pan que quedaba y bebieron de cualquier arroyo que llevase agua. Estaban muy lejos del río seco y de las montañas. Al volver la vista atrás, Lottar contempló una muralla de rocas como cortadas a pico con un pequeño cinturón de verde al pie. Aquel verde eran los bosques y prados que ella creía tan altos. Siguieron senderos por entre los ardientes sembrados, siempre al alcance de los ladridos de perros. Y en los caminos encontraron gente.

Al principio, el franciscano dijo:

—No hables con nadie. Se preguntarán quién eres.

Pero él tenía que contestar a los saludos.

—¿Vamos bien para Skodra? Vamos a Skodra, a casa del obispo, y éste es mi criado, de las montañas.

»Está bien. Con esa ropa pareces un criado —le dijo a Lottar—. Pero no hables, porque se extrañarán si te oyen.

Había pintado las paredes de la librería de amarillo claro. El amarillo representa la curiosidad intelectual, o alguien debió de decírmelo. Abrí la tienda en marzo de 1964. En Victoria, en la Columbia Británica.

Yo me sentaba a mi mesa, con los libros detrás. Los representantes de las editoriales me habían aconsejado que adquiriese libros sobre perros y caballos, barcos y jardinería, pájaros y flores: según ellos, era lo que todo el mundo compraría en Victoria. Yo hice caso omiso de su consejo y traje novelas y poesía y libros sobre el sufismo y la relatividad y la escritura lineal B. Y cuando llegaron, los coloqué de tal forma que las ciencias políticas se proyectaran sobre la filosofía y la filosofía sobre la religión sin grandes distancias, de modo que los poetas compatibles pudieran reposar juntos, siguiendo cierto orden en las estanterías —a mi juicio— que reflejara el deambular natural de la mente, a cuya superficie pueden asomar continuamente tesoros nuevos y olvidados. Me había tomado todas aquellas molestias; ¿y qué? Pues esperé, con la sensación de quien se ha vestido espectacularmente para una fiesta, incluso quizá desempeñando las joyas de la familia, para encontrarse con una reunión de vecinos que juegan a las cartas. Nada más que un rollo de carne picada y puré de patatas en la cocina, con un vaso de vino rosado.

Muchas veces la librería se quedaba vacía durante un par de horas, y cuando entraba alguien era para preguntar por un libro que recordaba de la biblioteca del colegio o que se había dejado olvidado en un hotel hacía veinte años. Por lo general no se acordaban del título, pero me contaban de qué iba. Sí, trata sobre una niña que se va a Australia con su padre a trabajar en unas minas de oro que han heredado. O sobre una mujer que dio a luz ella sola en Alaska. O sobre la competición entre uno de los antiguos veleros y el primer barco a vapor, en la década de los cuarenta del siglo pasado.

«Ah, bueno. No, sólo quería preguntar, por si acaso.»

Se marchaban sin siquiera echar un vistazo a las maravillas que había a su alrededor.

Algunas personas se quedaban sorprendidas, agradecidas, decían: qué bien que tenemos esta librería en la ciudad. Fisgoneaban por la tienda media hora, una hora, y al final se gastaban setenta y cinco centavos.

Lleva tiempo.

Había encontrado un apartamento de una habitación con cocina en un edificio de una esquina llamada los Dardanelos. La cama se doblaba y se pegaba a la pared, pero normalmente no la recogía, porque nadie venía a verme. El gancho no me parecía muy seguro. Siempre me daba la impresión de que la cama podía desplomarse mientras estaba cenando, sopa de lata o unas patatas cocidas. Y que podía matarme. Y además, siempre tenía la ventana abierta, porque me olía a gas, incluso cuando estaban cerrados los dos quemadores de la cocina. Con la ventana abierta en casa y la puerta también abierta en la librería para atraer a los clientes, siempre tenía que ir envuelta en mi jersey de lana negro o en la bata de pana roja —una prenda que había teñido de rosa todos los pañuelos y la ropa interior de mi ex marido—. Me costaba trabajo quitarme aquella ropa para lavarla. Pasaba mucho tiempo adormilada, mal alimentada y temblando.

Pero no me sentía abatida. Había hecho un cambio drástico en mi vida, y a pesar de los remordimientos que experimentaba a diario, me sentía orgullosa. Como si al fin hubiera salido al mundo, con una piel distinta. Sentada a la mesa, prolongaba una taza de café o de sopa una hora, aferrándola con las manos mientras mantenía algo de calor. Leía, pero sin ningún objetivo concreto. Frases sueltas de los libros que siempre había querido leer. A veces, esas frases me resultaban tan gratas, o tan esquivas o maravillosas, que abandonaba el resto de las palabras y me sumía en un estado de ánimo especial. Despierta y somnolienta, aislada de la gente pero al mismo tiempo consciente de la ciudad en sí misma, que se me antojaba un lugar extraño.

Una ciudad pequeña, en el extremo occidental del país. Montones de pamplinas para los turistas. Fachadas de estilo Tudor y autobuses de dos pisos y macetas y paseos en coche de caballos: algo casi ofensivo. Pero la luz del mar en las calles, los viejecitos ociosos y sanos inclinando el cuerpo contra el viento cuando daban sus paseos por las colinas cubiertas de retama, las casitas bajas, desaliñadas, con sus araucarias y sus vistosos arbustos. Los castaños que florecen en cuanto llega la primavera, los espinos que flanquean las calles de flores rojas y blancas, los arbustos de hojas aceitosas con una floración exuberante, como no se ve en el interior. Como la ciudad de un relato, pensaba, como la ciudad marítima trasplantada del relato que se desarrolla en Nueva Zelanda, en Tasmania. Pero persiste algo norteamericano. Al fin y al cabo, aquí hay mucha gente de Winnipeg o Saskatchewan. A mediodía, se escapa un olor a comida de los edificios de apartamentos pobres, sencillos. Carne frita, verdura cocida: comida de campo cocinada, en mitad del día, en cocinas como cuchitriles.

¿Cómo podía explicarse que me gustara tanto? Sin duda, no era lo que buscaba una persona con un negocio recién establecido: movimiento y fuerzas para aumentar las esperanzas de éxito comercial. «Aquí no hay mucho que hacer»: eso era lo que me transmitía la ciudad. Y cuando a alguien que acaba de abrir una tienda no le importa oír «Aquí no hay mucho que hacer», cabe preguntarse, ¿qué pasa? La gente abre tiendas para vender cosas, espera hacer negocio para tener que ampliar la tienda y vender más cosas, hacerse ricos y acabar por no tener que ir a la tienda, ¿no es así? Pero ¿no hay otras personas que abren una tienda con la esperanza de refugiarse en ella, entre las cosas que más valoran —los hilos o las tazas o los libros— y sólo con la idea de reafirmarse, de acomodarse? Pasarán a formar parte de la manzana, de la calle, parte del mapa de la ciudad y, por último, de los recuerdos de todos sus habitantes. Se sentarán a tomar café a media mañana, sacarán los oropeles de costumbre por Navidad, limpiarán los escaparates en primavera y colocarán los nuevos artículos. Para estas personas, las tiendas son el equivalente de una cabaña en el bosque, un refugio y una justificación.

Naturalmente, hacen falta algunos clientes. El alquiler llega en su día y los artículos no se pagan solos. Yo había heredado un poco de dinero —por eso pude ir allí y abrir la tienda—, pero a menos que el negocio empezase a funcionar un poco, no podría mantenerme más allá del verano. Lo sabía perfectamente. Me alegré al ver que empezaba a aparecer más gente a medida que mejoraba el tiempo. Vendía más libros; parecía posible sobrevivir. A finales de curso se repartirían libros como premios en los colegios, y eso atraía a los profesores, que venían con sus listas de títulos, sus alabanzas y las vanas esperanzas de un descuento. La gente que antes sólo venía a curiosear compraba con regularidad, y algunos empezaron a hacerse amigos míos, o la clase de amigos que tenía aquí, donde me daba la impresión de que me conformaba con hablar con la gente un día tras otro sin conocer su nombre.

Cuando Lottar y el sacerdote avistaron la ciudad de Skodra, parecía flotar sobre los llanos embarrados, con sus cúpulas y campanarios brillantes como si estuvieran hechos de bruma. Pero cuando entraron en ella, a primeras horas de la noche, toda aquella tranquilidad desapareció. Las calles estaban pavimentadas con piedras grandes, desiguales, y llenas de gente, carros tirados por burros, perros, cerdos a los que llevaban no se sabía adónde, y olor a comida y a estiércol y a algo espantoso, algo como pieles podridas. Apareció un hombre con un loro sobre el hombro. El pájaro debía de estar diciendo tacos en una lengua desconocida. El franciscano se detuvo en varias ocasiones para preguntarle a la gente por la casa del obispo, pero le daban un empujón sin contestar o se reían de él o decían palabras que no comprendía. Un chico dijo que le mostraría el camino si le daba dinero.

—No tenemos dinero —dijo. Empujó a Lottar hasta la entrada de una casa y se sentaron a descansar—. En Maltsia e madhe, estos que se creen tan listos no harían lo mismo —dijo.

Lottar había olvidado por completo la idea de escaparse y abandonar al franciscano. Para empezar, no podía preguntar por una dirección mejor que él. Además, tenía la sensación de que eran aliados que no sobrevivirían en un lugar como aquél el uno sin el otro. Hasta entonces no se había dado cuenta de lo mucho que dependía del olor de su piel, de su decisión, como si se sintiera ofendido, de su largas zancadas, de su rampante bigote negro.

El franciscano se levantó de un salto y dijo que se acordaba, que se acordaba de dónde estaba la casa del obispo. Se precipitó, llevándole la delantera, por callejuelas estrechas y rodeadas de altos muros en las que no se veían ni casas ni patios, tan sólo paredes y verjas. Las piedras del pavimento sobresalían tanto que andar por allí resultaba tan difícil como por el lecho seco del río. Pero estaba en lo cierto: emitió un grito triunfal, porque habían llegado a la verja de acceso a la casa del obispo.

La abrió un criado que les dejó entrar, pero tras una discusión en tono agrio. A Lottar le dijeron que se sentara en el suelo, junto a la verja, y el criado acompañó al franciscano a la casa, a ver al obispo. Poco después enviaron a una persona al consulado británico —a Lottar no se lo dijeron—, y volvió con el sirviente del cónsul. Por entonces ya había oscurecido, y el hombre llevaba una lámpara. Y Lottar le siguió. Fue a la zaga del criado y su lámpara hasta el consulado.

Una bañera llena de agua caliente para que se bañara, en el patio. Se llevaron sus ropas. Seguramente las quemaron. Le cortaron aquel pelo grasiento, negro, lleno de bichos. Le pusieron queroseno en la cabeza. Tuvo que contar su historia —la historia de cómo había llegado a Maltsia e madhe— y le costó trabajo, porque había perdido la costumbre de hablar en inglés, y además porque le parecía algo lejano, sin importancia. Tuvo que aprender a dormir en un colchón, a sentarse en una silla, a comer con cuchillo y tenedor.

La metieron en un barco lo antes posible.

Charlotte se quedó callada. Después dijo:

—Esa parte no tiene ningún interés.

Vine a Victoria porque era el lugar más alejado de Londres, en Ontario, sin salir del país. En Londres, Donald, mi marido, y yo le alquilamos el piso bajo de nuestra casa a una pareja, Nelson y Sylvia. Nelson era profesor de inglés en la universidad y Sylvia enfermera. Donald era dermatólogo, y yo estaba haciendo mi tesis sobre Mary Shelley, pero no muy de prisa. Conocí a Donald cuando fui a su consulta porque tenía un sarpullido en el cuello. Tenía ocho años más que yo; era un hombre alto, con pecas, que se sonrojaba fácilmente, más inteligente de lo que parecía a primera vista. Un dermatólogo ve aflicción y desesperación, aunque los problemas que llevan a la gente a su consulta no pertenezcan a la misma categoría que los tumores o las arterias atascadas. Ve el sabotaje interior, y la auténtica mala suerte. Ve que asuntos como el amor y la felicidad pueden depender de un montoncito de células sulfuradas. Aquellas experiencias habían hecho a Donald amable, de una forma cautelosa, impersonal. Dijo que mi sarpullido se debía probablemente a la tensión, y que veía que sería una mujer fantástica en cuanto superase unos cuantos problemas.

Una noche, invitamos a Nelson y a Sylvia a cenar, y Sylvia nos habló del pueblecito del que eran los dos, en el norte de Ontario. Dijo que Nelson siempre había sido la persona más lista del colegio y probablemente de todo el pueblo. Cuando dijo aquello, Nelson la miró con una expresión totalmente vacía, devastadora, una expresión que parecía de infinita paciencia, a la espera de una explicación, pero con una curiosidad mínima. Sylvia se echó a reír y dijo:

—Es una broma, claro.

Cuando Sylvia hacía los turnos de noche en el hospital, yo a veces invitaba a Nelson a compartir la cena con nosotros de un modo más informal. Nos acostumbramos a sus silencios y sus modales no demasiado correctos en la mesa, así como al hecho de que no comiera arroz ni fideos, berenjenas, gambas, pimientos ni aguacates, y seguro que otras muchas cosas, porque eran cosas que no se conocían en su pueblo del norte de Ontario.

Nelson parecía mayor de lo que era. Era bajo y robusto, de piel cetrina, serio, con un punto de maduro desdén y de agresividad en sus rasgos, de modo que podía parecer un entrenador de hockey, o el capataz de una cuadrilla de albañiles, inteligente, inculto y malhablado, más que un tímido estudiante de veintidós años.

No era tímido en el amor. Descubrí que tenía muchos recursos, gran decisión. La seducción fue mutua y la primera historia de amor para ambos. En una ocasión oí en una fiesta que una de las cosas buenas del matrimonio es que puedes tener historias de verdad, que antes del matrimonio la atracción sólo forma parte del noviazgo. Entonces me molestó profundamente, y me asusté al pensar que la vida podía ser tan sombría y trivial. Pero cuando empezó mi historia con Nelson, estaba continuamente sorprendida. No había nada sombrío ni trivial; sólo un deseo claro, continuo, y un engaño burbujeante.

Fue Nelson quien primero se enfrentó con la situación. Una tarde, se puso boca arriba y dijo con voz ronca y desafiante:

—Vamos a tener que marcharnos.

Yo pensé que se refería a que tenían que marcharse Sylvia y él, a que no podían seguir viviendo en aquella casa. Pero se refería a él y a mí. Aquel «vamos» se refería a él y a mí. Naturalmente, habíamos hablado en plural sobre nuestras citas, sobre nuestras transgresiones. Pero entonces se trataba de «nuestra» decisión, quizá de una vida en común.

Teóricamente, yo estaba haciendo la tesis sobre las últimas novelas de Mary Shelley, de las que nadie sabe nada: *Lodore, Perkin Warbeck, El último hombre*. Pero en realidad me interesaba mucho más la vida de Mary antes de que aprendiera una triste lección y se doblegara a la tarea de criar a su hijo para ser barón. Me encantaba leer cosas sobre otras mujeres que la habían envidiado u odiado o que habían intervenido intervenido en su vida: Harriet, la primera mujer de Shelley, y Fanny Imlay, hermanastra de Mary, que pudo haber estado enamorada de Shelley, y su otra hermanastra, Mary Jane Clairmont, que tenía el mismo nombre que yo —Claire— y se fue con Mary y

Shelley en su luna de miel, sin haberse casado, para poder seguir persiguiendo a Byron. Con Donald había hablado muchas veces sobre la impetuosa Mary y sobre Shelley, casado ya, y sobre sus citas junto a la tumba de la madre de Mary, sobre el suicidio de Harriet y Fanny y la insistencia de Claire, que tuvo un hijo de Byron. Pero nunca hablé del tema con Nelson, en parte porque teníamos poco tiempo para hablar y en parte porque no quería que pensara que obtenía consuelo o inspiración de aquel batiburrillo de amor, desesperación, traición y autocompasión. Tampoco yo quería pensarlo. Y Nelson no era precisamente muy aficionado a los románticos del siglo XIX. Eso decía. Decía que quería hacer algo sobre los traperos. Quizá fuese una broma.

Sylvia no actuó como Harriet. La literatura ni le influía ni le estorbaba, y cuando descubrió lo que estaba ocurriendo se puso simplemente hecha una furia.

—Eres un cretino —le dijo a Nelson.

—Eres una falsa —me dijo a mí.

Estábamos los cuatro en el salón de nuestra casa. Donald limpió y llenó la pipa; le dio unos golpecitos, la acarició y la inspeccionó, dio una calada, volvió a encenderla: parecía como tan de película que sentí vergüenza ajena. Después, metió unos libros y el último número de *Macleans* en su maletín, fue al cuarto de baño a coger su cuchilla de afeitar y al dormitorio a por el pijama y se marchó.

Fue al apartamento de una viuda joven que trabajaba de secretaria en su clínica. En una carta que me escribió más adelante, me contaba que jamás había pensado en aquella mujer sino como amiga hasta aquella noche, en que de repente se le ocurrió lo bonito que sería querer a una persona amable y sensible, que «no estaba echada a perder.»

Sylvia tenía que llegar al trabajo a las once. Normalmente, Nelson la acompañaba al hospital: no tenían coche. Aquella noche, le dijo que no se moviera de donde estaba.

Nelson y yo nos quedamos solos. El espectáculo había durado mucho menos de lo que yo esperaba. Nelson parecía abatido pero aliviado, y si pensé que se había tratado de mala manera al amor, a la idea de algo arrebatador, de un acontecimiento único y angustioso, me guardé muy mucho de demostrarlo.

Nos tumbamos en la cama para hablar de nuestros planes y acabamos haciendo el amor, porque eso era lo que estábamos acostumbrados a hacer. A cierta hora de la noche, Nelson se despertó y le pareció conveniente irse al piso de abajo, a acostarse en su cama.

Yo me levanté en medio de la oscuridad, me vestí, hice una maleta, escribí una nota y me dirigí al teléfono de la esquina, desde donde llamé un taxi. Cogí el tren de las seis para Toronto, donde tuve que hacer transbordo para Vancouver. El tren era más barato, siempre y cuando se estuviera dispuesta a permanecer despierta tres noches, como era mi caso.

De modo que eso hice, una mañana triste y deprimente, bajando por el cañón de Fraser, de muros empinados, hasta el valle de Fraser, anegado, donde el humo pendía sobre las casitas chorreantes, las parras pardas, los espinos y las ovejas acurrucadas. Aquel cataclismo de mi vida tuvo lugar en diciembre. Las navidades quedaron anuladas para mí. El invierno con sus nevadas y sus carámbanos y sus ventiscas vigorizantes quedaron cancelados por aquella época nebulosa de barro y lluvia. Estaba estreñida, sabía que tenía mal aliento, los brazos y las piernas doloridos, el ánimo totalmente negro. Y entonces no pensé: qué tontería creer que un hombre es tan diferente del otro cuando a lo que en realidad se reduce la vida es a una taza de café como Dios manda y una habitación en la que estirarse un poco. ¿No pensé entonces que incluso si Nelson hubiera estado a mi lado en aquel momento se hubiera convertido en un extraño de rostro gris cuya desolación e inquietud hubieran sido simples prolongaciones de las mías?

No. No. Nelson seguiría siendo mi Nelson. Yo no había cambiado, con respecto a su piel, a su olor y sus ojos imponentes. Parecía que fuera lo externo de Nelson lo que más fácilmente se me venía a la cabeza, y en el caso de Donald, sus flaquezas y simpatías internas, su bondad adquirida casi a golpes y aquellos recelos íntimos de los que llegué a enterarme a base de insistir y de hacer la vista gorda. Si hubiera podido tener el amor de aquellos dos hombres y haberlo depositado en uno solo, habría sido una mujer feliz. Si hubiera podido preocuparme por todo el mundo con la meticulosidad con que lo hacía por Nelson y con la tranquilidad, la ausencia de carnalidad, que sentía por Donald, habría sido una santa. Por el contrario, había asestado un golpe por partida doble, aparentemente por puro capricho.

Los clientes habituales que habían pasado a ser como amigos eran una mujer de mediana edad, contable de profesión pero a la que le gustaban lecturas como *Seis pensadores existencialistas* o *El significado del significado*; un funcionario de provincias que encargaba magníficos libros pornográficos, muy caros, de cuya existencia yo no tenía noticia —sus relaciones complicadas, orientales, etruscas, me parecían grotescas y carentes de interés en comparación con los ritos sencillos, eficaces, largo tiempo deseados, que celebrábamos Nelson y yo—; un notario que vivía detrás de su despacho, al principio de Johnson Street —«Vivo en los barrios bajos» —me dijo—. Cualquier noche aparecerá un tipo por la esquina y me dejará limpio» —, y la mujer cuyo nombre conocí más adelante, Charlotte, a quien el notario llamaba la duquesa. Ninguna de estas personas se profesaba una simpatía especial, y cuando al principio intenté que la contable y el notario entablasen conversación me llevé un buen chasco.

—No aguanto a esas señoras de cara marchita y repintada —dijo el notario la siguiente vez que entró en la tienda—. Espero que no ande por aquí esta tarde.

Era cierto que la contable llevaba la cara, delgada e inteligente, que mostraba los cincuenta años que tenía, con una gruesa capa de maquillaje, y que se pintaba las cejas de modo que parecía haberse puesto tinta china. Pero mira quién fue a hablar, pensé, cuando el notario tenía unos dientes desgastados, manchados de nicotina, y las mejillas picadas de viruela.

—Me da la impresión de que es una persona muy superficial —dijo la contable, como si hubiese adivinado los comentarios que había hecho sobre ella y los hubiera rechazado valientemente.

«Eso me pasa por intentar juntar a la gente —le decía a Donald en una carta—. ¿Quién soy yo para hacer semejante cosa?» Escribía a Donald con regularidad; le contaba cómo era la tienda, la ciudad e incluso, dentro de lo que podía, mis inexplicables sentimientos. Él vivía con Helen, la secretaria. También escribí a Nelson, que podía o no estar viviendo solo, haber vuelto o no con Sylvia. Yo no lo creía. Seguramente, Sylvia era una de esas personas convencidas de que hay conductas imperdonables y finales definitivos. Tenía dirección nueva. La encontré en la guía de Londres, en la biblioteca pública. Tras cierta resistencia al principio, Donald empezó a contestarme. Escribía cartas impersonales, con cierto interés, contando cosas sobre personas que conocíamos los dos, sobre lo que pasaba en la clínica. Nelson nunca me contestó. Le mandé cartas certificadas. Al menos así me enteré de que las había recibido.

Charlotte y Gjurdhi debieron de venir juntos a la librería, pero no me di cuenta de que eran pareja hasta que un día llegó la hora de cerrar. Charlotte era una mujer gruesa, informe pero de movimientos rápidos, con cara sonrosada, brillantes ojos azules y un montón de pelo blanco y reluciente, cortado con un estilo juvenil, que le caía en ondas hasta los hombros. Aunque hacía bastante calor, llevaba una capa de terciopelo gris oscuro con un reborde de piel un tanto ralo, también gris, prenda que parecía propia del teatro. Por debajo se veían una camisa amplia y pantalones anchos de lana, de pinzas, y en los anchos pies, llenos de polvo, sandalias. Hacía un ruido metálico, como si llevase una armadura escondida. Cuando levantó un brazo para coger un libro, descubrí la causa del ruido. Pulseras. No sé cuántas, gruesas y delgadas, algunas relucientes y otras sin brillo. Algunas tenían piedras incrustadas, grandes y cuadradas, del color de la sangre o del caramelo.

—Hay que ver, que esta petarda siga todavía dando la lata —me dijo, como si estuviera continuando una conversación inconexa y divertida.

Había cogido un libro de Anais Nin.

—No me haga caso —dijo—. Digo unas cosas espantosas. En realidad me cae bastante bien. Es a él a quien no soporto.

—¿A Henry Miller? —dije, empezando a comprender.

—Exacto.

Continuó hablando de Henry Miller, de París, de California, empleando un tono burlón, briosa, casi cariñosa. Daba la impresión de que, como mínimo, había tenido por vecinos a las personas de las que hablaba. Toda cándida, acabé preguntándole si así era.

—No, no, pero es como si los conociera a todos. No personalmente... o bueno, sí, personalmente. ¿Cómo se les puede conocer si no? O sea, nunca los he visto cara a cara, pero sí en sus libros. Eso es lo que intentan, ¿no? Los conozco. Hasta el punto que me lo han permitido, como pasa con todo el mundo. ¿No le parece?

Se acercó a la mesa en la que había colocado los libros de bolsillo de Nuevas Tendencias.

—Vaya, conque éstos son los nuevos —dijo—. ¡Madre mía!
—dijo abriendo mucho los ojos ante las fotografías de Ginsberg,
Corso y Ferlinghetti.

Se puso a leer, prestando tanta atención que cuando volvió
a hablar pensé que estaba citando algo de un poema.

—La he visto al pasar —dijo. Dejó el libro y comprendí
que se refería a mí—. La he visto aquí sentada, y he pensado que
seguramente a una mujer joven le gustaría salir de vez en cuando. Estar al sol. ¿No se le habrá ocurrido la posibilidad de
contratarme para que usted pueda salir?

—Bueno, sí que me gustaría, pero... —dije.

—No soy tonta del todo. En realidad tengo bastante cultura.
Pregúnteme quién escribió *Las metamorfosis* de Ovidio. Vale,
no hace falta que se ría.

—Me gustaría, pero no puedo.

—Bueno, qué le vamos a hacer. Seguramente hace bien. No
soy muy elegante, y a lo mejor lo estropeaba todo. Discuti-
ría con la gente si compraran libros que a mí me parecen espantosos. —No parecía decepcionada. Cogió un ejemplar de
El aguacate falso y dijo—: ¡Tengo que comprarlo! ¡Por el título!

Emitió un silbidito, y el hombre al que parecía ir dirigido
levantó los ojos de la mesa con los libros que estaba mirando fi-
jamente, al fondo de la tienda. Sabía que estaba allí, pero no lo
había relacionado con ella. Pensaba que era uno de esos hombres que entran, solos, y se ponen a mirar, como si quisieran
averiguar qué clase de establecimiento es o para qué sirven los
libros. No un borracho ni un mendigo, y desde luego nadie
por el que hubiera que preocuparse; simplemente uno de tantos
hombres mayores desastrados e insociables, que forman parte
de la ciudad un poco como las palomas, que se mueven inquietos durante todo el día dentro de una zona limitada, sin mirar
jamás a la gente a la cara. Llevaba un abrigo hasta los tobillos,

de un material lustroso, impermeable, de color bilioso, y una gorra de terciopelo marrón con una borla, la gorra que podría llevar un viejo ratón de biblioteca o un pastor anglicano en una película inglesa. En eso sí que había semejanzas entre ambos: los dos llevaban ropa que podría haber salido del baúl de los disfraces. Pero de cerca él parecía varios años mayor que ella. Una cara alargada, amarillenta, ojos de párpados colgantes, de color tabaco, bigote ralo, desagradable. Leves trazas de belleza, o de fuerza. De ferocidad apagada. Acudió al silbido —medio en broma, medio en serio—, y se puso al lado de la mujer, silencioso y con cierto orgullo, como un perro o un burro, mientras ella se disponía a pagar.

Por entonces, el gobierno de la Columbia Británica aplicaba un impuesto a los libros. En aquel caso eran cuatro centavos.

—Me niego a pagarlo —dijo—. ¡Impuesto sobre los libros! Me parece inmoral. Prefiero ir a la cárcel. ¿No le parece?

Sí que me parecía. No añadí —como habría hecho con cualquier otra persona— que a la librería no se lo descontarían.

—¿No soy tremenda? —dijo—. Pero hay que ver lo que hace el gobierno con la gente. Los convierte en «oradores».

Se guardó el libro en el bolso sin haber pagado los cuatro centavos, como no los pagaría en ninguna otra ocasión.

Le hablé de los dos al notario. En seguida comprendió a quiénes me refería.

—Yo los llamo la duquesa y el argelino —dijo—. No sé qué historia tienen, pero pienso que él podría ser un terrorista jubilado. Andan por ahí con una carretilla, como traperos.

Recibí una nota en la que se me invitaba a cenar un domingo. Llevaba la firma de «Charlotte», sin apellido, pero la expresión y la caligrafía eran bastante serias.

«Mi marido, Gjurdhi, y yo, tendríamos mucho gusto en...»

Hasta entonces no había querido invitaciones de este tipo y me hubiera avergonzado y molestado recibirlas. Así que me sorprendió ver que me apetecía. Charlotte prometía algo interesante; era muy distinta de las otras personas a las que sólo quería ver en la librería.

El edificio en el que vivían estaba en Pandora Street. Estaba recubierto de estuco de color mostaza y tenía una entrada diminuta, de azulejos, que me recordó a unos servicios públicos. Pero no olía mal, y su casa en realidad no estaba sucia; sólo terriblemente desordenada. Había libros apilados contra las paredes, trozos de tela estampada colgados de la pared para ocultar el empapelado, persianas de bambú, hojas de papel de colores —sin duda inflamables— alrededor de las bombillas.

—¡Qué cielo por haber venido! —exclamó Charlotte—. Pensábamos que tendría un montón de cosas mucho más interesantes que venir a casa de estos matusalenes. Vamos a ver, ¿dónde se sienta? ¿Le parece bien aquí? —Quitó un montón de revistas de una silla de mimbre—. ¿Está cómoda? Hace unos ruidos muy curiosos, el mimbre. A veces, cuando estoy sentada aquí, se pone a crujir y a gemir como si alguien la estuviera moviendo. Podría decir que es una presencia, pero la verdad es que no creo en esas tonterías. Y mira que lo he intentado.

Gjurdhi sirvió un vino de color amarillo, dulce. Para mí, una copa de pie alto a la que no le habían quitado el polvo, para Charlotte un vaso de cristal y para él una taza de plástico. Parecía imposible cocinar nada en aquella cocinita metida en una especie de nicho, donde estaban amontonados a voleo las cacerolas y los platos, pero salía un agradable olor a pollo asado, y al cabo de un rato Gjurdhi trajo el primer plato: rodajas de pepino, yogur. Yo me senté en la silla de mimbre y Charlotte en el único sillón. Gjurdhi, en el suelo. Charlotte llevaba los pantalones de pinzas y una camiseta rosa que le colgaba sobre aquellos pechos sin sujeción. Se había pintado las uñas de los pies a juego con la camiseta. Sus pulseras tintineaban contra el plato cuando cogía rodajas de pepino. —Comíamos con los dedos.— Gjurdhi llevaba la gorra puesta y una bata como de seda, rojo oscuro, encima de los pantalones. Con el estampado se habían mezclado unas cuantas manchas.

Después del pepino, tomamos pollo con pasas y especias, pan ácimo y arroz. Charlotte y yo teníamos tenedores, pero Gjurdhi cogía el arroz con el pan. En los años siguientes pensé con frecuencia en aquella cena, cuando aquella comida, aquella manera de comer y de sentarse e incluso el estilo y el desorden de la casa se pusieron de moda, algo cotidiano. La gente que conocía, y yo misma, prescindimos —durante algún tiempo— de mesas, vasos de vino iguales, y hasta cierto punto de cubiertos y sillas. Cuando me invitaban a alguna casa o yo hacía otro tanto en la mía, pensaba en Charlotte y Gjurdhi, al borde de la auténtica pobreza, en la arriesgada autenticidad que los distinguía de las imitaciones posteriores. Por entonces, aquello era nuevo para mí, y me sentí incómoda y encantada al mismo tiempo. Pensaba que era digna de tanto exotismo, pero no de que me sometieran a una prueba tan dura.

Mary Shelley salió a colación sin mucho tardar. Cité los títulos de sus últimas novelas y Charlotte dijo, soñadora:

—Per-kin War-beck. ¿No era el que... el que se hacía pasar por príncipe y le asesinaron en la Torre de Londres?

Era la única persona que había conocido —que no fuera historiador de la época Tudor— que supiera aquello.

—De ahí saldría una buena película —dijo—. ¿No cree? Lo que siempre me pregunto ante esa gente, que se hace pasar por lo que no es, es ¿quiénes se creen de verdad? Pero la vida de Mary Shelley es toda una película, ¿no? No sé por qué no la han hecho todavía. ¿Quién cree que podría hacer el papel de Mary? No, no, hay que empezar por Harriet. ¿Quién tendría el papel de Harriet?

»Alguien con pinta de estar hasta los ojos de alcohol —dijo, arrancando un pedazo dorado de pollo—. ¿Elizabeth Taylor? ¿Susannah York?

»¿Quién era el padre? —se preguntó, refiriéndose al hijo nonato de Harriet—. No creo que fuera Shelley. ¿A usted qué le parece?

Todo aquello estaba muy bien, me gustaba, pero yo esperaba que llegara el momento de las explicaciones, de revelaciones personales, si no exactamente confidencias. En ocasiones así, todo el mundo lo espera. ¿Acaso no había hablado Sylvia, sentada a mi mesa, sobre el pueblo del norte de Ontario y de que Nelson era el más listo del colegio? Me sorprendió comprobar que, al menos yo, estaba deseando contar mi historia. Donald y Nelson: quería contarle la verdad, o una parte de ella, en toda su tortuosa complejidad, a una persona que ni se sorprendería ni se escandalizaría. Me habría gustado darle vueltas a mi conducta, en buena compañía. ¿Había tomado a Donald como figura paterna, o materna, ya que mis padres estaban muertos? ¿Le abandoné porque estaba furiosa con ellos por haberme abandonado a mí? ¿Qué significaba el silencio de Nelson, y era algo permanente? —Pero, al fin y al cabo, no pensaba que le contaría a nadie que me habían devuelto una carta la semana anterior, con «Desconocido en esta dirección».—

No era eso lo que le pasaba a Charlotte por la cabeza. No hubo ninguna oportunidad, ningún intercambio. Después del pollo, la copa, el vaso y la taza desaparecieron y volvieron a aparecer con un sorbete de color rosa extraordinariamente dulce, más fácil de beber que de comer con una cuchara. A continuación, un café espantosamente fuerte, en tazas pequeñas. Gjurdhi encendió dos velas cuando la habitación empezó a quedarse a oscuras, y me dieron una de ellas para ir al baño, un retrete con ducha. Charlotte dijo que no funcionaba la electricidad.

—Están haciendo no sé qué obras —dijo—. O les habrá dado por ahí. A veces lo hacen. Pero por suerte tenemos nuestra cocina de gas, y mientras la tengamos, que hagan lo que quieran. Lo único que siento es que no podemos escuchar música. Me gustaría poner unas de esas viejas canciones políticas... «Anoche soñé con Joe Hill» —cantó con voz de barítono, burlona—. ¿La conoce?

La conocía. Donald la cantaba cuando estaba un poco borracho. Por lo general, la gente que cantaba «Joe Hill» tenía tendencias políticas vagas pero reconocibles, pero con Charlotte no pensé que ocurriese lo mismo. No funcionaba por simpatías, por principios. Se tomaba a broma lo que otras personas se tomaban en serio. Yo no estaba segura de mis sentimientos hacia ella. No era sólo que me cayese bien, o que la respetase. Se parecía más a un deseo de moverme en su elemento, sin sorpresas. De ser optimista, cariñosamente maliciosa, imbatible, de burlarme de mí misma.

Mientras tanto, Gjurdhi me enseñaba los libros. ¿Cómo empezó aquello? Seguramente por algún comentario que hice —cuántos había o algo parecido— cuando tropecé con un montón al volver del baño. Sacó libros forrados de cuero o de imitación de cuero —¿cómo podía yo saber la diferencia?—, con frontispicios a la acuarela, con grabados. Al principio, pensé que lo único que se me pedía era que los alabase, y eso hice. Pero junto al oído percibí la palabra dinero: ¿era lo primero que le oía decir a Gjurdhi con claridad?

—Yo sólo vendo libros nuevos —dije—. Éstos son maravillosos, pero no sé nada sobre el tema. Es un negocio totalmente distinto, esta clase de libros.

Gjurdhi movió la cabeza como dando a entender que no le comprendía y volvió a intentar explicarlo, con decisión. Repitió el precio en tono más insistente. ¿Pensaba que estaba intentando regatear con él? ¿O quizá estuviera diciéndome el precio que había pagado? Podíamos estar manteniendo una conversación, puramente especulativa, sobre el precio al que sería capaz de venderlo, pero no sobre si yo iba a comprarlo.

Dije en varias ocasiones no y sí, haciendo juegos malabares con las dos respuestas. *No*, no puedo llevarlos a mi librería. *Sí*, son muy bonitos. *No*, de verdad, lo siento, no soy quién para juzgar.

—Si hubiéramos vivido en otro país, Gjurdhi y yo quizás hubiéramos hecho algo —decía Charlotte—. O incluso si el cine de este país hubiera despegado un poco. Eso es lo que me hubiera gustado hacer. Trabajar en el cine. De extras. Aunque quizá no seamos tipos muy corrientes para hacer de extras y nos habrían dado algún papelito. Según creo, los extras no deben destacar en medio de una multitud, y por eso pueden emplearlos varias veces. A Gjurdhi y a mí no se nos olvida fácilmente. Sobre todo a él, con esa cara.

Charlotte no prestó la menor atención a la segunda conversación que se había entablado, y continuó dirigiéndose a mí, moviendo la cabeza de vez en cuando, indulgente, para dar a entender que Gjurdhi actuaba de una forma que a ella le resultaba interesante, pero tal vez inoportuna. Yo tenía que hablar con él en voz baja, hacia un lado, y asentir con frecuencia en respuesta a Charlotte.

—En serio, debería llevarlos a un anticuario —dije—. Sí, son preciosos, pero están fuera de mis posibilidades.

Gjurdhi no se quejaba, no trataba de congraciarse. Pero sus modales eran un tanto imperiosos. Parecía como si fuera a darme órdenes y como si fuera a enfadarse si yo no capitulaba. En mi confusión, me serví más de aquel vino amarillo, en la copa del sorbete, sin lavar. Seguramente cometí una ofensa espantosa. Gjurdhi parecía terriblemente disgustado.

—¿Se imagina las novelas modernas con ilustraciones? —dijo Charlotte, accediendo al fin a unir las dos conversaciones—. ¿En

Norman Mailer, por ejemplo? Tendrían que ser dibujos abstractos, ¿no cree? Algo así como alambre de espino y manchas. Volví a casa con dolor de cabeza y sensación de inutilidad. Era una mogijata, ni más ni menos, cuando se trataba de mezclar la compraventa con la hospitalidad. Quizá hubiera actuado con torpeza y les había decepcionado. Y ellos me habían decepcionado a mí. Pensé que por qué me habrían invitado. Sentía nostalgia de Donald, por «Joe Hill». También echaba de menos a Nelson, por una expresión de Charlotte cuando me marchaba. Una mirada pícara, satisfecha, que comprendí que tenía que ver con Gjurdhi, aunque apenas podía creerlo. Me hizo pensar que después de haber bajado las escaleras y abandonado el edificio y salido a la calle, una bestia vieja, escuálida, sigilosa, amarillenta e indecente, un tigre sarnoso e impúdico, saltaría entre los libros y los platos sucios y se entregaría a su habitual desenfreno.

Un par de días después tuve carta de Donald. Quería el divorcio, para casarse con Helen.

Contraté a una dependienta, una chica universitaria, para que viniera dos horas y así yo pudiera ir al banco y arreglar el papeleo. La primera vez que Charlotte la vio se dirigió a la mesa y dio unos golpecitos a un montón de libros que había allí, listos para venderse.

—¿Es esto lo que los grandes gurús dicen que hay que comprar?

La chica sonrió, prudente, y no respondió.

Charlotte tenía razón. Era un libro titulado *Psicocibernética*, sobre cómo mantener una imagen positiva de sí mismo.

—Ha sido muy lista contratándola a ella y no a mí —dijo Charlotte—. Es mucho más mona y no va a irse de la lengua y espantarte a los clientes. No tiene «opiniones».

—Tengo que contarle algo sobre esa mujer —me dijo la chica cuando se hubo marchado Charlotte.

Esa parte no tiene interés.

—¿Por qué? —dije.

Pero yo estaba distraída, la tercera tarde que fui al hospital. Cuando Charlotte estaba terminando la historia me puse a pensar en un pedido especial de libros que no había llegado, sobre cruceros por el Mediterráneo. También pensé en el notario, a quien habían golpeado en la cabeza la noche anterior, en su despacho de Johnson Street. No había muerto, pero quizá se hubiera quedado ciego. ¿Robo? ¿O una venganza relacionada con una etapa de su vida que yo no podía ni sospechar?

El melodrama y la confusión hacían parecer aquella ciudad más normal, pero menos asequible.

—Pues claro que tiene interés —dije—. Todo lo tiene. Es un relato fascinante.

—Fascinante —repitió Charlotte en tono cortante.

Hizo un gesto que le dio aspecto de niña vomitando una cucharada de papilla. Sus ojos, aún clavados en mí, parecían estar perdiendo color, perdiendo su azul infantil, brillante y engreído. La displicencia estaba transformándose en repugnancia. Mostraba una expresión de repugnancia feroz, de indecible preocupación, como la que podemos mostrar ante el espejo pero raramente a otras personas. Quizá por las ideas que me rondaban la cabeza pensé que Charlotte podría morir. Podía morir en cualquier momento. En aquel mismo momento.

Señaló con la mano el vaso de agua, con su pajita de plástico doblada. Se lo acerqué para que bebiera y le sujeté la cabeza. Noté el calor de su cráneo, un palpitar en la nuca. Bebió con ganas y la terrible expresión desapareció de su rostro.

Dijo:

—Está asquerosa.

—Creo que se podría hacer una película fantástica —dije, apoyándola de nuevo sobre las almohadas. Me aferró la muñeca y después la soltó—. ¿De dónde has sacado la idea? —pregunté.

—De la vida —dijo Charlotte casi inaudiblemente—. Espera un momento.

Volvió la cabeza sobre la almohada, como si tuviera que solucionar algo en privado. Se recuperó al poco, y siguió contándome.

Charlotte no murió. Al menos en el hospital. Cuando llegué la tarde siguiente, bastante tarde, su cama estaba vacía y recién hecha. La enfermera que había hablado conmigo estaba intentando tomarle la temperatura a la mujer atada a la silla. Se echó a reír al ver mi expresión.

—¡No, no se preocupe! —dijo—. No es eso. Le han dado de alta esta mañana. Vino su marido a recogerla. Queríamos trasladarla a un centro de Saanich, y supuestamente, el marido iba a llevarla allí. Dijo que tenía un taxi esperando fuera. ¡Y de repente nos han llamado diciendo que no se han presentado! Al marcharse estaban de muy buen humor. Él le trajo un montón de dinero y ella se puso a tirarlo por los aires. No sé; a lo mejor sólo eran billetes de dólar. Pero no tenemos ni idea de adónde han ido.

Fui andando hasta el editicio de apartamentos de Pandora Street. Pensé que quizás hubieran ido a casa. A lo mejor habían perdido las instrucciones de cómo llegar al sanatorio y no querían preguntar. A lo mejor habían decidido quedarse juntos en su casa pasase lo que pasase. A lo mejor habían encendido el gas.

Al principio no encontré el edificio y creí que me había equivocado de manzana. Pero me acordé de la tienda de la esquina y de algunas casas. Lo habían cambiado: eso era lo que había ocurrido. Habían pintado el estuco de rosa, habían colocado ventanas y puertaventanas nuevas, con balconcitos de hierro forjado. Los balcones estaban pintados de blanco; aquello parecía una heladería. Seguramente también habrían renovado el interior, los alquileres eran más altos y personas como Charlotte y Gjurdhi no podían seguir viviendo allí. Comprobé los apellidos en la puerta y, naturalmente, los suyos habían desaparecido. Debían de haberse mudado hacía tiempo. Me dio la impresión de que los cambios del edificio me transmitían una especie de mensaje. Algo se había esfumado. Sabía que Charlotte y Gjurdhi no se habían esfumado: estarían en alguna parte, vivos o muertos. Pero para mí era como si se hubiesen desvanecido. Y por aquel hecho —no realmente porque los hubiera perdido—, me invadió una congoja más angustiosa que las punzadas de remordimiento que había experimentado el año anterior. Había perdido el norte. Tenía que volver a la librería para que se marchase la dependienta, pero me sentía como si pudiera tomar cualquier otra dirección, ir a cualquier otro sitio. Mis puntos de referencia se encontraban en peligro; nada más. A veces nos ocurre, que parecen deshacerse, casi desaparecer. Calles y paisajes se niegan a reconocernos; nos falta el aire. Entonces, ¿no sería mejor tener un destino al que someterse, algo que nos reclamase, cualquier cosa, en lugar de unas posibilidades tan tenues, unos días tan arbitrarios?

Me puse a fantasear sobre una vida en común con Nelson. Si hubiera actuado con tanta precisión, así habría resultado.

Viene a Victoria. Pero no le gusta la idea de trabajar en la librería, atendiendo a la gente. Empieza a dar clase en un colegio para chicos, un sitio muy elegante, donde su aspecto, sus modales rudos, de clase baja, le convierten en el profesor preferido por todos.

Nos mudamos del apartamento de Dardanelos a un chalet amplio, cerca del mar. Nos casamos.

Pero esto supone el inicio de una época de distanciamiento. Me quedo embarazada. Nelson se enamora de la madre de un alumno. Yo de un interno al que conozco durante el parto. Lo superamos, Nelson y yo. Tenemos otro hijo. Acumulamos amigos, muebles, ritos. Vamos a demasiadas fiestas en ciertas épocas del año, y hablamos de vez en cuando sobre el inicio de una nueva vida, en algún lugar lejano, donde no nos conozca nadie.

Nos alejamos, nos acercamos —lejanía, cercanía—, una y otra vez.

Al entrar en la tienda me di cuenta de que había un hombre junto a la puerta: miraba el escaparate, miraba a la calle, después me miró a mí. Era bajo y llevaba trinchera y sombrero de fieltro de alas anchas. Me dio la impresión de que iba disfrazado. Se aproximó a mí, me golpeó en el hombro y yo solté un grito como si me hubiera llevado el mayor susto de mi vida. que era la verdad. Porque era Nelson, que había venido a buscarme. O al menos a abordarme, a ver qué pasaba.

Fuimos felices, tú y yo.
Me he sentido tantas veces solo...
En esta vida siempre hay algo que descubrir.
Han pasado años y días, en una especie de bruma.
Y puedo decir que estoy contento.

Cuando Lottar abandonó el patio de la casa del obispo, iba envuelta en una larga capa que le habían dado, quizá para ocultar sus harapos, o el olor que despedían. El criado del cónsul le habló en inglés; le explicó adónde iban. Ella le entendía pero no podía replicar. Todavía no estaba demasiado oscuro. Aún distinguía los débiles contornos de las rosas y las naranjas del jardín del obispo.

El criado del obispo le abrió la puerta.

Lottar no llegó a ver al obispo, y no había visto al franciscano desde que él siguió al criado hasta la casa. Le llamó, al tiempo que salía. Como no podía pronunciar ningún nombre, gritó: «¡*Xoti*! ¡*Xoti*! ¡*Xoti*!», que significa «dirigente» o «maestro», en el idioma de los gegs. Pero no recibió respuesta, y el criado del cónsul agitó la lámpara, impaciente, mostrándole el camino. Por casualidad, la luz recayó sobre el franciscano, que estaba medio escondido tras un árbol. Era un pequeño naranjo. Su rostro, pálido como las naranjas a aquella luz, se asomó por entre las ramas; toda su morenez había desaparecido. Era una cara macilenta colgando de un árbol, de expresión melancólica, impersonal, como la que puede verse en un santo, piadoso pero orgulloso, en la vidriera de una iglesia. De repente desapareció, y Lottar se quedó como si le hubieran quitado el aire; pero era demasiado tarde.

Le llamó una y otra vez, y cuando el barco llegó a Trieste, él estaba esperando en el puerto.

SECRETOS A VOCES

Una mañana de sábado,
tan bonita como el sol,
siete chicas acamparon
con la señorita Johnstone.

—Y por poco no se fueron —dijo Frances—, porque el sábado por la mañana caían chuzos de punta. Estaban esperando en el sótano de la Iglesia Unida, y la señorita va y dice: «¡Bueno, esto tiene que parar! ¡Nunca me ha llovido en una excursión!». Pero ojalá no le hubiera salido bien. La historia habría sido muy distinta.

Dejó de llover, emprendieron la excursión y a medio camino hacía tanto calor que la señorita Johnstone les permitió que parasen en una granja: la dueña sacó Coca-Colas y el dueño les dejó la manguera para que se refrescaran. Se la quitaban unas a las otras y hacían travesuras, y Frances dijo que Mary Kaye decía que Heather Bell había sido la peor de todas, la más descarada, porque cogió la manguera y enchufó a las demás en todos los sitios malos.

—Intentarán presentarla como una pobre inocente, pero la realidad es muy distinta —dijo Frances—. A lo mejor estaba todo arreglado, que iba a ver a alguien. O sea, a un hombre.

Maureen dijo:

—Me parece un poco exagerado.

—Bueno, yo no me creo que se ahogara —dijo Frances—. Eso sí que no me lo creo.

Las cascadas del río Peregrine no eran como las que se ven en las postales. No eran más que agua que caía sobre plataformas de piedra caliza, ninguna de más de uno o dos metros de altura. Había un espacio en el que se podía estar de pie, detrás de la gruesa cortina de agua, y alrededor había pozas, de bordes lisos y no más grandes que bañeras, donde el agua quedaba atrapada, caliente. Pero también buscaron allí: las chicas fueron corriendo y gritando el nombre de Heather y se asomaron a todas las pozas; incluso metieron la cabeza en la parte seca, detrás de la cortina de agua ruidosa. Saltaron por la roca desnuda, chillando, y acabaron empapadas de tanto entrar y salir por la cortina. Hasta que la señorita Johnstone les gritó que volvieran.

Estaban Betsy y Eva Trowell,
Lucille Chambers también.
Estaban Ginny Bos y Mary Kaye Trevelyan
y Robin Sands y la pobre Heather Bell.

—Sólo pudo reunir a siete chicas —dijo Frances—. Y todas ellas por una razón. Robin Sands, hija de médico. Lucille Chambers, hija de sacerdote. No pueden librarse. Las Trowell: gente de campo. Se apuntan a lo que sea. Ginny Bos, que parece la mujer de goma: no para de nadar y de montar a caballo. Mary Kaye vive al lado de la señorita Johnstone, o sea que a ver. Y Heather Bell recién llegada al pueblo. Y su madre se había ido fuera a pasar el fin de semana, así que aprovechó la oportunidad.

Hacía unas veinticuatro horas que había desaparecido Heather Bell, en la excursión anual del E.F.M.C. —siglas de Entrenamiento Físico para Muchachas Canadienses— a las cascadas del río Peregrine. Mary Johnstone, que tenía por entonces algo más de sesenta años, llevaba bastantes al frente de aquella excursión, desde antes de la guerra. En otros tiempos, al menos veinte chicas tomaban la carretera del condado aquel sábado de junio por la mañana. Todas llevaban pantalones cortos azul marino, blusas blancas y pañuelos rojos al cuello. Maureen se contaba entre ellas, hacía unos veinte años.

La señorita Johnstone siempre empezaba la marcha con la misma canción.

> Por la belleza de la tierra,
> por la belleza del cielo,
> por el amor que por doquier,
> dentro y fuera, nos rodea...

Y se oían palabras distintas, pronunciadas con cautela pero sin reparos, en lugar de las del himno.

> Por el culo de la vieja,
> que se va bamboleando.
> Somos memas y cantamos,
> la Johnstone parece un sapo.

¿Había alguien más de la edad de Maureen que recordase aquella canción? Las que se habían quedado en el pueblo eran madres, con hijas lo suficientemente mayores para hacer la excursión, y les hubiera dado el típico ataque maternal si hubieran oído semejante lenguaje. Tener hijos te cambia. Te pone en la situación de ser adulta, de modo que ciertos elementos de la personalidad —antiguos elementos— pueden eliminarse y aban-

147

donarse. El trabajo, el matrimonio, no sirven para eso; sólo para actuar como si se hubieran olvidado ciertas cosas.

Maureen no tenía hijos.

Maureen estaba con Frances Wall, tomando café y fumando, sentada a la mesa de desayuno que habían instalado en la antigua despensa, bajo la alacena de cristales. Esto ocurría en casa de Maureen, en Carstairs, en 1965. Llevaba viviendo en aquella casa ocho años, pero todavía se sentía un poco rara, y mientras que en unas habitaciones se encontraba cómoda, en otras se veía un tanto perdida. Había arreglado aquel rincón para que hubiera otro sitio donde comer, aparte de la mesa del comedor, y había puesto cortinas de cretona nuevas en el salón. Tardó bastante en convencer a su marido para que se aviniera a los cambios. Las estancias principales estaban atestadas de muebles valiosos, muy pesados, de roble y nogal, y las cortinas eran de brocado, de color verde y morado, como en un hotel elegante: allí no se podía alterar nada.

Frances trabajaba en la casa, pero no era exactamente una criada. Maureen y ella eran primas, aunque Frances pertenecía casi a una generación anterior. Llevaba tiempo trabajando allí antes de que llegara Maureen, cuando vivía la primera esposa. A veces llamaba a Maureen «señora». Era una broma, medio cariñosa, pero no del todo. «¿Cuánto te han costado estas chuletas, señora? ¡Venga, te han tomado el pelo!» Y le decía que se estaba poniendo hermosa de caderas y que no le quedaba bien el corte de pelo, que parecía un puchero puesto al revés. Y eso que Frances era un retaco con el pelo gris como una escarola y una cara franca, insolente. Maureen no se consideraba tímida —tenía un porte señorial—, y desde luego, no era incompetente: había llevado el bufete de su marido antes de «licenciarse» —como decían los dos— y dedicarse a llevarle la casa. A veces pensaba que debía intentar que Frances la tratase con más respeto, pero necesitaba a alguien en la casa con quien bromear.

Su prima no podía ser cotilla, por la situación de su marido, y además, no pensaba que ése fuera su carácter, pero le consentía demasiados comentarios desagradables, demasiadas especulaciones crueles.

Por ejemplo, lo que decía sobre la madre de Heather Bell y sobre Mary Johnstone y la excursión. Frances se consideraba una autoridad en el tema, porque Mary Kaye Trevelyan era su nieta. En Carstairs raramente se hablaba de Mary Johnstone sin añadir el adjetivo «maravillosa». Estuvo a punto de morir de polio, a los trece o catorce años de edad. Las consecuencias fueron unas piernas cortas, un cuerpo pequeño y grueso, hombros contrahechos y el cuello ligeramente torcido, por lo que siempre llevaba la cabeza, bastante grande, hacia un lado. Estudió contabilidad, entró a trabajar en la fábrica de Doud y dedicó su tiempo libre a las chicas: muchas veces decía que nunca había conocido a ninguna mala, sino sólo un poco despistada. Siempre que Maureen veía a Mary Johnstone en una tienda o en la calle, se le caía el alma a los pies. Lo primero, aquella sonrisa inquisitiva, aquellos ojos que escudriñaban los suyos, la alegría hiciese el tiempo que hiciese —viento o nieve, sol o lluvia, todo tenía algo bueno—, y después la pregunta burlona. «Vamos a ver, ¿qué hace usted últimamente, señora Stephens?» Mary Johnstone se empeñaba en llamarla «señora Stephens», pero lo decía como si se tratase de un adorno, porque pensaba, bueno, no es más que Maureen Coulter. Los Coulter eran como los Trowell de los que hablaba Frances: gente de campo. Ni más, ni menos. «¿Ha hecho algo de interés últimamente, señora Stephens?»

A Maureen le daba la sensación de que la ponía entre la espada y la pared y de que no podía hacer nada, como si le lanzara un reto, y sabía que tenía algo que ver con su feliz matrimonio y su cuerpo sano, cuya única desgracia estaba oculta —le habían ligado las trompas, para esterilizarla—, con la piel sonrosada y el pelo rojizo, y todo el dinero y el tiempo que dedicaba a comprarse ropa. Como si le debiera algo a Mary Johnstone, una compensación jamás definida. O como si Mary Johnstone viera más carencias de las que podía soportar Maureen.

A Frances le importaba tres pitos Mary Johnstone, como todas las personas que se lo tenían demasiado creído.

La señorita Johnstone hizo una marcha de medio kilómetro con las chicas antes del desayuno, como de costumbre, para subir a la Roca, el saliente de piedra caliza que se asomaba al río Peregrine, algo tan insólito en aquella región que lo llamaban sencillamente la Roca. El domingo por la mañana siempre había que hacer esa marcha, por muy atontada que se estuviese de haber intentado quedarse en vela toda la noche y de haber fumado a escondidas. Y además, tiritando, porque el sol todavía no había llegado a las profundidades del bosque. El sendero apenas podía denominarse tal: había que trepar, saltando sobre troncos de árbol podridos y sorteando helechos y las plantas que iba señalando la señorita Johnstone, los geranios y el jengibre silvestres. Arrancaba una y la mordisqueaba, casi sin haberle quitado la tierra de encima. «Mirad lo que nos ofrece la naturaleza.»

—Se me ha olvidado el jersey —dijo Heather cuando ya habían recorrido medio camino—. ¿Puedo volver a cogerlo?

En los viejos tiempos, seguramente la señorita Johnstone habría dicho que no. Muévete un poco y entrarás en calor, habría dicho. Pero en aquella ocasión debía de sentirse insegura, porque sus excursiones ya no gozaban de tanta popularidad, algo que ella atribuía a la televisión, a las madres que trabajaban fuera de casa y a la falta de disciplina en el hogar.

—Sí, pero date prisa. Date prisa y alcánzanos.

Heather Bell no lo hizo. Cuando contemplaron el paisaje desde la Roca —Maureen recordaba haber buscado con la mirada condones usados entre las botellas de cerveza y los envoltorios de caramelos—, Heather Bell todavía no las había alcanzado. Al volver no la encontraron. No estaba en la tienda grande, ni en la pequeña, en la que había dormido la señorita Johnstone, ni entre ellas. No estaba en ninguno de los refugios o niditos de amor entre los cedros que rodeaban el campamento. La señorita Johnstone detuvo la búsqueda bruscamente.

—¡Tortitas! —gritó—. ¡Tortitas calientes y café! A ver si el olor a tortitas y café nos saca de su escondite a doña Traviesa.

Tuvieron que sentarse a comer —después de que la señorita Johnstone hubiera bendecido la mesa, dando gracias a Dios por todo lo que había en el bosque, y en casa—, y mientras comían, gritó: ¡Qué *riiico*!

—¡Pero qué apetito entra con el aire fresco! —dijo a voz en cuello—. ¡No me digáis que no son las mejores tortitas que habéis tomado en vuestra vida! Como Heather no se dé prisa, no va a quedar ni una. ¡Heather! ¿Me oyes? ¡Ni una!

En cuanto terminaron, Robin Sands preguntó si podían marcharse, si podían ir a buscar a Heather.

—Primero los platos, señorita —dijo la señorita Johnstone—. Aunque en casa no friegue usted ni una taza.

Robin estuvo a punto de echarse a llorar. Nadie le había hablado así jamás.

Una vez que hubieron recogido, la señorita Johnstone las dejó marchar, y fue entonces cuando volvieron a las cascadas. Pero las hizo volver al cabo de poco tiempo y sentarse formando un semicírculo, y ella se sentó con las piernas cruzadas frente a ellas; gritó que cualquiera que estuviera escuchando sería bien recibida en el grupo. «¡Si hay alguien escondido por aquí cerca con ganas de gastarnos una broma, puede venir! ¡Que salga ahora de su escondite y nadie le preguntará nada! ¡Si no, tendremos que seguir sin ella!»

A continuación inició su charla, el acostumbrado sermón dominical de la excursión, sin la menor vacilación, sin la menor preocupación. Así pasó un buen rato, haciendo una pregunta de vez en cuando para asegurarse de que le estaban prestando atención. El sol secó los pantalones de las chicas y Heather Bell no regresó. No salió de entre los árboles, pero la señorita Johnstone no paró de hablar. No las dejó libres hasta que llegó el señor Trowell en su camión con el helado para el almuerzo.

No les dio permiso, pero las chicas se escaparon. *Júpiter*, el perro de los Trowell, saltó por la parte trasera del camión, y Eva Trowell lo abrazó y se echó a llorar como si fuera el animal el que se hubiera perdido.

La señorita Johnstone se levantó, se acercó al señor Trowell y le gritó para hacerse oír entre la algarabía de las muchachas.

—¡A una de ellas le ha dado por desaparecer!

Se organizaron grupos de búsqueda. Como la fábrica estaba cerrada, participaron todos los hombres que quisieron. También había perros. Se habló de dragar el río corriente abajo desde las cascadas.

Cuando el comisario fue a ver a la madre de Heather Bell, ella acababa de volver de pasar el fin de semana fuera y llevaba un vestido de playa que le dejaba la espalda al aire y zapatos de tacón.

—Pues búsquela —dijo—. Ése es su trabajo.

Ella trabajaba en el hospital: era enfermera.

—O está divorciada o ni siquiera se ha casado —dijo Frances—. O lo uno o lo otro, seguro.

El marido de Maureen la llamaba y ella fue corriendo al salón. Después del derrame cerebral que había sufrido hacía dos años, a la edad de sesenta y nueve, dejó de ejercer la abogacía, pero aún tenía que escribir cartas y ocuparse de algunos clientes que no se acostumbraban a ningún otro abogado. Maureen mecanografiaba la correspondencia y le ayudaba todos los días con lo que él llamaba sus tareas.

—¿Quéces destro? —dijo.

A veces no articulaba bien las palabras, y Maureen tenía que estar a su lado para interpretarlas ante las personas que no le conocían. A solas con ella, se esforzaba menos y podía adoptar un tono irritado y quejumbroso.

—Hablando con Frances —dijo Maureen.

—¿Diqué?

—No, de nada especial —dijo ella.

—Yaaa.

Arrastró la palabra, sombrío, como dando a entender que sabía muy bien de qué habían estado hablando y que no le interesaba. Cotilleos, rumores, la cruel emoción del desastre. Él no era muy hablador, ni entonces ni en la época en que podía hablar fácilmente; incluso cuando reconvenía a alguien era breve, limitándose a una cuestión de tono y de compromiso. Parecía como si invocase una serie de creencias, de normas conocidas por las personas decentes y quizá por todas, incluso las que se conducían mal toda la vida. Parecía un poco dolido, un poco avergonzado por las personas a las que se dirigía, cuando tenía que hacer semejante cosa, y al mismo tiempo resultaba impresionante. Sus reconvenciones surtían un efecto extraordinario.

Los habitantes de Carstairs estaban empezando a perder la costumbre de llamar a los letrados abogado Tal o abogado Cual, como ocurre con los médicos. Ya no empleaban la palabra ante el apellido de los letrados más jóvenes, pero seguían llamando abogado Stephens al marido de Maureen. A veces, incluso Maureen pensaba en él en esos términos, pero le llamaba Alvin. Él se vestía todos los días igual que cuando iba a su bufete —con traje gris o marrón, con chaleco—, y su ropa, aunque bastante cara, nunca parecía ajustarse bien a su cuerpo alargado, lleno de protuberancias, ni librarse de ceniza de cigarrillos, migas de pan, incluso de escamas de piel seca. Inclinaba la cabeza, dejaba la cara colgando, preocupado, tenía una expresión astuta y distraída: nunca se sabía con certeza. A la gente le gustaba aquello, le gustaba que pareciera un poco desaseado y perdido y que de repente saltara con algún detalle terrible. Conoce las leyes, decían. No le hace falta mirarlas en los libros. Lo lleva todo en la cabeza. Su apoplejía no les había hecho perder la confianza en él, y en realidad no había cambiado mucho ni su aspecto ni sus ademanes; sólo había acentuado lo que ya existía.

Todos pensaban que hubiera podido llegar a juez si hubiera querido, hasta a senador. Pero era demasiado honrado. No se doblegaba ante nadie. No había muchos hombres como él.

Maureen se sentó en un cojín, a su lado, para escribir una carta a taquigrafía. En el bufete, él la llamaba la Joya, porque era inteligente y seria, capaz incluso de preparar documentos y redactar cartas sola. También en casa la llamaban así, la anterior mujer de Alvin y sus dos hijos, Helena y Gordon. Los hijos todavía utilizaban aquel nombre de vez en cuando, a pesar de que ya eran mayores y no vivían allí. Helena lo pronunciaba de una forma cariñosa y provocativa; Gordon con amabilidad, en tono satisfecho y solemne. Helena era una mujer inquieta, soltera, que iba a casa pocas veces y cuando lo hacía siempre discutía. Gordon era profesor en una escuela militar y le gustaba llevar a su marido y a sus hijos a Carstairs, ocasiones en las que hacía gran alarde de la casa, de su padre y de Maureen, de aquel techado de virtudes.

A Maureen seguía gustándole ser la Joya. O al menos le resultaba cómodo. Una parte de sus pensamientos seguía sus propios derroteros. En aquel momento, pensaba en cómo había empezado la larga aventura nocturna, en el campamento, con los ronquidos de renuncia de la señorita Johnstone, y su objetivo: permanecer despiertas hasta el amanecer, y todos los entretenimientos y estrategias empleados para conseguir ese objetiyo, aunque ella pensaba que nunca habían resultado demasiado eficaces. Las chicas contaban chistes, fumaban, jugaban a las cartas y alrededor de medianoche empezaban el juego de las prendas y el de la verdad. En el primero, tenían que hacer cosas como quitarse la chaqueta del pijama y enseñar las tetas; comerse una colilla de cigarrillo; tragarse un poco de tierra; meter la cabeza en un cubo de agua y contar hasta cien; hacer pis delante de la tienda de la señorita Johnstone. Las preguntas del juego de la verdad eran: ¿odias a tu madre? ¿A tu padre? ¿A tu hermana? ¿A tu hermano? ¿Cuántas pollas has visto y de quiénes eran? ¿Has mentido alguna vez? ¿Has robado? ¿Has tocado algún ser muerto? Maureen volvió a experimentar la sensación de mareo y náusea de haber fumado demasiados cigarrillos y demasiado de prisa, a notar el olor del humo bajo la gruesa lona que había absorbido el calor de todo el día, el olor de las chicas que habían pasado horas enteras nadando en el río y corriendo y escondiéndose entre los juncos de la orilla y que al final tenían que librarse de las sanguijuelas de las piernas quemándolas.

Recordó lo escandalosa que era por aquel entonces: gritona, atrevida. Justo antes de empezar el instituto, empezó a recurrir a una especie de vértigo, auténtico o fingido, o mitad y mitad. Desapareció pronto; desapareció su vigoroso cuerpo, transformándose en otro de proporciones más generosas, y ella en una chica estudiosa, tímida, de rubor fácil. Empezó a desarrollar las cualidades que vería y apreciaría su marido cuando la contrató y cuando le pidió que se casara con él.

«A ver si te atreves a escaparte.» ¿Era posible? A veces, las chicas sienten una especie de inspiración, cuando quieren prolongar los riesgos. Quieren ser heroínas, a cualquier precio. Quieren llevar una broma hasta límites a los que nunca ha llegado nadie. Ser imprudentes, intrépidas, causar estragos: la esperanza perdida de las chicas.

Sentada en el cojín tapizado de cretona, junto a su marido, Maureen miró las hayas rojas, y tras ellas no vio el césped iluminado por el sol, sino los árboles que flanqueaban el río: los tupidos cedros, los robles de hojas brillantes y los álamos relucientes. Una especie de muro desigual con puertas ocultas, con senderos ocultos por los que pasaban animales y a veces seres humanos solitarios, que se convertían en algo distinto de lo que eran fuera, cargados con diferentes responsabilidades, certidumbres, intenciones. Podía imaginarse cómo se desaparece. Pero, naturalmente, no se desaparece sin más ni más, y siempre está la otra persona, que va por otro sendero que se cruza con el tuyo, y tiene la cabeza llena de planes para ti incluso antes de conoceros.

Cuando fue aquella tarde a Correos a enviar las cartas de su marido, Maureen oyó dos noticias. Alguien había visto a una chica de pelo claro subirse a un coche negro en la autopista de Bluewater, al norte de Walley, alrededor de la una del mediodía del domingo. Quizás estuviera haciendo autoestop; quizás esperando un coche concreto. Aquel lugar se encontraba a unos treinta y dos kilómetros de las cascadas, y se tardarían unas cinco horas en recorrer la distancia, campo a través. Era posible hacerlo. O alguien podía haberla acercado en otro coche.

Pero unas personas que estaban arreglando las tumbas de sus familiares en un remoto cementerio del pantanoso extremo nororiental del país oyeron un grito, un chillido, en plena tarde. ¿Quién ha sido?, recordaron haber dicho. No *qué* sino *quién* ha sido. Pero después pensaron que quizá se tratase de un zorro.

Además, la hierba estaba aplastada en un paraje cercano al campamento y había varias colillas recientes. Pero eso no probaba nada: siempre había gente por allí. Parejas haciendo el amor. Chicos tramando alguna travesura.

Dicen que un hombre la vio
y que pistola llevaba,
un hombre al que nada importaba
y la vida le quitó.

Mas otros dicen que no,
que vio a un amigo, a un extraño,
y en un coche negro se la llevó.
Pero nadie sabe la verdad.

El martes por la mañana, mientras Frances preparaba el desayuno y Maureen ayudaba a su marido a acabar de vestirse, alguien dio unos golpes en la puerta, alguien que o no había visto el timbre o no se fiaba de él. No era nada insólito que la gente pasara por allí tan temprano, pero creaba problemas, porque a primeras horas de la mañana, el abogado Stephens solía tener más dificultades para hablar y su mente tardaba un rato en ponerse a funcionar.

A través del vidrio de la puerta, Maureen vio los contornos borrosos de un hombre y una mujer. Con sus mejores galas, al menos ella; incluso llevaba sombrero. Eso significaba algo serio. Pero lo serio para los interesados podía parecer una tontería a los demás. Habían amenazado de muerte a una persona por la propiedad de una cómoda, y el dueño de una finca era capaz de provocar un derramamiento de sangre porque el vecino le había quitado diez centímetros de tierra. O si faltaba un poco de leña de una casa, o si unos perros ladraban, o una carta agresiva: todo eso podía llevar a la gente a casa del abogado. «Pregúntale al abogado Stephens. Pregúntale qué dicen las leyes.»

Por supuesto, existía una mínima posibilidad de que aquella pareja fuera a venderles religión a domicilio.

No era el caso.

—Venimos a ver al abogado —dijo la mujer.

—Bueno, es un poco pronto —dijo Maureen. No los reconoció inmediatamente.

—Perdone, pero tenemos que contarle una cosa —dijo la mujer, y sin saber cómo, entró en el vestíbulo y Maureen retrocedió. El hombre movió la cabeza, quizá molesto o para pedir disculpas, dando a entender que no tenía más remedio que seguir a su mujer.

El vestíbulo quedó inundado de un olor a jabón de afeitar, desodorante y colonia barata. Lirios del Valle. Y entonces Maureen los reconoció.

Era Marian Hubbert, sólo que parecía distinta con aquel traje azul —demasiado grueso para el tiempo que hacía—, guantes de tela marrón y sombrero también marrón, de plumas. Normalmente, se la veía en el pueblo con pantalones holgados o incluso con una prenda que parecía un mono de trabajo. Era una mujer robusta, más o menos de la misma edad que Maureen; habían ido al instituto en la misma época, pero con una diferencia de dos cursos. Marian tenía un cuerpo desgarbado pero ágil, y llevaba el pelo canoso bastante corto, de modo que se le erizaba en la nuca. Tenía un tono de voz alto, y casi siempre unos modales exagerados. Aquella mañana parecía más calmada.

El hombre que la acompañaba se había casado con ella no hacía mucho. Quizá un par de años. Era alto y de aspecto juvenil, y llevaba una chaqueta barata, de color crema, con demasiado relleno en los hombros. Pelo castaño, ondulado, peinado con agua. «Perdónenos», dijo en voz baja —quizá para que no lo oyese su mujer—, cuando Maureen los llevó al comedor. De cerca, sus ojos no eran tan jóvenes: estaban rodeados de tensión y sequedad, o quizá reflejasen perplejidad. Seguramente no era muy listo. Entonces Maureen recordó algo que se contaba sobre Marian y él, que se habían conocido por un anuncio. «Señora con granja en propiedad. Mujer de negocios con granja», podría haber escrito, porque a Marian se la conocía también como Doña Corsés. Durante años se había dedicado a vender corsés a medida al menguante número de mujeres que llevaban tal prenda, y quizá siguiera haciéndolo. Maureen se la imaginó tomando medidas, pinchando como una enfermera, mandona e insultantemente profesional. Pero se había portado bien con sus padres, que vivieron en la granja hasta edad avanzada y con muchos problemas de salud. Y de repente se le vino a la cabeza otra historia, menos maliciosa, sobre su marido. Era el conductor del autobús que llevaba a la gente mayor a la terapia de natación a la piscina cubierta de Walley: así se conocieron. Maureen tenía también otra imagen de él, con el padre, ya muy anciano, en brazos, en la consulta del doctor Sands, mientras Marian avanzaba con resolución, aferrando la correa del bolso, para abrir la puerta.

Fue a decirle a Frances que desayunarían en el comedor y a pedirle que llevase dos tazas más. Después fue a avisar a su marido.

—Es Marian Hubbert, o así se llamaba antes —dijo—. Y el hombre con el que se ha casado. No conozco su apellido.

—Slater —dijo su marido, en el mismo tono seco con el que podría haber presentado los detalles de una venta o un contrato que nadie habría imaginado que conociera—. Theo.

—Tienes más información que yo —dijo Maureen.

Preguntó si estaban listos sus copos de avena.

—Come y escucha —dijo.

Frances le llevó la avena y él acometió el plato con ganas. Mezclados con leche y azúcar moreno, los copos de avena era lo que más le gustaba, tanto en invierno como en verano.

Cuando llevó el café, Frances intentó quedarse en el comedor para enterarse de lo que pasaba, pero Marian le dirigió una mirada seria que la hizo volver a la cocina.

«Muy bien —pensó Maureen—. Sabe lo que hay que hacer mejor que yo.»

Marian Hubbert era una mujer sin ninguna cualidad visible. Tenía una cara gruesa, de mejillas colgantes: a Maureen le recordaba a un perro. No precisamente un perro feo. En realidad, no era una cara fea. Sólo gruesa, con aire resuelto. Pero dondequiera que fuese Marian, como ocurría en aquellos momentos en casa de Maureen, se presentaba como si tuviera derechos sobre todo y sobre todos. Había que prestarle una atención exclusiva.

Llevaba una cantidad considerable de maquillaje, quizás otra de las razones por las que Maureen no la reconoció inmediatamente. Era de un tono pálido, rosado, que no le iba bien a su piel olivácea, ni a sus cejas negras y espesas. Le daba un aspecto raro, pero no lastimoso. Parecía como si se lo hubiera puesto, al igual que el traje y el sombrero, para demostrar que era capaz de arreglarse igual que otras mujeres, que sabía cómo actuar. Pero quizás hubiera tratado de ponerse guapa. Posiblemente se veía transformada por los polvos pálidos que sobresalían de sus mejillas, por la gruesa capa de lápiz de labios, y una vez acabada la tarea, se habría vuelto hacia su marido, toda coqueta, para mostrarle los resultados. Al contestar en nombre de su mujer cuando le preguntaron si quería azúcar con el café, el hombre dijo «terrones», casi riéndose.

Decía por favor y gracias con la mayor frecuencia posible. «Muchas gracias, por favor. Gracias. Yo, lo mismo. Gracias.»

—Bueno, no sabíamos nada de esta chica hasta que todo el mundo se enteró de lo que pasaba —dijo Marian—. O sea, que no sabíamos que se hubiera perdido ni nada, hasta que ayer vinimos al pueblo. ¿Fue ayer? ¿Ayer fue lunes? Es que me armo un lío con los días, porque he estado tomando calmantes.

Marian no era la clase de persona que decía que pastillas sin más. Tenía que explicar por qué.

—Me salió un furúnculo tremendo en el cuello, justo aquí, ¿saben? —dijo. Torció la cabeza para intentar enseñarles la gasa—. Me dolía muchísimo y encima se me subió a la cabeza, o sea que debía de tener algo que ver. Así que el domingo me sentía tan mal que me puse un paño caliente en el cuello, me tomé un par de calmantes y me acosté. Éste estaba en paro por entonces, pero ahora que está trabajando siempre tiene un montón de cosas que hacer en casa. Trabaja en lo de la central nuclear.

—¿En Douglas Point? —dijo el abogado Stephens, levantando los ojos unos segundos del plato.

Todos los hombres mostraban cierto interés o respeto, incluso el abogado Stephens tenía que mostrarlo, ante la nueva central nuclear de Douglas Point.

—Ahí es donde trabaja él ahora —dijo Manan.

Como muchas campesinas y como muchas mujeres de Carstairs, no solía pronunciar el nombre de su marido y le llamaba «éste» o «él», dándole un énfasis especial. Maureen se había sorprendido haciendo otro tanto en varias ocasiones, pero corrigió la costumbre sin necesidad de que nadie se lo indicase.

—Éste fue a ver las vacas —dijo Marian—, y después quería arreglar la cerca. Como tenía que andar medio kilómetro, cogió el camión, pero no se llevó a *Bounder*. Se fue en el camión sin *Bounder*. Es el perro que tenemos, *Bounder*, y no va a ninguna parte si no es en coche. Lo dejó como vigilando porque sabía que yo estaba acostada. Me había tomado un par de calmantes y me quedé como adormilada, no es que me durmiera de verdad. De repente oí ladrar a *Bounder* y me desperté del todo. *Bounder* estaba ladrando.

Entonces se levantó, se puso la bata y bajó al otro piso. Se había acostado sólo con la ropa interior. Se asomó a la puerta delantera, miró en el sendero, y no había nadie. Tampoco vio a *Bounder*, y para entonces ya había dejado de ladrar. Se callaba cuando era alguien a quien reconocía, o alguien que simplemente pasaba por la carretera. Pero ella no se quedó tranquila. Se asomó a las ventanas de la cocina, que daban al patio lateral pero no al de atrás. Tampoco había nadie. Desde la cocina no se veía el patio trasero: para eso, había que cruzar lo que ellos llamaban la cocina trasera. En realidad, era una especie de trastero, un cobertizo adosado a la casa, lleno de cosas. Tenía una ventana que daba a la parte de atrás, pero no se podían acercar a ella ni ver nada por los montones de cajas de cartón y los muelles de un viejo sofá, que sobresalían. Había que abrir la puerta para ver detrás. Y de pronto creyó oír algo en aquella puerta, como un arañar. A lo mejor era *Bounder*. A lo mejor no.

Hacía tanto calor en aquella habitación atestada de cachivaches que casi no podía respirar. Estaba toda pegajosa del sudor debajo de la bata. Se dijo para sus adentros, bueno, por lo menos no tienes fiebre. Estás sudando como un pollo.

Tenía más necesidad de respirar aire fresco que miedo de lo que pudiera haber fuera, así que abrió la puerta. Se abría hacia fuera y empujó al hombre que estaba apoyado contra ella. El hombre retrocedió dando traspiés pero no llegó a caerse. Y entonces vio quién era. El señor Siddicup, del pueblo.

Bounder lo conocía, naturalmente, porque pasaba por allí con frecuencia y a veces cruzaba la finca en el transcurso de sus paseos, y ellos nunca se lo impedían. Atravesaba el patio, a veces, porque ya no se enteraba de nada. Ella nunca le gritaba, como hacían algunas personas. Incluso le invitaba a sentarse en la escalera a descansar si le apetecía, le ofrecía un cigarrillo. Cogía el cigarrillo, pero no se sentaba.

Bounder se puso a olisquearlo y a hocicarlo. *Bounder* no era escrupuloso.

Maureen conocía al señor Siddicup, como todo el mundo. Antes era el afinador de pianos de Doud. Antes, era un hombrecillo digno, inglés, y su mujer muy agradable. Leían libros de la biblioteca y tenían fama por su jardín, sobre todo por las fresas y las rosas. Después, hacía unos años, empezaron a sobrevenir las desgracias. El señor Siddicup tuvo que operarse de garganta —debía de ser cáncer—, y a partir de entonces no pudo hablar, sólo emitir ruidos, gruñidos y silbidos. Ya no trabajaba en la fábrica, porque afinaban los pianos electrónicamente, un sistema mejor que el oído humano. Su mujer murió de repente, y los cambios se precipitaron: se deterioró, pasando de ser un anciano afable a un viejo vagabundo, hosco y bastante repugnante, en cuestión de meses. Pelo sucio, babas en la ropa, un olor rancio y una mirada de continuo recelo, a veces de odio. En la tienda de comestibles, si no encontraba lo que quería, o si habían cambiado las cosas de sitio, tiraba latas y cajas de cereales, a propósito. Ya no le admitían en ningún café, y ni siquiera se acercaba a la biblioteca. Las mujeres de la iglesia a la que pertenecía su mujer siguieron yendo a verle durante algún tiempo, y le llevaban un plato de carne o algo cocinado al horno. Pero el olor de la casa era espantoso y el desorden perverso —incluso para un hombre que vivía solo resultaba imperdonable—, y además el señor Siddicup no se mostraba precisamente agradecido. Echaba los restos de comida delante de su puerta, rompía los platos. A ninguna mujer le hacía gracia un chiste que empezó a circular, que si ni siquiera el señor Siddicup comería lo que ella cocinaba. Así que le dejaron por imposible. A veces, se le veía inmóvil, en la cuneta de una carretera, la mayor parte del cuerpo oculto por la hierba, mientras los coches pasaban zumbando. También podía encontrársele en un pueblo a muchos kilómetros de Carstairs, y entonces ocurría algo extraño. Su cara recobraba parte de su antigua expresión, dispuesta a la obligatoria sorpresa, llena de afabilidad, del saludo entre personas que viven en un sitio y se encuentran en otro. Parecía como si en tales ocasiones tuviese la esperanza de que hubiera llegado el momento, de que quizá se borraran los cambios, allí, en un lugar distinto: que le devolverían la voz y a su mujer y su antigua estabilidad en la vida.

La gente no solía ser cruel. Tenían paciencia con él, hasta cierto punto. Marian dijo que ella nunca le hubiera echado de sus tierras.

También dijo que aquel día parecía enloquecido. No como cuando intentaba explicarse y no le salía, ni como cuando se enfurecía con unos niños que se burlaban de él. Agitaba sin cesar la cabeza y tenía la cara hinchada, como la de un niño pequeño llorando enrabietado.

—A ver, le dijo. A ver, señor Siddicup, ¿qué ocurre? ¿Qué está intentando decirme? ¿Quiere un cigarrillo? ¿Me está diciendo que como es domingo no tiene tabaco?

Él movió la cabeza hacia adelante y hacia atrás, después la agitó arriba y abajo y volvió a moverla hacia adelante y hacia atrás.

—Vamos, decídase —dijo Marian.

«Ah, aah»; eso fue lo único que dijo. Se llevó ambas manos a la cabeza, y se le cayó la gorra. Después retrocedió más y se puso a hacer eses por el patio, entre la bomba de agua y el tendedero, emitiendo los mismos ruidos —«ah, aah»— que no llegaban a convertirse en palabras.

Al llegar a este punto, Marian empujó su silla hacia atrás con tal brusquedad que estuvo a punto de tirarla. Se levantó y se puso a demostrar lo que había hecho el señor Siddicup. Se agachó y anduvo dando tumbos y se golpeó la cabeza con las manos, pero sin descolocarse el sombrero. Presentó aquel espectáculo ante el aparador, ante el servicio de té que le habían regalado al abogado Stephens en reconocimiento por sus muchos años de trabajo para la Sociedad de Derecho. Su marido sujetaba la taza de café con las dos manos y mantenía su mirada respetuosa clavada en ella con un esfuerzo de voluntad. Algo le relampagueó en la cara, un tic, un nervio que saltaba en una mejilla. Ella lo observaba a pesar de las payasadas que estaba haciendo, y le decía con los ojos: «tranquilo. No te muevas». Por lo que Maureen pudo ver, el abogado Stephens no alzó la vista ni una sola vez.

Le gustaba, dijo Marian, volviendo a sentarse. Al señor Siddicup le gustó aquello, y como ella no se sentía bien, pensó que a lo mejor le dolía algo.

—Señor Siddicup. Señor Siddicup. ¿Está intentando decirme que le duele la cabeza? ¿Quiere que le dé una pastilla? ¿Quiere que le lleve al médico?

Ninguna respuesta. No dejaba de decir *ah, aah*.

Dando traspiés, llegó hasta la bomba. Ya tenían agua corriente en casa, pero seguían utilizando la bomba y llenaban el plato de *Bounder* allí. Cuando el señor Siddicup cayó en la cuenta de lo que era, se puso manos a la obra. Empezó a subir y bajar el mango como loco. No había una taza para beber, como antes, pero en cuanto salió agua metió la cabeza debajo. Lo salpicó y el chorro se cortó, porque había dejado de bombear. Volvió a bombear y a meter la cabeza bajo el agua, una y otra vez, dejando que le cayera sobre la cabeza, la cara, los hombros y el pecho, hasta que quedó empapado, y todo ello mientras intentaba hacer algún ruido. *Bounder* se puso nervioso y echó a correr a su alrededor, chocando contra él y ladrando y gañendo, como poniéndose de su parte.

—¡Eh, ya está bien, los dos! —les gritó Marian—. ¡Deje la bomba en paz! ¡Déjela y tranquilícese!

Sólo *Bounder* le hizo caso. El señor Siddicup continuó hasta acabar chorreando y enceguecido, de modo que ya no encontraba el mango de la bomba. Entonces se paró. Levantó un brazo y señaló, hacia los árboles y el río. Señalaba y hacía ruidos. En aquel momento, Marian no lo entendió. No lo pensó hasta más tarde. Después, el señor Siddicup se sentó en la tapa del pozo, empapado y tiritando, con la cabeza entre las manos.

«A lo mejor es algo muy sencillo, después de todo —pensó Marian—. Se está quejando porque no hay taza.»

—Si lo que quiere es un vaso, se lo traigo. No hace falta ponerse así. Quédese aquí, que voy a traerle un vaso.

Volvió a la cocina y sacó un vaso. Pero se le ocurrió otra idea. Le preparó unas galletas con mantequilla y mermelada. Eso les encantaba a los niños, pero también a la gente mayor, porque lo recordaba por su padre y su madre.

Volvió a la puerta y la abrió de un empujón, con las manos ocupadas. Pero no se veía ni rastro de él. En el patio sólo estaba *Bounder*, con la expresión de costumbre cuando sabía que había hecho el tonto.

—¿Dónde ha ido, *Bounder*? ¿Por dónde se ha marchado?

Bounder estaba avergonzado y harto y no le dio ninguna pista. Se retiró cabizbajo a su sitio, a la sombra, junto a la casa.

—¡Señor Siddicup! ¡Señor Siddicup! ¡Venga a ver qué le he traído!

Todo más silencioso que una tumba. Y Marian sentía punzadas de dolor en la cabeza. Empezó a comer las galletas, pero no debería haberlo hecho: al segundo bocado sintió ganas de vomitar.

Se tomó otras dos pastillas y volvió al piso de arriba. Las ventanas abiertas y las persianas cerradas. Pensó, ojalá hubiéramos comprado un ventilador cuando había rebajas en Tiro Canadiense. Pero se quedó dormida, y cuando se despertó, casi había anochecido. Oyó el cortacésped: él, su marido, estaba terminando de arreglar el césped junto a la casa. Bajó a la cocina y vio que había cortado unas patatas frías y había cocido un huevo y sacado unas cebolletas para hacer una ensalada. Él no era como otros hombres, que no sabe moverse en la cocina y esperan hasta que la mujer enferma se levanta de la cama para prepararles algo. Picó un poco de ensalada pero no le entraba. Otra pastilla y no se enteró de nada hasta la mañana siguiente.

—Será mejor que vayamos al médico —dijo él.

Llamó al trabajo. «Tengo que llevar a mi mujer al médico.» Marian dijo, ¿por qué no hervía una aguja y le abría él el furúnculo? Pero él no podía soportar la idea de hacerle daño y, además, le daba miedo equivocarse en algo. Así que cogieron el camión y fueron a ver al doctor Sands. El doctor Sands había salido, y tuvieron que esperar. Las otras personas que esperaban les contaron lo que había pasado. A todos les sorprendió que no se hubieran enterado. Pero es que no había tenido la radio puesta. Ella era la que siempre la encendía, pero tal y como se sentía, no aguantaba el ruido. Y no habían observado que hubiese grupos de hombres ni nada especial en la carretera.

El doctor le curó el furúnculo, pero sin abrírselo. Su forma de hacerlo era darte un golpe fuerte, en la cabeza, cuando pensabas que sólo te estaba mirando. «¡Ya está! —dijo—. Es menos lío que la lanceta y menos doloroso porque no te da tiempo a tener miedo.» Lo limpió, le puso una gasa y le dijo que muy pronto se sentiría mejor.

Y así fue, sólo que también se sentía somnolienta. No podía hacer nada y tenía la cabeza confusa, así que volvió a la cama y durmió hasta que subió su marido con una taza de té, alrededor de las cuatro. Fue entonces cuando empezó a pensar en aquellas chicas que habían ido a su casa con la señorita Johnstone el sábado por la mañana, porque querían beber algo. Tenía montones de Coca-Cola y se la sirvió en vasos de flores, con cubitos de hielo. La señorita Johnstone sólo quería agua. Él les dejó jugar con la manguera; se persiguieron unas a otras, enchufándose con el agua, y se lo pasaron estupendamente. Cuando la señorita Johnstone no miraba, se pusieron demasiado pesadas. Prácticamente, él tuvo que quitarles la manguera a la fuerza y lanzarles unos cuantos chorros para que se calmasen.

Marian intentaba imaginarse cuál de ellas era. Conocía a la hija del sacerdote y a las hermanas Trowell: se las reconocía en cualquier parte, con aquellos ojos de oveja que tenían. Pero, ¿y las demás? Se acordaba de una que no paraba de saltar y gritar y que intentó coger la manguera cuando él se la llevó, que daba volteretas, pequeñita, delgada y rubia, muy mona. Pero a lo mejor se refería a Robin Sands, que era rubia. Aquella noche le preguntó a su marido si las conocía, pero era todavía peor que ella, porque no conocía a la gente de allí y no los distinguía.

También le contó lo del señor Siddicup. De repente se acordó de todo. Que estaba como enloquecido, lo de la bomba de agua, que no paraba de señalar hacia algo. Le preocupaba. Hablaron sobre ello, tanto que casi no pudieron dormir. Hasta que al final ella le dijo: «mira, ya sé lo que tenemos que hacer. Vamos a ir a hablar con el abogado Stephens».

Así que se levantaron y fueron allí lo antes posible.

—La policía —dijo el abogado Stephens—. La policía. No queda más remedio.

Entonces habló el marido.

—No sabíamos si debíamos hacerlo. —Tenía las manos apoyadas sobre la mesa, apretadas, tirando del mantel.

—Sin acusar a nadie —dijo el abogado Stephens—. Simple información.

Ya hablaba de aquella forma tan concisa incluso antes de la enfermedad. Y Maureen había observado, hacía tiempo, que dos palabras suyas, pronunciadas no precisamente con cordialidad —por el contrario, en tono brusco, como de amonestación—, animaban a la gente, le quitaban un peso de encima.

Marian creía conocer la otra razón por la que las mujeres habían dejado de hacerle visitas al señor Siddicup. No les gustaba la ropa. Prendas de mujer, ropa interior: bragas y sujetadores raídos, bombachos deshilachados y medias desgarradas que colgaban del respaldo de las sillas o de una cuerda sobre el radiador o que estaban amontonadas sobre la mesa. Naturalmente, todas debían de ser de su mujer, y al principio parecía como si las estuviera lavando, secando y seleccionando, para después deshacerse de ellas. Pero continuaban en el mismo sitio una semana tras otra y las señoras empezaron a preguntarse: ¿las dejaba allí para dar a entender ciertas cosas? ¿Se las ponía él, sobre su piel? ¿Era un pervertido?

Todo saldría a la luz, lo esgrimirían en su contra.

Un «pervertido». Quizá tuvieran razón. Quizá les llevara hasta donde había matado a Heather, estrangulándola o a golpes, en un acceso de furor sexual, o encontraran alguna prenda de la chica en su casa. Y la gente diría, horrorizada, bajando la voz, que no, que en realidad no les extrañaba. «A mí no me extraña. ¿A ti?»

El abogado Stephens hizo varias preguntas sobre el trabajo en Douglas Point, y Marian dijo: «Trabaja en mantenimiento. Todos los días, cuando sale, tienen que verle por rayos X, e incluso los trapos con que se limpia las botas los tienen que enterrar a bastante profundidad».

Cuando Maureen cerró la puerta después de que se marcharan y vio sus siluetas bamboleándose tras el vidrio, no se quedó tranquila. Subió tres escalones, hasta el rellano, donde había una ventanita curvada. Los observó desde allí.

No se veía ningún coche, ni ningún camión, ningún vehículo. Debían de haberlo dejado en la calle mayor o en el aparcamiento que había detrás del Ayuntamiento. Seguramente, no querían que lo viese nadie frente a la casa del abogado Stephens.

El Ayuntamiento estaba en el mismo edificio que la comisaría. Se dirigieron hacia allí, pero después cruzaron la calle en diagonal y, todavía dentro del campo visual de Maureen, se sentaron en el poyete de piedra que rodeaba el viejo cementerio y el jardín llamado Pioneer Park.

¿Por qué les apetecía sentarse después de haber estado sentados en el comedor al menos una hora? No hablaron, ni se miraron, pero parecían unidos, como si estuvieran tomándose un descanso en medio de una dura tarea realizada en común.

Cuando le daba por recordar cosas, el abogado Stephens contaba que, hacía muchos años, la gente se sentaba en aquel poyete: campesinas que iban al pueblo a vender pollos o mantequilla, chicas que iban al instituto, antes de que existiera el autobús escolar, y se detenían allí unos momentos para esconder los chanclos y los recogían después, al volver a casa.

En otras ocasiones, los recuerdos le ponían nervioso.

—Empos pasados. E se eden donde están.

Marian se desprendió las horquillas y se quitó cuidadosamente el sombrero. Así que era eso: que le molestaba el sombrero. Se lo puso en el regazo y su marido lo cogió, como deseoso de librarla de toda carga. Se lo colocó sobre las piernas. Se inclinó y lo acarició con mimo. Acarició aquel sombrero de espantosas plumas marrones como si se tratase de una gallinita asustada.

Pero Marian le cortó en seco. Le dijo algo al tiempo que le agarraba la mano, como una mujer podría interrumpir a un hijo pesado, un poco retrasado: con un estallido de repulsión, en un momento de descanso para su amor agotado.

Maureen se quedó horrorizada. Sintió que se le encogían los huesos.

Su marido salió del comedor. Ella no quería que la sorprendiera mirándolos. Le dio la vuelta al jarrón de flores secas que había en el alféizar de la ventana y dijo:

—Creía que no iba a dejar de hablar nunca.

Él no le había prestado atención. Sus pensamientos estaban en otra parte.

—Baja aquí —dijo.

Al principio de su vida en común, el marido de Maureen comentó como de pasada que su primera mujer y él habían dejado de dormir juntos después de que naciera Helena, la hija menor. «Ya teníamos al chico y a la chica», dijo, dando a entender que no había necesidad de más tentativas. Entonces Maureen no comprendió que quizá tuviera intención de hacer lo mismo con ella. Se había casado muy enamorada. Cierto que la primera vez que él le rodeó la cintura con un brazo, en el bufete, pensó que quería enseñarle el camino de salida porque creía que se había equivocado de puerta; pero llegó a tal conclusión por la corrección del abogado Stephens, no porque no hubiera deseado sentir su brazo allí. La gente que creía que hacía una boda ventajosa, aunque quizá más por bondad que por otra cosa, se hubiera sorprendido de lo feliz que había sido en la luna de miel, y eso a pesar de haber tenido que aprender a jugar al bridge. Sabía cuánto poder tenía su marido, conocía su forma de ejercerlo y de retenerlo. Le resultaba atractivo; no le importaban ni su edad, ni su desgarbo, ni los dedos y los dientes manchados de nicotina. Tenía la piel cálida. Tras dos años de matrimonio, Maureen sufrió un aborto y sangró tanto que le ligaron las trompas, para evitar que volviera a ocurrirle lo mismo. Después de aquello, acabó el aspecto íntimo de la vida con su marido. Parecía como si él se hubiera limitado a complacerla, convencido de que no se le debe negar a una mujer la posibilidad de tener un hijo.

A veces, ella le pinchaba un poco, y él replicaba: «A ver, Maureen. ¿Por qué te pones así?». O le decía que madurase. «Tienes que madurar» era una expresión que había copiado de sus hijos y que siguió empleando mucho después de que ellos la hubieran olvidado, incluso mucho después de que se hubieran marchado de casa.

A Maureen, aquellas palabras la humillaban, y se le llenaban los ojos de lágrimas. Su marido era un hombre que detestaba el llanto más que nada en el mundo. ¡Pero qué alivio si volviera tal estado de cosas!, pensaba. Porque su marido había recuperado los deseos, o sentía unos deseos completamente distintos. Ya no quedaba nada de la torpe ceremonia, del cariño formal de la primera época de su matrimonio. Ahora, a su marido se le nublaban los ojos y parecía como si se le desplomara la cara. Le hablaba de una forma brusca y amenazadora y a veces la empujaba, incluso intentaba meterle los dedos por detrás. Maureen no necesitaba todo aquello para apresurarse a llevarle a la cama, temerosa de que se fuera a otro sitio con semejante conducta. Habían transformado el antiguo despacho del piso de abajo en un dormitorio con baño, para que no tuviera que subir las escaleras. Al menos en aquella habitación se podía cerrar la puerta con llave, y Frances no entraba de improviso. Pero si sonaba el teléfono, tenía que ir a avisarlos. Podía quedarse fuera y oír los ruidos: los jadeos, los gruñidos y la tiranía del abogado Stephens, el deje de asco con que le ordenaba a Maureen que hiciera esto o aquello, los golpes que le daba justo al final y la exclamación que quizá resultara incomprensible para otros, pero no para Maureen, y que de todos modos era suficientemente elocuente, como los ruidos de un retrete.

—¡Guaga! ¡Guaga!

Aquello salía de la boca de un hombre que un día encerró a Helena en su habitación por haber llamado cerdo hijo de puta a su hermano.

Maureen conocía bastantes palabras, pero en su estado de agitación, le costaba trabajo emplearlas debidamente y pronunciarlas en tono convincente. Sin embargo, lo intentaba. Por encima de todo, quería ayudar a su marido.

Después, él se sumía en un breve sueño que parecía borrar de su memoria todo lo ocurrido. Maureen se precipitaba hasta el baño. Allí se hacía el primer lavado y después corría al piso de arriba para cambiarse de ropa. Muchas veces tenía que aferrarse a la barandilla de las escaleras, de tan débil y vacía como se sentía. Y tenía que mantener la boca bien cerrada, no para sofocar un grito de protesta, sino un prolongado gemido de pena, como de perro apaleado.

Aquel día lo consiguió, más que de costumbre. Fue capaz de mirarse en el espejo del cuarto de baño y mover las cejas, los labios y las mandíbulas, de recobrar su expresión habitual. «Pues bueno», parecía decir. Incluso en medio de todo, había podido pensar en otras cosas. Pensó en hacer unas natillas, en si tendrían suficientes huevos y leche. Y durante el frenesí de su marido, pensó en los dedos moviéndose sobre las plumas, en la mano de la mujer sobre la del marido, apretando.

Cantaremos la canción de Heather Bell
hasta el fin de nuestros días.
Desapareció en el bosque
apenas empezada su vida.

—Ya han hecho un poema —dijo Frances—. Lo tengo aquí, escrito a máquina.

—Había pensado hacer unas natillas —dijo Maureen.

¿Qué habría oído Frances cuando hablaba Marian Hubbert? Posiblemente todo. Parecía jadeante, esforzándose por callárselo. Le plantó a Maureen una hoja de papel mecanografiada ante la cara, y Maureen dijo:

—Es demasiado largo. Ahora no tengo tiempo.

Se puso a contar los huevos.

—Es bueno —dijo Frances—. Se le podría poner música.

Lo leyó entero, en voz alta.

Maureen dijo:

—Tengo que concentrarme.

—Vamos, que me marche, ¿no? —dijo Frances, y se fue al salón.

Entonces Maureen pudo disfrutar de la paz de la cocina: los viejos azulejos blancos y las altas paredes amarillentas, las cacerolas y los platos y los utensilios conocidos, tranquilizadores, como seguramente lo habían sido para su antecesora.

Lo que les contaba Mary Johnstone a las chicas en su charla era siempre más o menos lo mismo, y la mayoría sabía qué les esperaba. Incluso podían preparar de antemano los gestos que harían. Les contaba que Jesucristo había hablado con ella cuando estaba en el pulmón de acero. No se refería a un sueño, ni a una visión, ni a un delirio. Aseguraba que Él fue allí y que ella le reconoció, pero no le pareció extraño. Le reconoció en seguida, a pesar de que iba vestido de médico, con bata blanca. Y pensó, bueno, es lógico, porque si no, no le hubieran dejado entrar aquí. Encerrada en el pulmón de acero se sentía muy sensible y un poco tonta, como suele ocurrir en tales situaciones.

—Se refería a Jesucristo, no a la poliomielitis.) Y Jesucristo le dijo: «Mary, tienes que volver a jugar». Nada más. Jugaba bien al béisbol con pelota blanda, y Él utilizó el lenguaje que sabía que ella comprendería. Después se marchó. Y ella se aferró a la Vida, tal y como Él le había ordenado.

Luego contaba más cosas, sobre el carácter único y especial de cada vida y de cada cuerpo, algo que, naturalmente, desembocaba en lo que ella llamaba «lenguaje llano», sobre los chicos y las necesidades —al llegar aquí era cuando las chicas hacían gestos; les daba demasiada vergüenza mientras hablaba de Jesucristo—. Y continuaba con el alcohol y el tabaco, y con que una cosa llevaba a la otra. Pensaban que estaba loca: no se daba cuenta de que casi se habían puesto malas de tanto fumar la noche anterior. Apestaban y ella no decía nada.

Y sí que lo estaba, loca. Pero todo el mundo la dejaba hablar sobre Jesucristo y el hospital porque pensaban que tenía derecho a hacerlo.

Pero ¿y si se veía algo? No en el mismo sentido; nada relacionado con Jesucristo, sino algo. A Maureen le ha ocurrido. A veces, cuando está a punto de dormirse pero sigue medio despierta, sin soñar todavía, algo se le presenta. O incluso durante el día, durante lo que ella considera su vida normal. A lo mejor se sorprende sentada en unas escaleras de piedra comiendo cerezas y observando a un hombre que sube con un paquete. Nunca ha visto ni las escaleras ni al hombre, pero durante un instante parecen formar parte de otra vida suya, una vida igualmente larga, complicada, extraña y aburrida. Y no le sorprende. Es tan sólo un momento, un error que corrige rápidamente, como si conociera las dos vidas al mismo tiempo. Parecía tan normal, piensa después. Las cerezas. El paquete.

Lo que ve en ese momento no pertenece a ninguna de sus vidas. Ve una de aquellas manos de gruesos dedos que se había apoyado en su mantel y había acariciado las plumas, y está apoyada, sin oponer resistencia, doblegada por la voluntad de otra persona: apoyada sobre el fuego de la cocina donde está removiendo las natillas, y se mantiene allí un par de segundos, lo suficiente para que la carne se chamusque en el anillo rojo, para que se chamusque pero no para que se queme. El acto se realiza en silencio y de mutuo acuerdo: un acto breve, salvaje y necesario. Eso parece. La mano castigada, oscura como un guante o como la sombra de una mano, los dedos extendidos. Todavía con la misma ropa. La manga de color crema, el azul apagado.

Maureen oye a su marido en el salón; apaga el fuego, deja la cuchara y va a verle. Se ha arreglado. Está a punto de salir. Sin necesidad de preguntar, Maureen sabe adónde va. A la comisaría, a averiguar qué datos tienen, qué han hecho.

—Si quieres, te llevo en el coche —dice ella—. Hace calor.

Él niega con la cabeza y murmura algo.

—O podemos ir andando.

No. Se trata de un asunto serio y quedaría mal que lo acompañase su mujer, o que lo llevase.

Ella le abre la puerta y él dice: «Gracias», en el tono de costumbre, seco, contrito, severo. Al pasar a su lado, frunce los labios, da un beso al aire, junto a una mejilla.

Se han marchado. Ya no hay nadie sentado en el poyete.

No encontrarán a Heather Bell. Ni su cuerpo, ni ningún rastro. Se ha esfumado, como las cenizas. Su fotografía, colgada en todos los lugares públicos, irá decolorándose. Su sonrisa forzada, un poco torcida como intentando reprimir una risa irrespetuosa, parece indicar algo sobre su desaparición, no una actitud burlona ante el fotógrafo del colegio. Siempre quedará un leve indicio de su libre decisión en aquel detalle.

El señor Siddicup no sirve de ayuda. Siempre está a medio camino entre la rabieta y la confusión mental. No descubrirán nada cuando registren su casa, a menos que se cuente la vieja ropa interior de su mujer, y cuando caven en su jardín, los únicos huesos que encontrarán son los que han enterrado los perros. Mucha gente seguirá pensando que ha hecho o que ha presenciado algo. «Algo tuvo que ver con el asunto». Cuando lo envían al Manicomio Provincial, rebautizado como Centro de Salud Mental, empiezan a aparecer cartas en el periódico del pueblo que hablan de la custodia preventiva y de no dejar que ocurran ciertas cosas para luego tener que lamentarse.

También publican cartas de Mary Johnstone, en las que explica su conducta, por qué actuó así, con toda su buena fe, aquel domingo. El director del periódico acabará por comunicarle que Heather Bell ya no es noticia, ni lo único por lo que debe distinguirse el pueblo, y que si sus excursiones terminan no se hundirá el mundo: no pueden continuar con aquella historia eternamente.

Maureen es todavía joven, aunque ella no lo cree, y tiene mucha vida por delante. Primero una muerte —eso ocurrirá pronto—; después otra boda, nuevas ciudades y nuevas casas. En cocinas a cientos y miles de kilómetros de distancia, observará cómo se forma una delicada piel sobre una cuchara de madera y su memoria se agitará, pero no acabará de desvelarle ese momento en el que parece estar contemplando un secreto a voces, algo que no te sobrecoge hasta que intentas contarlo.

EL JACK RANDA HOTEL

En la pista del aeropuerto de Honolulú, el avión pierde velocidad, pierde el resuello, desfallece, gira por el césped y se detiene dando tumbos. Parece estar a unos metros del mar. Dentro, todo el mundo se ríe. Primero, silencio; después, las risas. Gail también se rió. A continuación, la gente empezó a presentarse. Al lado de Gail están Larry y Phyllis, que son de Spokane. Larry y Phyllis van a un torneo de golfistas zurdos, en Fiji, como muchas otras parejas del avión. El golfista zurdo es Larry; Phyllis, su mujer, va a verle, a animarle y a divertirse.

Están en el avión —Gail y los golfistas zurdos—, y les sirven el almuerzo. Nada de beber. Un calor espantoso. De la carlinga llegan avisos confusos. «Perdonen las molestias. No es nada grave, pero al parecer vamos a tener que esperar un poco más.» Phyllis tiene un terrible dolor de cabeza, que Larry trata de aliviar presionándole con los dedos ciertos puntos de una muñeca y de la palma de una mano.

—No funciona —dice Phyllis—. Ahora podría estar en Nueva Orleans, con Suzy.

Larry dice:

—Pobrecita mía.

A Gail le deslumbra el destello furibundo de los anillos de diamantes cuando Phyllis mueve la mano. Las mujeres casadas tienen anillos de diamantes y dolores de cabeza, piensa Gail. Todavía sigue siendo así, con las que de verdad triunfan. Y también tienen maridos gordinflones, golfistas zurdos, que dedican toda su vida a apaciguarlas.

Por fin, a los pasajeros que no van a Fiji, sino que continúan hasta Sidney, los sacan del avión. Los llevan a la terminal y allí abandonados por la azafata, recogen el equipaje, pasan por la aduana y deambulan de acá para allá, tratando de localizar la línea aérea que va a encargarse de sus billetes. En un momento dado, los asalta un comité de bienvenida de uno de los hoteles de la isla, que canta canciones hawaianas y les pone guirnaldas de flores alrededor del cuello. Pero por último consiguen meterse en otro avión. Comen, beben y duermen, y las colas para los servicios se alargan y los pasillos se llenan de desperdicios mientras las azafatas hablan de hijos y de novios en sus asientos. Después, el inquietante brillo de la mañana, la costa australiana, de arena amarilla, allí abajo, a una hora absurda, e incluso los pasajeros mejor vestidos y más guapos están ojerosos, desganados, aletargados, como después de un largo viaje en tercera clase. Y antes de abandonar el avión sufren otro asalto. Unos hombres velludos con pantalones cortos abordan el aparato y lo rocían todo con insecticida.

«A lo mejor es así como se entra en el Cielo —se imagina Gail diciéndole a Will—. La gente te pone flores que tú no quieres y todo el mundo tiene dolor de cabeza y estreñimiento y te rocían con algo para matar los gérmenes de la Tierra.»

Es la costumbre: intentar pensar en cosas inteligentes y frívolas que contárselas a Will.

Cuando Will se fue, a Gail le dio la impresión de que su tienda se llenaba de mujeres. No necesariamente para comprar ropa. Eso no le importaba. Era como en tiempos pasados, antes de

Will. Las mujeres se sentaban en sillones muy viejos, junto a la tabla de planchar y el tablero de cortar, detrás de las descoloridas cortinas de *batik*, a tomar café. Gail empezó a moler los granos, como antes. Al cabo de poco tiempo, el maniquí estaba recubierto de abalorios y de pintadas bastante escandalosas. Se contaban historias sobre hombres, por lo general sobre hombres que se habían marchado. Mentiras e injusticias y enfrentamientos. Traiciones tan espantosas —y al mismo tiempo tan triviales— que te morías de la risa al oírlas. Los hombres pronunciaban discursos ridículos. «Lo siento, pero ya no me considero comprometido con nuestro matrimonio.» Se ofrecían a revender a sus mujeres muebles y coches que habían pagado ellas. Se pavoneaban todos satisfechos por haber conseguido fecundar a un ejemplar del sexo femenino más joven que sus propios hijos. Eran diabólicos e infantiles. ¿Qué se podía hacer con ellos sino dejarlos? Con orgullo, con dignidad, para autoprotegerse.

A Gail todo aquello dejó de divertirle al cabo de poco tiempo. Tomar demasiado café es malo para la piel. Hubo una pelea soterrada cuando se descubrió que una de ellas había puesto un anuncio en la Sección Personal. Gail pasó de tomar café con las amigas a tomar copas con Cleata, la madre de Will y, curiosamente, su estado de ánimo se hizo más sobrio. Aún se notaba cierto vértigo en las notas que colgaba de la puerta para poder marcharse pronto las tardes de verano. —La dependienta de su tienda, Donalda, estaba de vacaciones, y resultaba demasiado complicado contratar a otra persona.

> Estoy en la ópera.
> Estoy en el jardín de la alegría.
> He ido a hacer penitencia un rato.

No eran cosas que hubiera inventado ella, sino Will, que las pegaba en la puerta en los primeros tiempos, cuando querían ir al piso de arriba. Comprendió que tales ligerezas no les hacían mucha gracia a quienes habían tenido que conducir bastantes kilómetros para comprar un vestido para una boda, o a las chicas que hacían toda una excursión para adquirir ropa para la universidad. Pero no le importaba.

En la terraza de la casa de Cleata, Gail se sosegaba, empezaba a albergar vagas esperanzas. Como la mayoría de los auténticos bebedores, Cleata se mantenía fiel a una sola bebida —en su caso, whisky escocés—, y cuando cambiaba era sólo por entretenerse, pero a Gail le preparaba una ginebra con tónica o un ron blanco con soda. Le enseñó a beber tequila. «Esto es el paraíso», decía a veces Gail, y no se refería sólo al alcohol, sino a la terraza con tela metálica y al patio rodeado de setos, a la vieja casa de ventanas con postigos, de suelos barnizados, a las alacenas de la cocina, demasiado altas, y a las cortinas de flores totalmente pasadas de moda. —Cleata detestaba la decoración.— Era la casa en la que había nacido Will, y también Cleata, y la primera vez que Will la llevó allí, Gail pensó, así es como vive la gente realmente civilizada. La combinación de descuido y corrección, el respeto por los libros y los platos antiguos. Las cosas absurdas sobre las que a Will y a Cleata les parecía normal hablar. Y las cosas sobre las que no hablaban Cleata y ella: la deserción de Will, la enfermedad que ha dejado a Cleata con los brazos y las piernas como ramas barnizadas bajo el profundo bronceado y que le ha hundido las mejillas enmarcadas por el pelo blanco, ondulado y peinado hacia atrás. Will y ella tienen la misma cara, ligeramente simiesca, de ojos oscuros, soñadores y burlones.

Cleata hablaba del libro que estaba leyendo, *La crónica anglosajona*. Dijo que la razón por la que la primera parte de la Edad Media se conoce como la época del oscurantismo no es por que no podamos saber nada sobre ella, sino porque no podemos recordar lo que aprendemos, por los nombres.

—Caedwalla —dijo—. Egfrith. Ya no son nombres que se pronuncien a diario.

Gail intentó recordar a qué épocas, a qué siglos se refería, pero su ignorancia no la avergonzó. Al fin y al cabo, Cleata se tomaba todo aquello a broma.

—Aelfflaed —dijo Cleata, y deletreó el nombre—. ¿Qué clase de heroína es Aelfflaed?

Cuando Cleata le escribía cartas a Will, probablemente le hablaba de Aelfflaed y Egfrith, no de Gail. Seguro que no le contaba: «El otro día estuvo aquí Gail, muy guapa, con una especie de pijama de seda gris. Tenía muy buen aspecto y dijo unas cosas muy graciosas...» Como tampoco le hubiera dicho a Gail: «Tengo mis dudas sobre esos dos tortolitos. Si leo entre líneas, me da la impresión de que ya han empezado las decepciones...».

Cuando conoció a Will y a Cleata, a Gail le parecieron personajes sacados de un libro. Un hombre ya maduro que vivía con su madre, y felizmente. Gail conoció una vida ceremoniosa, absurda y envidiable, al menos con la apariencia de elegancia y seguridad del celibato. Aún sigue viendo estos aspectos, aunque la verdad es que Will no siempre ha vivido en casa y no es ni célibe ni discretamente homosexual. Había pasado fuera muchos años, haciendo su vida, trabajando en la Filmoteca Nacional y en la Corporación Canadiense de Radiodifusión, y dejó aquel trabajo hacía poco: regresó a Walley para dedicarse a la enseñanza. ¿Por qué lo había dejado? Por varios motivos, decía. Demasiado maquiavelismo. El imperio. El agotamiento.

Gail llegó a Walley un verano, en los años setenta. El novio que tenía por entonces construía barcos, y ella vendía la ropa que confeccionaba: capas con encajes, camisas con mangas de volantes, faldas largas de vivos colores. Tenía espacio para trabajar en el taller del novio, cuando llegó el invierno. Empezó a importar ponchos y gruesos calcetines de Bolivia y Guatemala.

Encontró a varias mujeres del pueblo para que tejieran jerseys. Un día, Will la paró por la calle y le pidió que le ayudara con el vestuario de la obra de teatro que estaba preparando. El novio de Gail se fue a Vancouver.

Gail le contó ciertas cosas a Will desde el principio, por si se le ocurría pensar que con su cuerpo robusto, su piel sonrosada y su frente amplia y noble podía ser la mujer idónea para crear una familia. Le contó que había tenido un hijo y que cuando su novio y ella estaban trasladando muebles en una furgoneta que les habían prestado, desde Thunder Bay a Toronto, hubo un escape de monóxido de carbono en el vehículo. Ellos sólo se marearon, pero el niño, que por entonces tenía siete semanas, murió. Después, Gail estuvo enferma —una inflamación de la pelvis—, y decidió no tener más hijos. Como de todas maneras hubiera resultado complicado, le hicieron una histerectomía.

Will la admiraba. Eso decía. No se sintió obligado a comentar: ¡qué tragedia! No sugirió, ni siquiera solapadamente, que aquella muerte fuera consecuencia de las decisiones que Gail había tomado. Por entonces, Will estaba extasiado con ella. La consideraba valiente, generosa, valiosa, ingeniosa. La ropa que diseñaba y confeccionaba para él era perfecta, prodigiosa. Gail pensaba que la imagen que Will tenía de ella, de su vida, mostraba una inocencia enternecedora. Consideraba que, lejos de ser un espíritu libre y generoso, ella se había angustiado y desesperado demasiadas veces y había dedicado demasiado tiempo a lavar ropa y a preocuparse por el dinero, siempre con la sensación de que le debía mucho a cualquier hombre que cargase con ella. Por entonces no creía estar enamorada de Will, pero le gustaba físicamente, le gustaban su cuerpo vigoroso, tan erguido que parecía más alto de lo que en realidad era, la cabeza echada hacia atrás, la frente despejada y reluciente, la orla de pelo rizado, canoso. Le encantaba observarle en los ensayos, o simplemente mientras hablaba con sus alumnos. Parecía muy hábil y atrevido como director, y su fuerte personalidad destacaba cuando cruzaba el vestíbulo del instituto o las calles de Walley. Y además, los sentimientos que albergaba hacia ella, un tanto extraños, la admiración, sus atenciones como amante, la curiosa placidez de su casa y de su vida con Cleata: todo aquello le daba la sensación de una acogida maravillosa en un lugar en el que quizá no tuviera derecho a estar. Entonces no importaba; ella llevaba ventaja.

¿Cuándo dejó de tenerla? ¿Cuando Will se acostumbró a dormir con ella, cuando se instalaron juntos, cuando trabajaron tanto en la casa junto al río y resultó que ella desempeñaba mejor que él aquella clase de tareas?

¿Estaba Gail convencida de que siempre debe haber alguien que lleve ventaja?

Llegó un momento en que incluso el tono de voz de Will al decirle: «Llevas un cordón desatado» cuando ella le adelantaba un poco mientras daban un paseo —tan sólo eso— podía hundirla en la desesperación, prevenirla de que se habían adentrado en un erial en el que la decepción de él no tenía límites, en el que su desprecio quedaba fuera de toda duda. Gail acababa tropezando, su rabia estallaba; después, seguían días y noches de absoluto vacío. Al final, la vuelta atrás, la dulzura de la reconciliación, las bromas, el alivio, el aturdimiento. Así era su vida en común; Gail no la entendía ni realmente sabía si le ocurría lo mismo a todo el mundo. Pero los períodos de tranquilidad parecían prolongarse, los peligros alejarse, y no albergaba la menor sospecha de que Will estuviera a la espera de conocer a alguien nuevo, como Sandy, que le resultaría tan ajena y encantadora como ella al principio.

Seguramente, tampoco Will lo sospechaba.

Nunca le contó gran cosa sobre Sandy —Sandra—, que había ido a Walley el año anterior con un programa de intercambio para conocer la enseñanza del teatro en los colegios canadienses. Según le dijo Will, era una desmadrada. Después, también le dijo que posiblemente ni siquiera conocía aquella expresión. En torno al nombre de la chica surgió de inmediato una especie de electricidad, o de peligro. Gail obtuvo información de otras fuentes. Se enteró de que Sandy se había enfrentado con Will delante de sus alumnos, acusándole de que las obras de teatro que quería representar no eran «relevantes». O a lo mejor de que no eran «revolucionarias».

—Pero a Will le cae bien —dijo uno de los alumnos—. Le cae pero que muy bien.

Sandy no se quedó mucho tiempo. Fue a otros colegios, para observar las clases de teatro. Pero escribió a Will, y seguramente él contestó. Porque, al parecer, se habían enamorado de verdad. Will y Sandy se habían enamorado de verdad, y al final del año escolar él la siguió cuando se marchó a Australia.

Enamorados de verdad. Cuando Will se lo contó a Gail, ella estaba fumando chocolate. Había vuelto a empezar, porque la presencia de Will la ponía muy nerviosa.

—¿Quieres decir que no es por mí? —dijo Gail—. ¿Que el problema no soy yo?

Se sintió mareada de puro alivio. Estaba de un humor excelente, atrevido, y aturrulló a Will hasta que se lo llevó a la cama.

A la mañana siguiente intentaron evitar estar en la misma habitación. Decidieron no escribirse. Quizá más adelante, dijo Will. Gail dijo: «Como quieras».

Pero un día, en casa de Cleata, Gail vio su letra en un sobre que sin duda habían dejado allí para que ella lo viera. Lo había dejado Cleata: Cleata, que jamás decía ni media palabra sobre los fugitivos. Gail apuntó el remite: 16 Eyre Rd., Toowong, Brisbane, Queensland, Australia.

Fue al ver la letra de Will cuando comprendió lo inútil que

le resultaba todo. Aquella casa previctoriana de Walley, y la terraza, y las copas, y el árbol de catalpa que siempre contemplaba, en el patio trasero de la casa de Cleata. Todos los árboles y las calles de Walley, todas las vistas liberadoras del lago y la comodidad de la tienda. Inútiles válvulas de escape, imitaciones, puntos de apoyo. Lo realmente importante estaba lejos y oculto, en Australia.

Esa era la razón por la que se encontraba sentada en el avión junto a la mujer de los anillos de diamantes. Ella no lleva ningún anillo, ni las uñas pintadas: tiene la piel seca de tanto trabajar con telas. Antes, decía de la ropa que confeccionaba que estaba «hecha a mano», hasta que Will le hizo avergonzarse de semejante definición. Todavía no ha comprendido qué tenía de malo.

Vendió la tienda, a Donalda, que quería comprarla desde hacía tiempo. Cogió el dinero, se compró un billete de avión para Australia y no le explicó a nadie adónde iba. Contó una mentira: que iba a tomarse unas largas vacaciones que empezarían en Inglaterra. Después Grecia, para pasar allí el invierno, y a continuación, ¿quién sabe?

La noche antes de marcharse, se transformó. Se cortó el pelo, entre rojizo y gris, muy abundante, y se lo tiñó de caoba. Le quedó un color raro, rojo oscuro, claramente artificial y demasiado sombrío, sin ninguna gracia. Aunque ya no era suya, eligió en la tienda una ropa que normalmente no se le habría ocurrido ponerse, un traje de chaqueta de poliéster azul marino que parecía de lino, con rayas rojas y amarillas. Es alta, ancha de caderas y suele llevar prendas holgadas y con buena caída. Ese traje le abulta demasiado los hombros y le corta las piernas a una altura nada favorecedora, justo encima de la rodilla. ¿En qué clase de mujer pensaba convertirse? ¿En alguien con quien Phyllis jugaría al bridge? En tal caso, se ha equivocado. Tiene el aspecto de alguien que se ha pasado la mayor parte de su vida vestida de uniforme, en un trabajo digno y mal pagado —¿en la cafetería de un hospital?— y que se ha gastado demasiado dinero en un traje destinado a impresionar que le resultará inútil e incómodo en las grandes vacaciones de su vida.

No importa. Es un disfraz.

En los lavabos del aeropuerto, en un continente nuevo, comprueba que el tinte oscuro, que no enjuagó lo suficiente la noche anterior, se ha mezclado con el sudor y le resbala por el cuello.

Gail ha aterrizado en Brisbane: aún no está acostumbrada al nuevo horario y el sol abrasador la martiriza. Sigue con el traje espantoso, pero se ha lavado el pelo y ya no destiñe.

Ha cogido un taxi. Aunque está agotada, no puede tranquilizarse; no descansará hasta haber visto dónde viven. Ya ha comprado un mapa y buscado Eyre Road. Una calle corta, en curva. Pide que la dejen en la esquina, donde hay una tiendecita. Seguramente, allí comprarán la leche y otras cosas cuando se les acaben de improviso. Detergente, aspirinas, tampones.

Naturalmente, el hecho de que Gail no hubiera conocido a Sandy no auguraba nada bueno. Podía significar que Will sabía algo desde el principio. Las tentativas posteriores por sonsacarle una descripción no dieron grandes resultados. Más bien alta, no baja. Más bien delgada, no gorda. Más bien rubia, no morena. Gail se había formado la imagen de una de esas chicas de piernas largas, pelo corto, activas, de aspecto ambiguo; pero «mujeres», mujeres atractivas. Sin embargo, no reconocería a Sandy si se topase con ella.

¿Reconocería alguien a Gail? Con las gafas oscuras y aquel pelo absurdo, tiene la sensación de haber cambiado hasta el extremo de sentirse invisible. Encontrarse en un país extraño también ha contribuido a la transformación. Todavía no se ha adaptado. Cuando lo haga, quizá no sea tan osada. Tiene que recorrer aquella calle, mirar la casa, inmediatamente, o quizá no se atreva nunca.

La calle por la que ha subido el taxi desde el río de color pardo era empinada. Eyre Road sigue el contorno de una colina. No hay aceras; sólo un sendero polvoriento. Nadie va andando por él, no pasa ningún coche, no hay sombra. Vallas de tablones de una especie de mimbre entretejido —¿zarzo?—, o en algunos casos altos setos cubiertos de flores. No; en realidad, las flores son hojas de color rosa-purpúreo o carmesí. Tras las vallas se ven árboles que Gail no conoce. Tienen un follaje polvoriento, de aspecto duro, una corteza escamosa o fibrosa, un aire ornamental un tanto pobre, como de indiferencia o de vaga maldad, que Gail relaciona con los trópicos. Delante de ella, por el sendero, avanzan dos gallinas de Guinea, majestuosas y ridículas.

La casa en la que viven Will y Sandy queda oculta por una valla de tablones, pintada de verde claro. A Gail se le encoge el corazón, se le pone en un puño, cruelmente, al ver aquella valla, aquel color.

Como es un callejón sin salida, tiene que dar la vuelta. Pasa de nuevo junto a la casa. En la valla hay una verja para que entren y salgan coches. También hay un buzón para el correo. Gail se había fijado en que había uno igual en otra casa, y la razón por la que se fijó en él fue que asomaba una revista. De modo que no es muy profundo, y si se desliza una mano, quizá pueda encontrarse un sobre en el fondo, si nadie de la casa ha recogido todavía el correo. Y Gail mete una mano. No puede contenerse. Encuentra una carta, tal y como pensaba. Se la guarda en el bolso.

Llama un taxi desde la tienda de la esquina.

—¿De qué parte de los Estados Unidos es usted? —le pregunta el tendero.

189

—De Texas —dice Gail.

Cree que allí debe de gustarles la idea de que la gente sea de Texas y, efectivamente, aquel hombre alza las cejas y silba.

—Ya me parecía a mí —dice.

En el sobre está la letra de Will. Entonces, no es una carta para él, sino que la ha escrito él. Una carta dirigida a Catherine Thornaby, 491 Hawtre Street. También en Brisbane. Con distinta letra, unas palabras garabateadas: «Devuélvase al remitente. Fallecida 13 de septiembre». En el estado de confusión en que se encuentra, durante unos segundos Gail piensa que es Will quien ha muerto.

Tiene que tranquilizarse, recobrar la calma, huir del sol un rato.

Sin embargo, en cuanto lee la carta en su habitación del hotel y se arregla un poco, coge otro taxi, en esta ocasión hacia Hawtre Street y, tal y como suponía, encuentra un anuncio en la ventana: «Se alquila piso».

Pero ¿qué contiene la carta que le ha escrito Will a Catherine Thornaby, que vivía en Hawtre Street?

Estimada señora Thornaby:

Usted no me conoce, pero una vez que me haya explicado, quizá podamos concertar una cita para charlar. Existe la posibilidad de que sea primo suyo, de Canadá, porque mi abuelo, que nació en Northumberland, fue a ese país el siglo pasado, en la década de los setenta, más o menos en la misma época en que un hermano suyo vino a Australia. Mi abuelo se llamaba William, como yo, y su hermano, Thomas. Naturalmente, no tengo ninguna prueba de que usted sea descendiente de este Thomas. Un día, mirando la guía telefónica de Brisbane, descubrí con sorpresa que había otro apellido Thornaby escrito del mismo modo. Antes, pensaba que dedicarse a investigar el árbol genealógico era algo absurdo, aburridísimo, pero ahora ha empezado a interesarme y a despertar mi curiosidad. Quizá sea mi edad —tengo cincuenta y seis años— lo que me empuja a buscar vínculos familiares. Además, ahora dispongo de más tiempo. Mi mujer trabaja con un grupo de teatro y está ocupada constantemente. Es una joven muy inteligente y activa. —¡Me riñe si llamo chica a una mujer de más de dieciocho años, y ella sólo tiene veintiocho!— En Canadá, yo daba clases de teatro, pero aquí en Australia aún no he encontrado trabajo.

Su mujer. Intenta aparecer respetable ante la posible prima.

Estimado señor Thornaby:

El apellido que tenemos en común podría ser más corriente de lo que cree, si bien, de momento, yo soy la única que aparece en la guía telefónica de Brisbane. Quizá no sepa que el apellido procede de Thorn Abbey, cuyas ruinas aún pueden contemplarse en Northumberland. La forma de escribirlo varía: Thornaby, Thornby, Thornabbey, Thornabby. En la Edad Media, el nombre del señor feudal era adoptado por todos los que vivían en sus dominios, desde los campesinos hasta los carpinteros, pasando por los herreros. En consecuencia, hay muchas personas en todo el mundo con un apellido al que, en sentido estricto, no tienen derecho. En este caso, sólo quienes pueden remontar su ascendencia al siglo XII son los auténticos Thornaby, los heráldicos, es decir, los que tienen derecho a ostentar el escudo de armas de la familia. Yo me cuento entre ellos, y como usted no hace ninguna alusión al escudo de armas y entre sus antepasados no menciona a nadie anterior a William, he de suponer que no le ocurre lo mismo. Mi abuelo se llamaba Jonathan.

Gail escribe la carta con una vieja máquina portátil que ha comprado en la tienda de objetos de segunda mano que hay en su calle. Ya se ha instalado en el 491 de Hawtre Street, en un edificio de apartamentos llamado Miramar. Es un edificio de dos plantas recubierto de estuco deslucido, de color crema, con columnas salomónicas a ambos lados de la verja de entrada. Tiene un aire superficialmente árabe, o español, o californiano, como de antigua sala de cine. El administrador le dijo que el piso era muy moderno.

«Lo ocupaba una señora mayor, pero tuvieron que llevarla al hospital. Después, cuando murió, vino alguien que se llevó sus efectos personales, pero todavía quedan los muebles que estaban al principio. ¿De qué parte de los Estados Unidos es usted?»

De Oklahoma, dijo Gail. Soy la señora Massie.

El administrador parece tener unos setenta años. Lleva unas gafas que le magnifican los ojos y camina con rapidez, aunque con bastante inseguridad, un poco ladeado. Habla sobre las dificultades: el aumento del número de extranjeros entre la población, circunstancia que complica las cosas a la hora de encontrar buenos mecánicos, el descuido de ciertos inquilinos, la mala idea de algunos paseantes que dejan el césped lleno de basura. Gail le pregunta si ha enviado una nota a Correos. El administrador dice que lleva varios días con intención de hacerlo, pero que la señora en cuestión apenas recibía correspondencia. Sólo le llegó una carta. Y curiosamente, justo el día después de su muerte. Él la devolvió.

—Puedo ir yo —dijo Gail—. Yo lo notificaré en Correos.

—Pero tengo que firmarlo yo. Si me trae uno de los impresos que tienen para estas cosas, lo firmo y después lo lleva usted.

Las paredes del apartamento están pintadas de blanco: eso, por lo visto, es lo que tiene de moderno. También tiene persianas de bambú, una cocina diminuta, un sofá cama verde, una mesa y dos sillas. En la pared, una lámina, que podría ser un dibujo o una fotografía coloreada. Un paisaje desértico, verdeamarillento, con rocas, plantas de salvia y montañas lejanas, borrosas. Gail está segura de haberlo visto antes.

Pagó el alquiler en efectivo. Durante unos días estuvo muy ocupada comprando sábanas, toallas y comida, cacerolas y platos, la máquina de escribir. Tuvo que abrir una cuenta bancaria, ser una persona que vivía en el país, no una simple turista. Hay tiendas apenas a una manzana de distancia. De comestibles, de objetos de segunda mano, farmacia, salón de té. Todos son establecimientos humildes con tiras de papel de colores en la entrada y marquesinas de madera. Con ofertas muy limitadas. El salón de té sólo tiene dos mesas; la tienda de objetos de segunda mano cuenta con poco más que el cúmulo desordenado de cosas de una casa cualquiera. Los paquetes de cereales de la tienda de comestibles, los frascos de jarabe para la tos y las cajas de pastillas de la farmacia están expuestos, aislados, en las estanterías, como si tuvieran un valor o significado especial.

Pero Gail ha encontrado lo que necesitaba. En la tienda de segunda mano, unos cuantos vestidos de algodón, holgados, de flores, una cesta de paja para ir a la compra. Con esos elementos, se parece a las demás mujeres que ve por la calle. Amas de casa, de mediana edad, con piernas y brazos al descubierto, pero pálidos, que salen a comprar a primera hora de la mañana o última de la tarde. También se compró un sombrero de paja, para protegerse la cara del sol como las demás mujeres. Caras apagadas, suaves, pecosas, de ojos parpadeantes.

Oscurece súbitamente, alrededor de las seis, y Gail tiene que buscar algo que hacer por las noches. En el apartamento no hay televisor, pero un poco más allá de las tiendas hay una biblioteca de préstamo, regentada por una mujer mayor, que entrega los libros en el salón de su casa. Lleva redecilla y medias grises de hilo de Escocia a pesar del calor. —¿Dónde se pueden encontrar medias grises de hilo de Escocia hoy en día?— Tiene el cuerpo desnutrido y los labios siempre apretados, descoloridos, sin asomo de sonrisa. Es la persona que imagina Gail cuando escribe la carta de Catherine Thornaby. Le aplica ese nombre siempre que la ve, algo que ocurre casi a diario, porque sólo se puede sacar un libro cada vez y Gail suele leer uno por noche. Piensa: es Catherine Thornaby, muerta y trasladada a una nueva vida a pocas manzanas de distancia.

Esas historias sobre los Thornaby con derecho o no a ostentar el escudo de armas las ha sacado de un libro. No de uno de los que está leyendo, sino de algo que recuerda de su juventud. El héroe no tenía derecho a ostentar el escudo de armas, pero era heredero de una gran hacienda. No recuerda el título. Por entonces vivía con gente que siempre leía cosas como *El lobo estepario*; o textos de Krishnamurti, y ella novelas históricas, casi con sentimiento de culpabilidad. No cree que Will haya leído ningún libro así ni que conozca tales datos. Y está segura de que tendrá que contestar a Catherine, para reñirla.

Espera y lee los libros de la biblioteca que pertenecen a una época incluso anterior a las novelas que le gustaban hace veinte años. Algunas las sacaba de la biblioteca pública de Winnipeg, antes de marcharse de casa, e incluso entonces ya parecían anticuadas. *El castillo azul. Maria Chapdelaine.* Naturalmente, esos libros le recuerdan su vida antes de Will. Tal vida existía y aún podía salvar algo de ella, si quería. Tiene una hermana que vive en Winnipeg. También una tía, que está en un hogar de ancianos y que todavía lee libros en ruso. Los abuelos de Gail eran rusos, sus padres siguen hablando el idioma, en realidad no se llama Gail, sino Galya. Se alejó de la familia —o ellos la obligaron a alejarse— cuando se marchó de casa, a los dieciocho años, y se dedicó a recorrer el país, que era lo que se hacía en aquella época. Primero con amigos, después con un novio, a continuación con otro novio. Hacía collares y teñía pañuelos y los vendía en la calle.

Estimada señora Thornaby:

Le agradezco su información sobre la importantísima diferencia que existe entre los Thornaby que tienen derecho a ostentar el escudo de armas y los que no lo tienen. Me da la impresión de que está usted convencida de que yo pertenezco a la última categoría. Le pido por ello mil perdones: no tenía la menor intención de profanar tan sagrado terreno ni de imprimir el escudo de armas en mis camisetas. En mi país no nos preocupamos demasiado por estas cosas, y creía que tampoco se hacía en Australia, pero al parecer estaba equivocado. Quizá tenga usted una edad demasiado avanzada para haber observado los cambios de valores. A mí no me ocurre lo mismo, porque he pasado muchos años dando clase y además me enfrento a diario con las poderosas razones de una mujer joven, mi esposa.

Mis intenciones eran sumamente inocentes: ponerme en contacto con una persona que vive en este país y que no pertenece al círculo teatral y académico en el que estamos sumergidos mi mujer y yo. Mi madre vive en Canadá, y la echo de menos. Ella escribiría una carta como la suya en broma, pero dudo mucho que usted quiera bromear. A mi juicio, se trata de un caso extremo de Exaltación de los Antepasados.

Cuando Will se siente ofendido y molesto de una forma especial —una forma difícil de predecir y que a la mayoría de las personas le cuesta trabajo reconocer—, se pone terriblemente sarcástico. Le abandona la ironía. Empieza a desbarrar, y quienes están a su alrededor sienten vergüenza, no por ellos, sino por él. Es algo que no sucede con frecuencia, y por lo general, cuando sucede, significa que se siente profundamente menospreciado. Significa que incluso él mismo se menosprecia.

Así que eso es lo que ha ocurrido. O eso cree Gail. Sandy y sus amigos, con su avasalladora seguridad, su honradez vulgar, le hacen sentirse fatal. Nadie reconoce su ingenio, sus inquietudes se han quedado anticuadas. No encuentra su lugar entre ellos. El orgullo de su relación con Sandy se ha ido agriando poco a poco. Eso cree Gail. Will se siente débil y triste y anda buscando a otra persona. Ha empezado a pensar en los lazos familiares, en ese país de florecer constante, de vida ornitológica impúdica, de días abrasadores y noches que se ciernen súbitamente.

Estimado señor Thornaby:

Francamente, ¿esperaba usted que por el simple hecho de que tengamos el mismo apellido fuera a abrirle las puertas de mi casa y a «ponerle la alfombra», como, según tengo entendido, dicen ustedes en Norteamérica, lo que inevitablemente incluye Canadá? Quizás esté usted buscando otra madre aquí, pero yo no tengo ninguna obligación de serlo. Y, por cierto, se equivoca usted con respecto a mi edad: soy varios años más joven que usted, de modo que no me imagine como una vieja solterona con redecilla y medias grises de hilo de Escocia. Seguramente, conozco el mundo tan bien como usted. Viajo bastante, porque me dedico a comprar artículos de moda para una tienda muy importante. Así que mis ideas no son tan anticuadas como usted cree.

No dice nada sobre si su mujer, tan joven, tan ocupada y tan activa, pasaría a formar parte de esta amistad de familia. Me sorprende que sienta la necesidad de establecer otros contactos. A través de los medios de comunicación me entero continuamente de la existencia de estas relaciones «otoño-primaverales», de lo rejuvenecedoras que resultan y de lo felices que se sienten los hombres adaptándose a la vida de familia y a la paternidad. —¡Desde luego, ni media palabra sobre los «viajes de prueba» con mujeres más de su edad ni sobre cómo se adaptan esas mujeres a una vida solitaria!— ¡Así que a lo mejor le hace falta ser papá para adquirir «sentido de la familia»!

A Gail le sorprende la facilidad con que escribe. Siempre le ha costado trabajo escribir cartas, y encima con resultados aburridos, como telegramas, con un montón de puntos suspensivos y frases incompletas y excusas por la falta de tiempo. ¿De dónde ha sacado ese estilo tan refinado, tan malévolo? ¿De algún libro, como el de las tonterías sobre los escudos de armas? Camina en la oscuridad para echar la carta, con sensación de osadía, de satisfacción. Pero a la mañana siguiente se despierta temprano, pensando que ha llegado demasiado lejos. Will no contestará; no volverá a saber nada de él. Se levanta y sale del edificio, va a dar un paseo matutino. Las tiendas están todavía cerradas, las persianas rotas bajadas, dentro de lo que cabe, en las ventanas de la biblioteca. Llega hasta el río, donde hay un parquecito, junto al hotel. Más tarde no puede ni pasear por allí ni sentarse, porque las terrazas del hotel están siempre atestadas de gente ruidosa que no para de beber cerveza, y desde el parque se oyen el vocerío y las botellas. En esos momentos, las terrazas están vacías, las puertas cerradas, y pasea entre los árboles. Las aguas pardas del río discurren indolentes por entre los tocones de los mangles. Las aves sobrevuelan el río, aterrizan en el tejado del hotel. No son gaviotas, como Gail creyó al principio. Son más pequeñas, y en las alas y el pecho, de un blanco brillante, tienen un toque de rosa.

En el parque hay dos hombres sentados, uno en un banco, el otro en una silla de ruedas, al lado del banco. Gail los reconoce: viven en el mismo edificio que ella y salen a dar un paseo todos los días. Una vez les abrió la puerta para que pasaran delante de ella. Los ha visto en las tiendas y sentados a una mesa del salón de té. El hombre de la silla de ruedas parece muy mayor y enfermo. Tiene la cara arrugada, como pintura vieja y desconchada. Lleva gafas oscuras y una peluca negra como el carbón, y encima una boina también negra. Va todo envuelto en una manta. Incluso cuando el día avanza y el sol aprieta —todas las veces que ella los ha visto— va cubierto con una manta escocesa. El hombre que empuja la silla de ruedas y que en ese momento está sentado en el banco es joven, tanto que parece un niño demasiado crecido. Es alto, de piernas largas, pero no viril. Un joven gigante, aturdido por su propio tamaño. Fuerte pero no atlético, con cierta rigidez en el cuello, los brazos y las piernas, gruesos, tal vez a causa de la timidez. Pelirrojo no sólo en la cabeza, sino en sus brazos desnudos y por encima de los botones de la camisa.

Gail se detiene ante ellos, les da los buenos días. El joven contesta casi inaudiblemente. Al parecer, tiene la costumbre de mirar el mundo con majestuosa indiferencia, pero Gail piensa que su saludo le ha avergonzado un poco, o le ha despertado cierto recelo. Sin embargo, añade:

—¿Qué son esos pájaros que se ven por todas partes?

El joven dice un nombre, de una forma que a Gail le recuerda a su nombre de infancia. Está a punto de pedirle que lo repita cuando el anciano empieza a emitir algo que parece una sarta de improperios. Las palabras salen confusas de su boca y a Gail le resultan incomprensibles, debido al acento australiano con un deje europeo, pero no le cabe la menor duda sobre su mala intención, como concentrada. Y van dirigidas a ella: el anciano se inclina hacia adelante, debatiéndose por librarse de las correas que lo sujetan. Quiere saltar sobre ella, embestirla, echarla de allí. El joven no le pide disculpas a Gail ni le hace el menor caso; se inclina sobre el anciano y le empuja suavemente, diciéndole algo que ella no oye. Comprende que no le van a dar explicaciones y se aleja de allí.

Ninguna carta durante diez días. Ni una palabra. Gail no sabe qué hacer. Sale a pasear todos los días: prácticamente no hace otra cosa. El Miramar se encuentra como a un kilómetro y medio de la calle en la que vive Will. No vuelve a aquella calle ni a la tienda a cuyo dueño le dijo que era de Texas. No entiende cómo tuvo tal atrevimiento, el primer día. Todas aquellas calles siguen la línea de las colinas. Entre las colinas, de las que cuelgan las casas, hay barrancos de paredes empinadas, llenos de pájaros y árboles. Las aves no se tranquilizar ni siquiera cuando el sol empieza a apretar. Las urracas mantienen su inquietante conversación y a veces se lanzan amenazantes sobre el sombrero de vivos colores de Gail. Los pájaros que se llaman como ella chillan estúpidamente al elevarse, giran en el aire y descienden hacia las hojas. Camina hasta sentirse mareada, sudorosa y con miedo de coger una insolación. Tirita en medio del calor, llena de temor, llena de deseo, de ver la silueta de Will, tan conocida, pequeña y garbosa, con sus largas zancadas, lo que más podría dolerle o aliviarla en el mundo.

Estimado señor Thornaby:

Le envío esta breve nota para pedirle disculpas si mi respuesta le pareció un tanto precipitada y descortés, y estoy segura de que así fue. Últimamente he estado sometida a bastantes presiones y me he tomado una temporada de vacaciones para recuperarme. En tales circunstancias, no siempre actuamos como quisiéramos ni vemos las cosas de forma racional...

Un día, pasa ante el hotel y entra en el parque. La terraza desborda de ruidosos bebedores. Todos los árboles del parque han florecido. Las flores tienen un color que jamás habría imaginado en los árboles: un tono de azul o de púrpura plateado tan delicado y hermoso que podría pensarse que, al verlo, todo el mundo se quedaría pasmado, contemplándolo en silencio pero no es así.

Cuando vuelve al Miramar, ve al joven pelirrojo en el vestíbulo, junto a la puerta del apartamento que ocupa con el anciano. Detrás de la puerta se oye una invectiva. El joven sonríe, esta vez sí. Gail se detiene y se quedan juntos, escuchando.

Gail dice:

—Si quiere sentarse un rato mientras espera, puede subir a mi apartamento siempre que quiera.

El joven niega con la cabeza, aún sonriendo como si se tratase de una broma entre ellos. Gail piensa que debe añadir algo antes de dejarle allí solo y le pregunta por los árboles del parque.

—Esos árboles que hay junto al hotel —dice—, donde le vi hace unos días. Están todos florecidos. ¿Cómo se llaman?

El joven dice una palabra que Gail no entiende. Le pide que la repita.

—Jack Randa —dice el joven—. Es el Jack Randa Hotel.

Estimada señora Thornaby:

He estado fuera y al regresar he encontrado sus dos cartas. Las abrí en orden inverso, pero en realidad no importa.

Mi madre ha muerto. He ido a «casa», a Canadá, a su entierro. Allí hace frío, es otoño. Han cambiado muchas cosas. La verdad es que no sé por qué le cuento todo esto. Desde luego, usted y yo hemos empezado muy mal, pero incluso si no hubiera recibido su nota, en la que explicaba su actitud, creo que, en cierto modo, me habría alegrado de leer la primera carta. La mía era cortante y desagradable y usted me contestó en el mismo tono. Me resultan conocidos ese tono cortante y el sentirse ofendido a la primera de cambio. ¿Puedo arriesgarme a suscitar su cólera heráldica sugiriendo que, al fin y al cabo, es posible que exista alguna relación entre nosotros?

Aquí me siento desorientado. Admiro a mi mujer y a sus amigos del teatro, su entusiasmo, su franqueza, su compromiso, las esperanzas que han depositado en su talento para crear un mundo mejor. —De todos modos, he de reconocer que, en muchos casos, me da la impresión de que el entusiasmo y las esperanzas superan al talento.— No puedo ser uno de ellos, y también he de reconocer que ellos lo comprendieron antes que yo. Quizá se deba al aturdimiento que todavía siento tras el desfase de un viaje espantoso en avión, pero no puedo enfrentarme a ese hecho y lo escribo en una carta dirigida a una persona como usted, que ya tiene suficientes problemas y que, lógicamente, me ha dado a entender que no le interesan los míos. Será mejor que termine, porque no quiero cargarla con mis estupideces. No me extrañaría que hubiera dejado de leer antes de haber llegado hasta aquí.

Gail está tumbada en el sofá, apretando esta carta contra el estómago con las dos manos. Han cambiado muchas cosas. Así que Will ha estado en Walley: le habrán contado que ha vendido la tienda y que se ha ido a dar la vuelta al mundo. Pero, ¿no se habría enterado de todos modos, por Cleata? Tal vez no; ella era la discreción en persona. Y cuando se fue al hospital, justo antes de que Gail se marchara, le dijo: «No quiero ver ni oír hablar de nadie durante una temporada, ni recibir cartas. Este tratamiento seguro que será un tanto melodramático».

Cleata ha muerto.

Gail sabía que Cleata iba a morir, pero por algún motivo pensaba que todo seguiría igual, que no podía ocurrir nada mientras ella, Gail, estuviese allí. Cleata ha muerto y Will está completamente solo, a excepción de Sandy, y quizá Sandy haya dejado de resultarle útil.

Alguien llama a la puerta. Gail se levanta de un salto, angustiada, busca un pañuelo para cubrirse la cabeza. Es el administrador, que la llama por su apellido falso.

—Sólo quería decir que ha venido una persona y me ha preguntado varias cosas. Me preguntó por la señorita Thornaby y yo le dije que había muerto, hace ya algún tiempo. «¿Ah, sí?», me dice. Pues sí, y dice, «qué cosa más rara».

—¿No le explicó por qué? —dice Gail—. ¿No le dijo por qué le parecía raro?

—No. Yo le dije que había muerto en el hospital y que ahora vivía una señora norteamericana en el mismo piso. No me acordaba de dónde es usted. Me pareció que este señor también es norteamericano, o sea que a lo mejor le pareció importante. Le dije que a la señorita Thornaby le llegó una carta después de morir, y que si la había escrito él. Me dijo que sí, pero que no se la habían devuelto. O sea que debe de haber habido un error o algo.

Gail dice que sí, que seguramente.

—Una confusión de identidad —dice.

—Sí. Eso.

Estimada señora Thornaby:

Ha llegado a mi conocimiento que está usted muerta. Ya sé que la vida es extraña, pero nunca me lo había parecido hasta tal extremo. ¿Quién es usted y qué está ocurriendo? Tengo la impresión de que todo este lío de los Thornaby no es más que eso: un simple galimatías. Sin duda es usted una persona con mucho tiempo y mucha imaginación. Me molesta que me tomen el pelo, pero supongo que puedo comprender la tentación. Creo que me debe una explicación: quiero saber si mi interpretación es acertada y si se trata de una broma. ¿O me encuentro ante una «compradora de moda» de ultratumba? ¿De dónde ha sacado ese detalle? ¿O es la verdad?

Cuando Gail va a comprar comida, sale por la puerta trasera del edificio, da un rodeo para ir a las tiendas. Al volver, también dando un rodeo, se topa con el joven pelirrojo, que está entre los cubos de basura. Si no hubiera sido tan alto, cualquiera habría pensado que estaba escondido allí. Gail le habla pero él no responde. La mira con los ojos llenos de lágrimas, como si el llanto sólo fuese un cristal ondulado, algo normal.

—¿Su padre está enfermo? —le dice Gail.

Ha llegado a la conclusión de que ésa es la relación que les une, a pesar de la diferencia de edad, mayor de lo normal entre un padre y un hijo, de que no se parecen en nada y de que la paciencia y la fidelidad del joven superan con mucho las que suele mostrar un hijo, algo a lo que incluso parecen oponerse hoy en día.

—No —dice el joven, y aunque su expresión permanece tranquila, por su rostro se extiende un rubor, visible bajo la delicada piel rojiza.

Amantes, piensa Gail. De repente, tiene la certeza. Experimenta un escalofrío de simpatía, una extraña gratificación.

Amantes.

Baja al buzón del correo después de oscurecido y encuentra otra carta.

Pensaba que quizás estuviera usted fuera, en una de sus excursiones en busca de artículos de moda pero, según me ha dicho el administrador, no se ha ausentado desde que alquiló el piso, por lo que he de suponer que aún sigue «de vacaciones». El administrador también me ha dicho que es usted morena. Podríamos intercambiar nuestras respectivas descripciones —y después, algo más fascinante, fotografías—, de esa forma brutal que se sigue cuando las personas se conocen por medio de los anuncios de prensa. Tengo la impresión de que, en mis esfuerzos por conocerla, estoy dispuesto a hacer el ridículo. Qué novedad...

Gail no sale de casa durante dos días. Se pasa sin leche; toma el café solo. ¿Qué hará cuando también se le acabe el café? Come cosas raras: atún con galletas cuando ya no le queda pan para hacerse un bocadillo, un trozo reseco de queso, un par de mangos. Sube al vestíbulo superior del Miramar —primero abre una rendija, casi olfateando el aire para comprobar que no hay nadie— y llega hasta la ventana que da a la calle. Y experimenta una antigua sensación, la de observar una calle, la parte visible de una calle, por la que espera que aparezca un coche, que puede aparecer o no. Incluso recuerda los coches: un Austin mini azul, un Chevrolet marrón, una furgoneta. Coches en los que recorrió distancias cortas, ilícitamente y con su consentimiento. Mucho antes de Will.

No sabe qué ropa llevará Will, ni qué corte de pelo, ni si habrá cambiado algo en su forma de andar o en su expresión, si habrá experimentado alguna transformación para adaptarse a su vida allí. No puede haber cambiado mucho más que ella. En su apartamento, el único espejo que hay es uno pequeño, sobre el armario del cuarto de baño, pero incluso con eso puede ver cuánto ha adelgazado y cómo se le ha endurecido la piel de la cara. En lugar de deslustrarse y arrugarse como suele ocurrir con las pieles blancas en ese clima, la suya ha adquirido un aspecto de lienzo desvaído. Podría tener solución: lo sabe. Con el maquillaje adecuado podría conseguir un cierto aire de exotismo melancólico. El pelo plantea más problemas: el rojo asoma por las raíces, con mechas grises y brillantes. Lo lleva oculto con un pañuelo casi todo el tiempo.

Cuando el administrador vuelve a llamar a su puerta, sólo alberga expectativas absurdas durante un par de segundos. La llama por su apellido.

—¡Señora Massie, señora Massie! Ah, qué bien que está usted en casa. ¿Podría bajar un momento a ayudarme? Es ese hombre mayor, que se ha caído de la cama.

Baja las escaleras delante de ella, aferrándose a la barandilla y desplazando los pies temblorosa, precipitadamente, sobre los escalones.

—Su amigo no está. Ya decía yo, porque ayer no le vi. Intento saber dónde anda la gente, pero no me gusta meterme donde no me llaman. Pensaba que a lo mejor había vuelto por la noche. Estaba barriendo el vestíbulo cuando oí un golpe y volví allí, a ver qué pasaba. El hombre está en el suelo, él solo.

El apartamento no es mayor que el de Gail y tiene la misma decoración, con unas cortinas sobre las persianas de bambú que lo hacen muy oscuro. Huele a tabaco y a comida rancia y también a un ambientador con aroma de pino. El sofá cama está extendido, transformado en una cama doble, y el anciano está a su lado, en el suelo, con las sábanas que ha arrastrado al caerse. La cabeza, sin peluca, es lisa, como un trozo de jabón sucio. Tiene los ojos entrecerrados y emite un profundo ruido, como el de una máquina que no puede ponerse en funcionamiento.

—¿Ha llamado a una ambulancia? —dice Gail.

—Si pudiera usted cogerle por un extremo —dice el administrador—. Yo tengo mal la espalda y me da miedo hacerme daño.

—¿Dónde está el teléfono? —dice Gail—. Puede que le haya dado un ataque al corazón o se le haya roto una cadera. Tiene que ir al hospital.

—¿Usted cree? Su amigo le manejaba con mucha facilidad. Tenía fuerza. Pero ha desaparecido.

Gail dice:

—Yo llamaré.

—No, no. Tengo el número apuntado en mi despacho, encima del teléfono. No dejo que nadie entre allí.

A solas con el anciano, que seguramente no puede oírla, Gail dice: «Vamos, vamos, van a venir a buscarle. No se preocupe». Su voz suena ridículamente amistosa. Se inclina para colocarle la manta sobre los hombros, y para su gran sorpresa, una mano revolotea a su alrededor, en busca de la suya, y se la aferra. La del hombre es ligera y huesuda, pero cálida, y terriblemente fuerte. «Sí, sí, estoy aquí», dice Gail, y piensa a quién estará encarnando, si al joven pelirrojo, a otro chico u otra chica, a la madre del anciano.

La ambulancia aparece enseguida, con su angustioso aullido, y dos hombres suben rápidamente con la camilla, el administrador siguiéndoles torpemente, mientras dice:

—...no podíamos moverlo. La señora Massie ha bajado a ayudarme.

Mientras colocan al anciano sobre la camilla, Gail tiene que retirar la mano y él se queja, o eso cree ella: el ruido involuntario que hace suena todavía más profundo, con un «aaah, uuh» continuo. Gail vuelve a darle la mano en cuanto puede, y va corriendo tras él mientras lo sacan del edificio. La sujeta con tal fuerza que parece como si la estuviera arrastrando.

—Era el propietario del Jacaranda Hotel —dice el administrador—. Sí. Hace años.

Pasan unas cuantas personas por la calle, pero nadie se para, nadie quiere que le pillen fisgando. Quieren verlo, pero no quieren verlo.

—¿Voy con él? —dice Gail—. No quiere que me marche.

—Como le parezca —dice uno de los camilleros, y Gail sube a la ambulancia.

En realidad, la arrastra aquella mano engarfiada a la suya. El conductor baja un asiento para ella, se cierran las puertas, empieza a sonar la sirena en cuanto el vehículo arranca.

En ese momento, por la ventanilla de la puerta trasera, ve a Will. Está a una manzana de distancia del Miramar y se dirige hacia allí. Lleva una chaqueta de manga corta, de color claro, y pantalones a juego —seguramente un traje de safari—, y tiene el pelo más blanco, o quizás esté descolorido por el sol, pero Gail le reconoce de inmediato, le reconocerá siempre y siempre tendrá que llamarle al verle, como hace en aquel momento, intentando saltar del asiento, desasirse de la mano del anciano.

—Es Will —le dice al camillero—. Lo siento. Es mi marido.

—Pues más vale que no la vea saltando de una ambulancia en marcha —dice el hombre. Añade—: Huy, huy. ¿Qué ha pasado aquí? —Durante el siguiente par de minutos presta atención profesional al anciano. Se endereza y dice—: Se acabó.

—Sigue sujetándome la mano —dice Gail. Pero mientras pronuncia estas palabras se da cuenta de que no es verdad. Unos segundos antes sí la sujetaba, con fuerza suficiente para no dejarla saltar cuando vio a Will. En esos momentos es ella quien lo sujeta. Los dedos del hombre están aún calientes.

Cuando vuelve del hospital, encuentra la nota que estaba esperando.

Gail. Sé que eres tú.

Deprisa, deprisa. El alquiler está pagado. Tiene que dejarle una nota al administrador. Tiene que sacar el dinero del banco, ir al aeropuerto, comprar un billete. La ropa puede dejarla allí: los sencillos vestidos estampados, el sombrero de paja. El libro de la biblioteca puede quedarse encima de la mesa, bajo la lámina de las plantas de salvia. Que se quede allí, acumulando multas.

Si no, ¿qué va a pasar?

Lo que sin duda quería ella. De lo que, también sin duda, va a huir.

«¡Sé que estás ahí, Gail! Sé que eres tú quien está detrás de la puerta.

»¡Gail! ¡Galya!

»Háblame, Gail. Contéstame. Sé que estás ahí.

»Te oigo. Oigo el latido de tu corazón por la cerradura y el ruido de tus tripas y tu cerebro dando saltos.

»Te huelo por la cerradura. Gail.

Las palabras más deseadas pueden cambiar. Algo puede ocurrirles, mientras se espera. «Amor, necesidad, perdón. Amor, necesidad, para siempre.» El sonido de esas palabras puede convertirse en un estruendo, un ruido de taladradoras en la calle. Y lo único que se puede hacer es echar a correr, para no someterse a ellas por la fuerza de la costumbre.

En las tiendas del aeropuerto ve varias cajitas, hechas por aborígenes australianos. Son redondas, ligeras como monedas pequeñas. Coge una con un dibujo de puntos amarillos, distribuidos irregularmente sobre un fondo rojo oscuro. Encima hay una figura negra, hinchada, quizás una tortuga, con las cortas patas extendidas. Impotente, de espaldas.

Gail piensa: un regalo para Cleata. Como si todo el tiempo que ha pasado allí hubiera sido un sueño, algo que podía eliminar, al volver al lugar de su elección, a otro comienzo.

No para Cleata. ¿Para Will?

Los puntos amarillos así desparramados le recuerdan algo que había visto el otoño pasado. Algo que vieron Will y ella. Una tarde soleada, salieron a dar un paseo. Fueron desde su casa río arriba, siguiendo la orilla cubierta de árboles, y de pronto se toparon con un espectáculo del que habían oído hablar pero que nunca habían visto.

Había cientos, quizá millares de mariposas colgadas de los árboles, descansando antes de emprender el largo viaje por las riberas del lago Hurón y atravesar el lago Erie, para después dirigirse al sur, a México. Estaban colgadas como hojas de metal, de oro batido, como copos de oro que se hubieran prendido de las ramas.

—Como la lluvia de oro de la Biblia —dijo Gail.

Will le explicó que confundía a Júpiter con Jehová.

Aquel día, Cleata había empezado a morir y Will ya conocía a Sandy. Aquel sueño ya había empezado: el viaje de Gail y sus engaños; después las palabras que había imaginado o creído oír al otro lado de la puerta.

«Amor. Perdón.

»Amor. Olvido.

»Amor. Para siempre.

Taladradoras en la calle.

¿Qué poner en una caja así antes de envolverla y enviarla muy lejos? ¿Una bolita, una pluma, una pastilla muy potente?

O una nota, doblada hasta reducirla al tamaño de un escupitajo.

Ahora, tú sabrás si quieres seguirme.

ESTACIÓN DEL VÍA CRUCIS

I

La señorita Margaret Cresswell, Directora de la Casa de la Industria, Toronto, al señor don Simon Herron, Hurón del Norte. 15 de enero de 1852.

Dado que el sacerdote de su parroquia adjunta una nota de recomendación a su carta, le respondo con sumo gusto. Recibimos numerosas peticiones como la suya, pero a menos que contemos con tal recomendación, no podemos tener la certeza de que se nos remitan de buena fe.

En el asilo no hay ninguna muchacha de edad casadera, ya que normalmente las enviamos a que se ganen la vida a los catorce o quince años, pero después nos mantenemos en contacto con ellas durante cierto tiempo, hasta que contraen matrimonio. En casos como el suyo, a veces recomendamos a una de estas muchachas y concertamos una cita. Naturalmente, después todo depende de las dos partes interesadas, que deben ver si son compatibles.

Hay dos muchachas de dieciocho años con las que aún mantenemos relación. Ambas son aprendizas de modista, buenas costureras, pero quizá les resultaría más conveniente casarse con un hombre que pudiera ofrecerles algo mejor que pasarse toda la vida desempeñando semejante trabajo. No puedo añadir nada más, puesto que la decisión debe dejarse en manos de las muchachas y, naturalmente, de usted.

Las dos señoritas en cuestión son Sadie Johnstone y Annie McKillop. Ambas son hijas legítimas de padres cristianos, tras la muerte de los cuales fueron acogidas en nuestra casa. No intervinieron ni el alcoholismo ni la inmoralidad. No obstante, en el caso de la señorita Johnstone, hemos de tener en cuenta que es tísica, y a pesar de ser la más agraciada de las dos y una muchacha sonrosada y rolliza, creo que he de advertirle de que quizá no pueda adaptarse a la dureza de la vida en una región tan inhóspita. La otra muchacha, la señorita McKillop, es de constitución más fuerte, si bien de aspecto más delicado y de cutis menos fino. Tiene un ojo un tanto perezoso, lo cual no le impide ver perfectamente ni coser de maravilla. Su cabello, los ojos oscuros y el tinte moreno de su piel no son indicio de mezclas de sangre, ya que tanto su padre como su madre nacieron en Fife. Es una muchacha robusta y la considero apta para la clase de vida que usted puede ofrecerle, ya que, además, no tiene esa absurda timidez que tan a menudo muestran las jóvenes de su edad. Hablaré con ella para que vaya haciéndose a la idea y esperaré otra carta suya en la que me comunique cuándo desea conocerla.

II

Argus, Carstairs, edición del cincuenta aniversario, 3 de febrero de 1907. Memorias del señor don George Herron.

El uno de septiembre de 1851, mi hermano Simon y yo recibimos un cajón con ropas de cama y utensilios domésticos y, tras meterlo en un carro tirado por un caballo, partimos del condado de Halton para probar fortuna en los remotos parajes de Hurón y Bruce, más dejados de la mano de Dios de lo que se creía entonces. Las cosas que llevábamos eran de Archie Frame, para el que trabajaba Simon, y así le había pagado una parte de su salario. También tuvimos que alquilarle la casa, y su aprendiz, que era más o menos de mi edad, vino con nosotros para llevarse después el carro.

Para empezar, mi hermano y yo nos quedamos solos siendo muy jóvenes, porque nuestros padres murieron de fiebres, primero nuestro padre y después nuestra madre, a las cinco semanas de haber llegado a este país, cuando Simon tenía ocho años y yo tres. Simon se puso a trabajar para Archie Frame, primo de nuestra madre, y yo me fui a vivir con el maestro y su mujer, que no tenían hijos. Estábamos en Halton, y a mí me hubiera gustado seguir allí, pero como Simon estaba a sólo unos kilómetros venía a verme y siempre decía que en cuanto tuviéramos edad suficiente iríamos en busca de tierras para vivir por nuestra cuenta, sin tener que trabajar para otros, que era lo que nuestro padre quería. Archie Frame no llevó a la escuela a Simon, pero yo sí fui, así que el destino de mi hermano era marcharse de allí. A los catorce años de edad, siendo yo un muchacho robusto, como mi hermano, Simon dijo que nos fuéramos a buscar tierras en Crown Land, al norte de la región del Hurón.

El primer día no pasamos de Preston, porque las carreteras que atravesaban Nassageweya y Puslinch eran difíciles y malas. Al día siguiente llegamos a Shakespeare y el tercer día por la tarde a Stratford. Como a medida que avanzábamos hacia el oeste iban empeorando las carreteras, decidimos enviar el cajón a Clinton en la diligencia. Pero había dejado de circular debido a las lluvias y estaba esperando a que se helasen las carreteras, así que le dijimos al aprendiz de Archie Frame que regresara a Halton con el carro, el caballo y nuestras cosas. Nos pusimos las hachas al hombro y fuimos hasta Carstairs a pie.

Se puede decir que allí no había ni un alma. Carstairs estaba empezando por entonces: había una tienda que era al mismo tiempo posada, y un alemán llamado Roem que estaba construyendo un aserradero. Un hombre, Henry Treece, que después sería mi suegro, había llegado antes que nosotros y tenía una cabaña bastante buena.

Nos alojamos en la posada, y dormíamos en el suelo, con una manta o un edredón. El invierno se adelantó, con lluvias frías y humedad por todas partes, pero estábamos preparados para pasar penalidades, o por lo menos Simon. Yo me había criado con mayores comodidades. Él decía que teníamos que adaptarnos y yo así hice.

Nos pusimos a limpiar de maleza un camino hasta nuestra parcela y después la demarcamos, cortamos troncos para la cabaña e hicimos tablones para el techo. Henry Treece nos prestó un buey para transportar los troncos; pero Simon no era de los que le gustan pedir prestado ni depender de nadie. Estaba empeñado en que construyéramos la cabaña solos, pero al ver que no podíamos, yo fui a casa de Treece y la terminamos con la ayuda de Henry, dos de sus hijos y un hombre del molino. Al día siguiente empezamos a rellenar las rendijas que había entre los troncos con barro y recogimos ramas para hacer una cama y así no tener que gastar más dinero en la posada y poder dormir en nuestra propia casa. Para la puerta teníamos una plancha grande de madera de olmo. A mi hermano le habían contado unos francocanadienses que estaban en casa de Archie Frame que en los campamentos de madereros construían la chimenea en el centro de las cabañas. Dijo que así debíamos hacer la nuestra, así que plantamos cuatro postes y construimos la chimenea encima, en forma de casa, con la intención de recubrirla de barro por dentro y por fuera. Nos acostamos en la cama de ramas con un buen fuego encendido, pero nos despertamos en mitad de la noche y vimos que los postes habían prendido y que todo estaba ardiendo. Derribamos la chimenea y no resultó difícil apagar el fuego, porque la madera estaba todavía verde.

En cuanto se hizo de día, nos pusimos a construir la chimenea de la forma normal, y yo pensé que más valía no hacer ningún comentario.

En cuanto libramos los alrededores de maleza y de árboles pequeños nos pusimos a la tarea de talar los árboles grandes. Cortamos un fresno de buen tamaño y lo dividimos en tablones para el suelo. Como todavía no nos había llegado el cajón, que tenían que enviarnos desde Halton, Henry Treece nos mandó una piel de oso muy grande y cómoda para que nos tapáramos, pero mi hermano no aceptó el favor y se la devolvió, diciendo que no nos hacía falta. Al cabo de varias semanas recibimos el cajón y tuvimos que pedir el buey para traerlo desde Clinton, pero mi hermano dijo que era la última vez que le pedíamos ayuda a nadie.

Fuimos andando hasta Walley y volvimos con harina y pescado en salazón cargados a la espalda. Un hombre nos cruzó en barca el río Manchester a un precio escandaloso. Por entonces no había puentes y aquel invierno los ríos no se helaron lo suficiente para poder circular por ellos a pie.

En Navidad, mi hermano me dijo que pensaba que la casa estaba en condiciones suficientemente buenas para que trajese una esposa, y así tendríamos a alguien que se ocupase de nosotros y que ordeñase la vaca cuando pudiéramos comprarla. Era la primera noticia que tenía de que quisiera casarse y le dije que no sabía que conociese a una mujer. Me dijo que no conocía a ninguna, pero que se había enterado de que se podía escribir al orfanato y preguntar si había alguna muchacha que pudieran recomendar y que estuviera dispuesta a considerar la idea, en cuyo caso él iría allí a verla. Quería una muchacha entre dieciocho y veintidós años, sana y sin miedo al trabajo y que se hubiese criado en el orfanato, no que hubiera ido allí recientemente, para que no esperase lujos ni que la sirvieran ni echara de menos la vida anterior, cuando era más fácil para ella.

Esto le resultará extraño a la gente hoy en día. No es que mi hermano no pudiera cortejar a una muchacha y casarse, porque era un hombre bien parecido, sino que no tenía ni tiempo, ni dinero ni deseos de hacerlo, porque estaba dedicado por entero a nuestras tierras. Y si elegía a una chica que tuviera padres, seguramente no les gustaría que se fuera tan lejos, con tan pocas comodidades y tanto trabajo.

Que se trataba de algo respetable queda demostrado por el hecho de que el sacerdote, el señor McBain, que había llegado hacía poco a la región, ayudó a Simon a escribir la carta y le recomendó.

Después llegó una carta diciendo que había una muchacha que cumplía las condiciones y Simon fue a Toronto y se la trajo. Se llamaba Annie, pero he olvidado su apellido de soltera. Tuvieron que vadear los arroyos de Hullet y caminar por grandes espacios cubiertos de nieve blanda después de que la diligencia los dejara en Clinton, y cuando llegaron a casa ella estaba agotada y se quedó sorprendida al ver los alrededores, porque, según dijo, nunca se había imaginado así los bosques. Se trajo un cajón con sábanas, cacerolas y platos que le habían dado unas señoras y que nos sirvieron para poner la casa más cómoda.

Un día de principios de abril, mi hermano y yo fuimos a talar árboles al extremo más lejano de nuestras tierras. Mientras Simon estuvo fuera, para casarse, yo corté bastantes en el otro extremo, cerca de las tierras de Treece, pero Simon quería que delimitáramos claramente nuestra propiedad. El día amaneció suave y había mucha nieve blanda. Estábamos derribando un árbol en el punto que quería Simon cuando, no sé cómo, se desprendió una rama en el sitio menos pensado. Sólo oí el resquebrajarse de las ramas más pequeñas: la grande le dio un golpe a Simon en la cabeza y lo mató allí mismo.

Tuve que arrastrar su cuerpo hasta la cabaña por toda la nieve. Era alto, aunque no grueso, y la tarea me resultó muy penosa, agotadora. A esas horas hacía más frío, y cuando llegué al claro del bosque vi que el viento estaba cargado de nieve, que era el principio de una tormenta. Las huellas de nuestras pisadas se habían rellenado. Simon estaba completamente cubierto de nieve, que no se derretía, y cuando su mujer salió a la puerta pensó que lo que yo iba arrastrando era un tronco.

Una vez en casa, Annie lo lavó, y después nos quedamos sentados en silencio, sin saber qué hacer. El predicador vivía en la posada, porque todavía no tenía ni iglesia ni casa, y la posada estaba sólo a unos seis kilómetros, pero se había levantado una tormenta tan fuerte que ni siquiera se veían los árboles al borde del claro. Tenía todas las trazas de ir a durar dos o tres días, porque había viento del noroeste. Sabíamos que no podíamos quedarnos con el cadáver en la cabaña ni sacarlo a la nieve por temor a los linces, así que tuvimos que enterrarlo. Como el suelo no estaba helado debajo de la nieve, cavé una tumba cerca de la casa. Annie lo metió en una sábana, la cosió, y lo bajamos hasta la tumba. No nos quedamos mucho tiempo fuera con aquel viento; rezamos una oración y leímos un salmo de la Biblia. No me acuerdo bien de cuál, pero creo que estaba al final del Libro de los Salmos y que era muy corto.

Eso pasó el día tres de abril de 1852.

Fue la última nevada del año, y más adelante vino el sacerdote, celebró los oficios y yo puse una cruz de madera. Después adquirimos una parcela en el cementerio y le coloqué una lápida, pero Simon no está allí, porque pienso que es una tontería llevar los huesos de una persona de un lado a otro cuando no son más que huesos y su alma ya ha sido juzgada.

Me quedé yo solo para talar los árboles y al poco tiempo empecé a trabajar con los Treece, que me trataron con mucho cariño. Trabajábamos juntos en sus tierras y en las mías, sin hacer diferencias entre las de unos y las de otros. Empecé a comer e incluso a dormir en su casa y entablé relación con la hija, Jenny, que era de mi edad, y decidimos casarnos. Nuestra vida en común fue muy larga, con muchas dificultades y privaciones, pero tuvimos suerte y criamos ocho hijos, que acabaron por hacerse cargo de las tierras del padre de mi mujer y de las mías, ya que mis dos cuñados se marcharon al oeste y les fue muy bien.

La mujer de mi hermano no se quedó en casa; se trasladó a Walley.

Ahora hay carreteras de grava hasta el norte, el sur, el este y el oeste, y un ferrocarril que pasa a menos de un kilómetro de mi granja. Excepto por los bosques destinados a los aserraderos, la región se ha civilizado, y a veces pienso que si hoy en día cortara tantos árboles como antes, sería rico.

El reverendo Walter McBain, pastor de la Iglesia Presbiteriana Libre de Hurón del Norte, al señor don James Mullen, juez de paz, Walley, Condados Unidos de Hurón y Bruce. 10 de septiembre de 1852.

La presente está destinada a poner en su conocimiento la posible llegada a su ciudad de una joven de esta provincia, perteneciente a mi parroquia, llamada Annie Herron, viuda. Esta joven ha dejado su hogar, situado en las cercanías de Carstairs, en el municipio de Holloway, y según tengo entendido, piensa ir a Walley a pie. Como tal vez acuda a la prisión a pedir asilo, considero mi deber decirle quién y cómo es, puesto que la conozco desde hace tiempo.

Yo llegué a esta región en noviembre del año pasado, y fui el primer sacerdote que acometió tal aventura. La mayor parte de mi parroquia se encuentra todavía en los bosques y el único lugar en el que puedo alojarme es la posada de Carstairs. Nací en el oeste de Escocia y vine a este país bajo el patronazgo del misionado de Glasgow. Tras encomendarme al Señor, Él me ordenó que llevara a cabo mi labor allí donde fuera más necesaria. Le explico todos estos pormenores con el fin de que comprenda mi punto de vista con respecto a la joven que le encomiendo.

La muchacha llegó a la región a finales del invierno para casarse con Simon Herron. Siguiendo mi consejo, este joven había escrito a la Casa de la Industria de Toronto para que le recomendasen a una muchacha cristiana, a ser posible presbiteriana, que se adaptase a sus necesidades, y la susodicha fue la recomendada. Se casó de inmediato con ella y la llevó a la cabaña que había construido con su hermano. Los dos muchachos habían venido a la región para desbrozar tierras y tomar posesión de ellas, siendo ambos huérfanos y sin grandes expectativas de futuro. Se encontraban en pleno trabajo un día de finales de invierno cuando se produjo un accidente: se desprendió una rama mientras estaban talando un árbol y cayó sobre el hermano mayor, de tal modo que le causó la muerte inmediata. El hermano menor logró llevar el cadáver hasta la cabaña, y como quedaron aislados por una fuerte nevada, celebraron un breve funeral y lo enterraron allí mismo.

El Señor es estricto en su misericordia y hemos de aceptar sus golpes como signos de su amor y su generosidad, pues tales demostrarán ser con el tiempo.

Privado de la ayuda de su hermano, el muchacho halló cobijo en el seno de una familia del vecindario, también miembros respetables de mi parroquia, que lo aceptó como un hijo más, si bien él sigue trabajando para legalizar sus tierras. La familia en cuestión también hubiera acogido de buen grado a la viuda, pero ella no quiso aceptar el ofrecimiento y, por el contrario, mostró incluso cierta aversión hacia cuantos trataron de brindarle ayuda, sobre todo hacia su cuñado, quien asegura que jamás había tenido problema alguno con ella, y hacia mí. Cuando hablé con ella, no me respondió ni dio muestras de que fuera a doblegarse. Es culpa mía no tener habilidad para hablar con las mujeres. No me gano fácilmente su confianza. Tienen una tozudez distinta a la de los hombres.

Sólo quiero decir con esto que yo no ejercía buena influencia sobre la muchacha. Dejó de venir a la iglesia, y el deterioro de sus tierras mostraba a las claras su estado de ánimo. No plantó guisantes ni patatas a pesar de que le dieron las semillas para que las sembrase entre los tocones de los árboles talados. No cortó las vides silvestres que crecían junto a su puerta. Casi nunca encendía fuego para cocer avena. Como se había marchado su cuñado, su vida transcurría sin que nadie impusiera orden en ella. Cuando fui a verla, tenía la puerta abierta y saltaba a la vista que los animales entraban y salían tranquilamente de la casa. Si estaba allí, se escondió, para burlarse de mí. Quienes la veían decían que llevaba la ropa toda sucia y andrajosa de arrastrarse entre los arbustos y que tenía arañazos de las espinas y picaduras de mosquito y que no se peinaba ni trenzaba el pelo. Creo que se mantenía gracias al pescado en salazón y el pan que le llevaban los vecinos o su cuñado.

Un día, cuando todavía estaba preocupado por cómo proteger su cuerpo en el invierno y enfrentarme a un peligro aún más grave, el de su alma, me llegó la noticia de que se había marchado. Se fue sin capa ni sombrero, dejó la puerta abierta, y en el suelo de la cabaña, con un palo quemado, escribió dos palabras: «Walley. Prisión». A mi entender, esto significa que tiene intención de ir a refugiarse allí. Su cuñado piensa que no serviría de nada que él fuese a buscarla, y yo no puedo salir de aquí porque estoy asistiendo a un moribundo. Por tanto, le ruego ponga en mi conocimiento si la muchacha ha llegado, en qué estado se encuentra y si usted va a ocuparse de ella. Sigo considerándola feligresa mía, e intentaré ir a verla antes del invierno si usted logra mantenerla ahí. Pertenece a la Iglesia Libre de la Alianza, y como tal tiene derecho a un sacerdote de su credo, por lo que no sería suficiente un sacerdote de la Iglesia de Inglaterra, la anabaptista o la metodista.

En el caso de que no se presente en la prisión y esté vagabundeando por las calles, he de decirle que es una muchacha alta, de cabello oscuro, delgada, no muy agraciada pero tampoco desagradable, salvo que tiene un ojo un tanto desviado.

El señor don James Mullen, juez de paz, Walley, al reverendo Walter McBain, Hurón del Norte. 30 de septiembre de 1852. Recibí su carta en relación con la joven llamada Annie Herron en un momento sumamente oportuno. La muchacha llegó a Walley sana y salva, si bien débil y hambrienta tras el viaje, cuando se presentó en la cárcel. Al preguntársele el motivo por el que había venido, contestó que para confesar un asesinato y ser encarcelada. Al ser poco menos de medianoche, hubo de celebrarse un consejo, y yo accedí a que pasara la noche en una celda. Al día siguiente fui a verla y me enteré del máximo de detalles.

Todo lo que me contó sobre su crianza en el orfanato, el haber sido aprendiza de modista, la boda y su estancia en Hurón del Norte coincide con lo que usted me había dicho. Las cosas empiezan a variar cuando la joven narra la muerte de su marido, porque lo que ella dice es lo siguiente:

El día de principios de abril en el que su marido y su cuñado fueron a talar árboles, le pidieron que preparase comida, pero como no estaba lista cuando ellos partieron, dijo que se la llevaría al bosque. Así que hizo un poco de pan, envolvió pescado en salazón y, siguiendo las huellas que ellos habían dejado, llegó a donde estaban trabajando. Pero al desenvolver la comida, su marido se enfadó terriblemente, porque la había dispuesto de tal manera que el aceite, todo lleno de sal, había empapado el pan y estaba desmigajado y nada apetecible. El marido montó en cólera y le aseguró que en cuanto tuviera tiempo le daría una buena paliza. Después, como estaba sentado sobre un tronco, le volvió la espalda. Ella cogió una piedra y se la tiró: le dio en la cabeza y el muchacho se desplomó, inconsciente, y murió. A continuación, la joven arrastró el cadáver hasta la casa junto con su cuñado. Como se levantó una terrible tormenta, quedaron aislados. El cuñado le dijo que no debían desvelar la verdad, puesto que no había habido intención de asesinato, y ella accedió. Entonces le enterraron —en este punto coinciden los dos relatos, el de usted y el de la muchacha—, y aquí podría haber terminado el asunto, pero la muchacha empezó a desesperarse, convencida de que le había matado a propósito. Según su versión, si no le hubiera matado, su marido le habría dado una paliza aún peor y, al fin y al cabo, ¿para qué arriesgarse a semejante cosa? Por último, se decidió a confesar el crimen y para demostrarlo me trajo un mechón de cabello con sangre seca.

Tal es su versión, y yo no puedo creérmela. Es imposible que esta muchacha cogiese una piedra, con la poca fuerza que tiene, y matase a un hombre. Al preguntarle sobre este particular, me contó otra historia: me dijo que era una piedra muy grande, que la cogió con las dos manos y que, en lugar de arrojarla, se la estrelló a su marido contra la nuca. Yo le dije que por qué no se lo había impedido su cuñado y me contestó que porque estaba mirando hacia otro lado. Entonces le dije que tenía que haber una piedra llena de sangre en el bosque, a lo que ella respondió que la había limpiado con nieve. —Francamente, no parece muy fácil encontrar una piedra así como así con todo cubierto de nieve.— Le pedí que se subiera una manga para juzgar la fortaleza de sus músculos, y me dijo que unos meses antes era más robusta.

He llegado a la conclusión de que miente, o de que sufre alucinaciones. Pero la única solución que he encontrado de momento es que siga en la prisión. Cuando le pregunté qué pensaba que iba a ocurrirle me dijo que la juzgarían y la ahorcarían. Pero después añadió: «Como no ahorcan a nadie en invierno, puedo quedarme hasta la primavera. Y si me permiten que trabaje aquí, a lo mejor quieren que siga trabajando y no me ahorcan.» No sé de dónde ha sacado la idea de que no hay ejecuciones en invierno. Con esta muchacha me siento completamente desconcertado. Como quizá sepa usted, se ha construido una prisión nueva, excelente, donde los internos están muy cómodos, se les da bien de comer y se les trata con humanidad, y hay quien se lamenta de que no se arrepientan y, en esta época del año, incluso de que se alegren de entrar aquí. Pero, evidentemente, la muchacha no puede seguir en la calle mucho tiempo y, por lo que usted me dice, no está dispuesta a vivir con amigos ni es capaz de procurarse un hogar decente. Actualmente, la prisión sirve para custodiar a los dementes y a los delincuentes, y si se la acusa de demencia, podría mantenerla aquí durante el invierno y tal vez trasladarla a Toronto en primavera. Le hablé sobre la carta que me había escrito usted y sobre su idea de venir a verla, algo que no parece agradarle en absoluto. Ha pedido que no venga a verla nadie, salvo la señorita Sadie Johnstone, que no se encuentra en esta región del país.

Le adjunto una carta que he escrito al cuñado de la muchacha para que se la entregue usted, y así pueda informarme de lo que le cuenta y me diga su opinión. Le agradezco de antemano que se la dé, así como las molestias que se ha tomado para proporcionarme tantos datos. Yo soy miembro de la Iglesia de Inglaterra, pero respeto profundamente la labor de otras confesiones protestantes por haber impuesto una vida ordenada en esta parte del mundo en la que nos hallamos. Puede confiar en que haré cuanto esté en mi mano para que se haga usted cargo del alma de esta joven, pero tal vez convenga esperar a que ella tenga una actitud favorable.

El reverendo Walter McBain al señor don James Mullen. 18 de noviembre de 1852.

Llevé inmediatamente su carta al señor Herron y, según creo, le ha contestado con su versión de los hechos. Lo que asegura su cuñada le dejó atónito, porque ella jamás le había contado semejante cosa ni a él ni a nadie. Dice que es todo pura invención o fantasía, ya que la muchacha no estaba en el bosque cuando ocurrió el accidente ni había necesidad de que estuviera, porque cuando salieron de casa llevaban comida. Además, dice que en una ocasión su hermano la riñó por haber estropeado unas barras de pan al dejarlas junto a un trozo de pescado, pero que no ocurrió aquel día, y que no había piedras por los alrededores, por lo que no pudo haber hecho tal cosa ni siquiera si hubiera sentido el impulso.

El retraso en contestar a su carta, por lo que le pido disculpas, se ha debido a mi mala salud. He sufrido un ataque de mal de piedra y de reumatismo del estómago que me ha hecho padecer lo indecible. En estos momentos me encuentro mejor, y si continúa la mejoría, podré reanudar mis actividades de costumbre la semana próxima.

Con respecto a su pregunta sobre la cordura de la muchacha, no sé qué opinará el médico, pero yo he pensado sobre el asunto y he planteado mis dudas a la Divinidad, y lo que creo es lo siguiente. Podría haber ocurrido que, en los primeros tiempos de su matrimonio, la muchacha no prestara total obediencia a su esposo y que descuidara sus deberes hacia él, que hubiera malas palabras y una conducta díscola, así como esos dolorosos silencios y enfados a los que tan proclives son las de su sexo. Como la muerte del esposo tuvo lugar antes de haber puesto remedio a tal situación, debió de sentir terribles remordimientos, algo muy natural, y tales sentimientos se apoderaron de su mente con tal fuerza que empezó a considerarse la verdadera culpable de la muerte. Así creo que es como enloquecen muchas personas. Al principio, la locura se toma como una especie de juego, frivolidad y audacia por los que más adelante se es castigado, al descubrir que ya no se trata de un juego y de que el Diablo está de por medio. Sigo confiando en poder hablar con ella y hacérselo comprender. Actualmente atravieso graves dificultades, no sólo a causa de mi lamentable estado físico sino también por estar alojado en un lugar detestable y sucio, obligado a oír noche y día tal alboroto que me impide dormir y estudiar e incluso orar. El viento sopla despiadadamente por entre los troncos, pero si bajo a sentarme junto a la chimenea, he de soportar los excesos de la bebida y las insolencias más inadmisibles. Y fuera no hay nada sino árboles que bloquean todos los caminos y barro helado que devora a hombres y caballos. Se me había prometido que construirían una iglesia y una casa, pero quienes tal prometieron están demasiado ocupados con sus propios asuntos y no parece que vayan a cumplirlo. Sin embargo, no he dejado de predicar, incluso durante mi enfermedad, en los cobertizos y habitaciones que se me ofrecen. Cobro ánimos al recordar a un gran predicador e intérprete de la voluntad del Señor, Thomas Boston, que en sus días de padecimiento predicaba desde la ventana de su estancia ante una multitud de unas dos mil personas que se congregaba en el patio. De modo que tengo intención de predicar hasta el final, si bien mis feligreses nunca serán tan numerosos.

«Cualesquiera desgracias que nos sobrevengan, son la voluntad del Señor.» Thomas Boston.

«Este mundo es un Vía Crucis en el que podemos cambiar de estación, pero sólo para pasar de una a otra.» Ibídem.

El señor don James Mullen al reverendo Walter McBain. 17 de enero de 1853.

He de comunicarle que la salud de nuestra joven se ha fortalecido y que ya no parece un espantapájaros: come bien y se asea. Además, su ánimo se ha tranquilizado. Ha empezado a remendar la ropa de cama de la prisión y lo hace bien. Pero también he de decirle que mantiene la misma actitud de firme rechazo ante la idea de recibir visitas, y en consecuencia le aconsejo que no venga, porque se tomaría molestias en vano. El viaje en invierno es muy duro y no le haría ningún bien a su salud.

El cuñado de la muchacha me ha escrito una carta muy sensata en la que asegura que lo que cuenta la joven es totalmente falso, de modo que me doy por satisfecho.

Quizá le interese saber lo que dice el médico que la ha atendido. Opina que está sometida a una especie de ilusión propia del sexo femenino, motivada por el deseo de sentirse importante, así como de huir de la monotonía de la vida o de las penalidades entre las que se ha criado. Las féminas pueden creerse poseídas por las fuerzas del mal, haber cometido delitos espantosos, y así sucesivamente. A veces cuentan que han tenido varios amantes, pero tales amantes son imaginarios y las mujeres que se consideran paradigmas del vicio son en realidad castas. Por todo lo anterior, el médico culpa de la situación a las lecturas a las que tienen acceso estas mujeres, ya se trate de fantasmas o demonios o de fugas con duques y marqueses. Muchas olvidan esta inclinación cuando han de enfrentarse a los deberes de la vida real. Otras se abandonan a ellas de vez en cuando, como ocurre con los dulces o el jerez, y otras viven por completo en estas historias, entregándose a ellas como a un sueño inducido por el opio. El médico no ha averiguado si la joven se ha dedicado a tales lecturas, pero piensa que es posible que las haya olvidado o que lo oculte deliberadamente.

Con su interrogatorio ha salido a la luz algo que no sabíamos. Al preguntarle si no temía la horca, ella dijo que no, porque hay una razón para que no la cuelguen. «¿Quieres decir que al juzgarte llegarán a la conclusión de que estás loca?», le preguntó el médico, y ella contestó: «Bueno, a lo mejor, pero además, ¿no es verdad que no pueden ahorcar a una mujer que espera un hijo?». El médico la reconoció para ver si era cierto, y la joven accedió a que la examinara, por lo que debió de asegurar que estaba embarazada de buena fe. No obstante, se descubrió que no era así. Lo que ella consideraba síntomas de embarazo no eran sino las consecuencias de llevar tanto tiempo comiendo mal y en un estado tan penoso, lo que posiblemente ha provocado la histeria. El médico le comunicó lo que había descubierto, pero resulta difícil saber si ella lo cree o no.

Hay que reconocer que este país es muy duro para las mujeres. Recientemente hemos admitido a otra demente, cuyo caso es más digno de lástima, ya que se volvió loca a consecuencia de una violación. Los dos violadores están presos, en el piso de arriba, en la sección de hombres. A veces, los gritos de la víctima resuenan durante horas enteras y por eso la prisión ha dejado de ser un refugio agradable. Pero no sé si esta circunstancia convencerá a nuestra supuesta asesina de que debe retractarse y marcharse de aquí. Es buena costurera y podría encontrar trabajo si quisiera.

Lamento que se encuentre usted tan mal de salud y que su alojamiento no reúna condiciones. La ciudad se ha hecho tan civilizada que nos hemos olvidado de las penalidades del interior, y quienes, como usted, deciden enfrentarse a ellas, merecen toda nuestra admiración. Pero permítame decirle que una persona no demasiado fuerte no será capaz de soportar tal situación durante mucho tiempo. No me cabe duda de que su iglesia no consideraría un abandono de sus deberes que decidiera seguir sirviéndola en un lugar más cómodo.

Le adjunto una carta escrita por la joven, dirigida a la señorita Sadie Johnstone, que vive en King Street, en Toronto. La interceptamos con el fin de obtener más datos sobre su estado mental, volvimos a franquearla y la enviamos. Pero ha sido devuelta, con la leyenda de «Desconocida». No se lo hemos dicho a la remitente con la esperanza de que vuelva a escribir, con más detalles, y nos desvele algo que nos sirva de ayuda para saber si miente deliberadamente o no.

La señora doña Annie Herron, Prisión de Walley, Condados Unidos de Hurón y Bruce, a la señorita Sadie Johnstone, 49 King Street, Toronto. 20 de diciembre de 1852.

Sadie, aquí estoy bastante bien, sana y salva, y no tengo queja ni de la comida ni de las mantas que me dan. Es un buen edificio de piedra, un poco como el orfanato. Si pudieras venir a verme me alegraría mucho. Hablo muchas veces contigo en mi imaginación pero no quiero escribirlo porque igual me espían. Aquí me dedico a coser, la ropa no estaba en muy buen estado cuando llegué pero ahora sí. Y estoy haciendo unas cortinas para el teatro de la Ópera, un encargo que me han hecho. Espero verte. La diligencia llega justo hasta aquí. A lo mejor no te apetece venir en invierno pero en primavera seguro que sí.

Señor don James Mullen, al reverendo Walter McBain. 7 de abril de 1853.

Aunque no he recibido respuesta a mi última carta, espero que se encuentre bien y que siga interesado en el caso de Annie Herron. Continúa aquí, cosiendo para encargos que yo le encuentro fuera. No se ha vuelto a hablar ni del embarazo, ni de la horca, ni de la historia que contaba. Ha escrito otra carta a Sadie Johnstone, muy breve, y se la adjunto. ¿Tiene usted idea de quién puede ser esta muchacha, Sadie Johnstone?

Sadie, no me contestas, creo que no te han mandado mi carta. Hoy es 1 de abril, pero no como el día de los inocentes de otros años, cuando nos reíamos tanto. Por favor, ven a verme si puedes. Estoy en la prisión de Walley, pero estoy bien.

Señor don James Mullen, propietario de la posada de Carstairs, Edward Hoy. 19 de abril de 1853.

Devuelta su carta dirigida al señor McBain muerto aquí en la posada el 25 de febrero. Hay unos libros, nadie los quiere.

III

Annie Herron, Prisión de Walley, a Sadie Johnstone, Toronto. Quien la encuentre, por favor que la envíe.

George lo iba arrastrando por la nieve y yo pensé que era un tronco lo que estaba arrastrando. No sabía que era él. George me lo dijo. Le ha dado un golpe una rama que se ha caído, eso me dijo. No me dijo que se había muerto. Yo quise hablarle. Tenía la boca medio abierta, con nieve. También tenía así los ojos. Tuvimos que llevarlo dentro porque se levantó una tormenta tremenda. Lo arrastramos tirando cada uno de una pierna. Yo me imaginé que tiraba de un tronco cuando le cogí la pierna. Dentro tenía el fuego encendido, hacía calor y se le derritió la nieve que llevaba encima. Le corría un poco de sangre alrededor de la oreja. Yo no sabía qué hacer y me daba miedo acercarme a él. Me parecía que me estaba mirando.

George se sentó junto al fuego con las botas y el abrigo puestos. Volvió la cabeza. Yo me senté al lado de la mesa, que era de troncos partidos por la mitad. Le dije: ¿cómo sabes que está muerto? Tócalo y lo sabrás, me dijo. Pero yo no lo hice. Caía una nevada de miedo y el viento soplaba entre los árboles y sobre el tejado de la cabaña. Dije: Padre nuestro que estás en los Cielos, y así me armé de valor. Lo repetí cada vez que hacía cualquier movimiento. Le dije a George que tenía que lavarlo, que me ayudara. Cogí el cubo que me servía para derretir la nieve. Empecé por los pies y tuve que quitarle las botas, lo que me costó mucho trabajo. George no se dio la vuelta ni me hizo caso, ni me ayudó cuando se lo pedí. No le quité los pantalones ni el abrigo, porque no pude. Pero le lavé las manos y las muñecas, sin tocarle la piel, sólo con el trapo. Había sangre y agua de la nieve que se había derretido en el suelo, debajo de la cabeza y los hombros, así que quise limpiarla pero no fui capaz. Entonces le tiré a George de una manga. Le dije que me ayudara, y él, ¿qué?, me dice. Que tenemos que darle la vuelta. Así que me ayudó y le dimos la vuelta, para ponerlo boca abajo. Y entonces... entonces vi el hachazo.

Ninguno de los dos dijimos nada. Lo lavé, la sangre y todo lo demás. Le dije a George, ve a mi cajón y saca una sábana. Era la sábana buena, la que nunca ponía en la cama. Pensé que para qué iba a quitarle la ropa aunque fuera buena. Habríamos tenido que cortarla por donde la sangre estaba pegada y nos habríamos quedado nada más que con andrajos. Le corté un poquito de pelo porque me acordé de que cuando murió Lila en el orfanato, lo hicieron. Después George me ayudó a envolverlo en la sábana y me puse a coserla. Mientras estaba cosiendo le dije que fuera a donde teníamos la leña, a ver si podía cavar una tumba. Quita la leña, que a lo mejor el suelo está más blando ahí, le dije.

Para coser tuve que agacharme o sea que casi estaba en el suelo. Primero cosí la parte de la cabeza doblando la sábana porque tenía que mirarle los ojos y la boca. George salió y en medio de la nevada oí que estaba haciendo lo que yo le había dicho y que tiraba leña contra la pared de la casa. Seguí cosiendo y con cada trozo de su cuerpo que perdía de vista decía en voz alta, ya falta poco, ya falta poco. Arreglé bien el doblez de la cabeza pero para los pies no me quedaba suficiente tela así que tuve que tapárselos con las enaguas de ojetes que hice en el orfanato cuando aprendí a bordar y al final quedó todo cubierto.

Salí a ayudar a George. Había quitado toda la leña y estaba cavando. El suelo estaba bastante blando, como yo pensaba. Como él tenía el pico yo cogí la pala y mientras él cavaba yo fue quitando la tierra. Después lo sacamos de la casa. No podíamos arrastrarle por las piernas, así que George le cogió por la cabeza y yo por los tobillos y le hicimos rodar por la nieve y después le tapamos con tierra. Como no podía amontonar suficiente tierra con la pala la cogí con las manos y empujé con los pies. Después George lo aplastó todo con la pala, cogimos la leña que había en la nieve y volvimos a ponerla en su sitio para que nadie se diese cuenta de que se había cambiado de sitio. Creo que no llevábamos ni gorros ni bufandas pero con tanto esfuerzo entramos en calor.

Metimos más leña en casa y atrancamos la puerta con la barra. Limpié la puerta y le dije a George que se quitara las botas y después el abrigo. Hizo todo lo que le dije y se sentó junto al fuego. Preparé ese té que me enseñó a hacer la señora Treece y le puse un trozo de azúcar, pero George no quiso tomárselo. Le pregunté que si estaba demasiado caliente. Lo dejé enfriar pero tampoco se lo tomó. Y entonces empecé a hablar con él.

No lo habrás hecho a propósito, ¿verdad?

Estabas enfadado, no querías hacerlo.

Había visto muchas veces lo que te hacía a ti. Vi cómo te daba un golpe por cualquier tontería y tú te levantabas y no decías nada. Pues lo mismo me hacía a mí.

Si no lo hubieras hecho tú, él te lo hubiera hecho a ti.

Oye, George, espera. Un momento.

Si confiesas, ¿no sabes qué te pasará? Pues que te ahorcarán. Y muerto, no le servirás de nada a nadie. ¿Qué pasará con tus tierras? Seguramente volverán a la Corona y las cogerá otro que se aprovechará de todo el trabajo que tú has hecho. ¿Qué será de mí si te llevan preso?

Tenía unas tortas de avena frías y las calenté. Le puse una en las rodillas. La cogió, la mordió y masticó un poco pero no le entraba y la escupió al fuego.

Le dije, mira, yo sé más cosas que tú, porque soy mayor. Y además soy religiosa, le rezo a Dios todas las noches y Él escucha mis oraciones. Sé lo que quiere Dios igual de bien que cualquier predicador y sé que no quiere que ahorquen a un buen chico como tú. Lo único que tienes que hacer es decir que lo sientes. Decir que lo sientes de verdad y Dios te perdonará. Yo diré lo mismo, que lo siento porque al ver que estaba muerto no deseé que estuviera vivo, ni un segundo. Diré, que Dios me perdone y tú haces lo mismo. Ponte de rodillas.

Pero no quiso hacerlo. No se movió de la silla. Y entonces yo dije, vale. Tengo una idea. Voy a coger la Biblia. ¿Crees en la Biblia? Di que sí. Di que sí con la cabeza.

No sé si dijo que sí o que no, pero bueno. Ya está. Ahora voy a hacer lo que hacíamos en el orfanato cuando queríamos saber qué nos iba a pasar o qué íbamos a hacer en la vida. Abríamos la Biblia por cualquier sitio, señalábamos una página con el dedo, abríamos lo ojos y leíamos el versículo en el que teníamos el dedo y así nos enterábamos de lo que queríamos saber. Para que sea todavía más seguro, cuando cierres los ojos di, que Dios guíe mi dedo.

No levantó la mano de las rodillas así que le dije, vale. Lo haré yo por ti. Lo hice y leí lo que tenía señalado con el dedo. Acerqué la Biblia al fuego para poder ver.

Era algo sobre cuando te haces viejo y se te pone el pelo blanco, algo así como «Oh, Dios, no me abandones», y dije: eso significa que vivirás hasta que seas viejo y se te ponga el pelo blanco y que antes no te va a pasar nada. Lo dice la Biblia.

Después seguía con que no sé quién conoció a no sé quién y ella concibió y le dio un hijo.

Dice que tendrás un hijo. Tienes que seguir viviendo y hacerte mayor y casarte y tener un hijo, le dije.

Pero el versículo siguiente lo recuerdo tan bien que puedo escribirlo entero. «Y tampoco pueden probar las cosas de las que ahora me acusan.»

George, ¿lo has oído?, le pregunté. «Y tampoco pueden probar las cosas de las que ahora me acusan.» Eso significa que no corres peligro.

No corres peligro, o sea que levántate. Ve a acostarte y duérmete.

Como no lo hacía, tuve que hacerlo yo. Le empujé y no paré de empujarle hasta que le puse de pie y le llevé a la cama, no la suya, que estaba en un rincón, sino la grande. Le hice sentarse y después le acosté. Le di la vuelta y le quité la ropa, menos la camisa. Le castañeteaban los dientes y me dio miedo de que igual hubiera cogido frío y que tuviera fiebre. Calenté las planchas de hierro, las envolví en un paño y se las puse junto a los costados. En casa no había ni whisky ni coñac, sólo teníamos el té. Le puse más azúcar y empecé a dárselo con una cuchara. Le froté los pies con las manos, después los brazos y las piernas. Empapé unos trapos en agua caliente y se los puse sobre el estómago y el corazón. Empecé a hablarle de una forma distinta, muy suave, y le dije que se durmiera, que cuando se despertase tendría las ideas claras y le habrían desaparecido todos los miedos.

Le cayó una rama encima. Eso es lo que tú me has contado y me lo puedo imaginar. La veo cayendo como un rayo y otras ramas desgajándose en menos de un santiamén y tú sin saber qué está pasando, y de repente él está muerto.

Cuando conseguí que se durmiera me acosté a su lado. Me quité la blusa y vi los moratones que tenía en los brazos. Me subí la falda para ver si todavía tenía lo mismo en las piernas y claro que lo tenía. También tenía el dorso de la mano amoratado y me dolía de los mordiscos que yo misma me había dado.

No pasó nada malo después de acostarme pero me pasé la noche en vela, para ver si George respiraba y tocándole para ver si estaba caliente. Me desperté con las primeras luces y encendí la chimenea. George se despertó al oírme y estaba mejor. No es que se hubiera olvidado de lo que había pasado pero se puso a hablar como si tal cosa. Dijo que teníamos que haber rezado algo de la Biblia. Abrió la puerta y había un montón de nieve pero el cielo se estaba aclarando. Fue la última vez que nevó aquel invierno.

Salimos y rezamos el Padrenuestro. Después dijo: ¿dónde está la Biblia? ¿Por qué no está en la estantería? Cuando la saqué de detrás de la chimenea me preguntó que qué hacía allí. Yo no le recordé nada. Como George no sabía qué leer yo elegí el salmo 131, que había aprendido en el orfanato. «Señor, ni mi corazón es orgulloso ni mi mirada altiva. Sé que me he portado como un niño destetado: también mi alma es como un niño destetado.» Lo leyó él. Después dijo que iba a abrir un sendero en la nieve para ir a contárselo a los Treece. Yo me puse a cocinar. Él salió, trabajó mucho pero no se cansó ni volvió a comer, y yo estaba esperándole. Abrió un sendero larguísimo, que no se veía desde la casa. Se marchó y no volvió. No volvió hasta que estaba casi oscurecido y me dijo que ya había cenado. Yo le pregunté que si les había dicho lo del árbol. Entonces fue la primera vez que me miró de mala manera. Igual que su hermano. No volví a hablarle sobre lo que había ocurrido, ni siquiera a mencionar el asunto. Y él tampoco volvió a hablarme de ello, sólo que a veces me decía cosas en sueños. Pero yo comprendía la diferencia entre cuando estaba despierta y cuando estaba dormida, y cuando estaba despierta era sólo lo de que me miraba de mala manera.

La esposa de Treece vino a verme para que me fuera a vivir con ellos, como estaba haciendo George. Me dijo que podía comer y dormir allí, que tenían camas suficientes. Pero yo no quise. Ellos creían que era por la pena que sentía pero la verdad es que era porque no quería que me vieran los moratones y porque estarían esperando verme llorar. Le dije que no me daba miedo estar sola.

Casi todas las noches soñaba que venía uno de ellos y me perseguía con un hacha. Siempre era él o George, uno de los dos. Y a veces no era con el hacha, sino con una piedra grande que uno de ellos sujetaba con las dos manos y me esperaba detrás de la puerta. Los sueños sirven para avisarnos de algo.

No me quedé en la casa para que no me encontrase y cuando dejé de dormir allí y empecé a dormir fuera, no tenía ese sueño con tanta frecuencia. De repente empezó a hacer calor y se llenó todo de moscas y mosquitos pero no me molestaban demasiado. Veía las picaduras pero no las sentía, otra señal de que fuera de la casa estaba protegida. Cuando oía que se acercaba alguien me escondía. Comía fresas y otras frutas silvestres y Dios me protegió de las malas.

Al cabo del tiempo empecé a tener otro sueño. Soñaba que venía George y me hablaba, todavía mirándome mal, pero intentaba disimularlo y ser amable. No paraba de aparecérseme en sueños y de decirme mentiras. Empezaba a hacer frío pero yo no quería volver a la cabaña y como amanecía con rocío me despertaba empapada porque dormía sobre la hierba. Fui a la casa y abrí la Biblia para ver qué debía hacer.

Y ahora estoy recibiendo el castigo por no haber obrado bien porque no entendí lo que me decía la Biblia, no me enteré de lo que tenía que hacer. Obré mal cuando estaba buscando algo para George y no leí exactamente el párrafo en el que tenía el dedo sino que le eché una ojeada a lo demás y encontré algo que venía más a cuento. También hacía eso cuando buscábamos versículos en el orfanato y siempre me salían cosas buenas pero nadie se dio cuenta ni sospechó de mí. Ni siquiera tú, Sadie.

Así que ahora estoy recibiendo mi castigo porque por mucho que busqué no encontré nada que me ayudara. Pero se me ocurrió venir aquí, porque había oído que se estaba bien y que los vagabundos querían que los encerrasen aquí o sea que pensé, pues yo también, y se me ocurrió una cosa para contarles. Les dije la misma mentira que George me contaba en sueños, para intentar convencerme de que había sido yo y no él. Aquí estoy a salvo de George y eso es lo principal. Si piensan que estoy loca yo sé que no es verdad y estoy a salvo. Lo único es que me gustaría que vinieras a verme.

Cuando termine de escribir esta carta la meteré en el paquete de las cortinas que estoy haciendo para el teatro de la Ópera y escribiré: Quien la encuentre, por favor que la envíe. Me fío más de eso que de darla aquí porque ya he visto lo que ha pasado con las dos cartas anteriores, que no las han enviado.

IV

La señorita Christena Mullen, Walley, al señor don Leopold Henry, Departamento de Historia, Universidad de Queen, Kingston. 8 de julio de 1959.

Sí, soy la misma señorita Mullen a la que la hermana de Treece Herron recuerda de haber ido a la granja, y me encanta que dijera que yo era una jovencita guapa con sombrero y velo. Era el velo que llevaba cuando iba en coche. La señora mayor de la que habla era la cuñada del abuelo del señor Herron, si no me equivoco. Como está usted escribiendo la biografía, conocerá bien las relaciones familiares. Yo nunca voté a Treece Herron porque soy conservadora, pero era un político brillante, y como bien dice usted, una biografía suya despertará un poco de atención hacia esta región del país, que tantas veces se ha calificado de «mortalmente aburrida».

Me sorprende bastante que la hermana no hable del coche. Era un Stanley con motor de vapor. Me lo compré al cumplir los veinticinco años, en 1907. Me costó mil doscientos dólares, una parte de lo que heredé de mi abuelo, James Mullen, que era juez de paz en Walley y ganó bastante dinero comprando y vendiendo tierras.

Como mi padre murió joven, mi madre se instaló en casa de mi abuelo con nosotras, las cinco hijas. Era una casa grande de piedra llamada Traquair, en la actualidad un reformatorio. A veces, digo en broma que siempre lo fue.

Cuando yo era joven, teníamos jardinero, cocinera y costurera. Eran auténticos «personajes», siempre dispuestos a pelearse. Trabajaban en casa gracias a mi abuelo, que se interesó por ellos cuando estaban internos en la Prisión del Condado —así se llamaba antes— y acabó por traérselos.

Cuando compré el coche era la única hija que seguía viviendo en casa, y la costurera la única de las antiguas sirvientas que quedaba. La llamaban la Vieja Annie y a ella no le importaba. Incluso firmaba así cuando le escribía notas a la cocinera, como: «El té no estaba caliente, ¿no has calentado la tetera? La Vieja Annie».

Todo el piso tercero eran los dominios de la Vieja Annie, y Dolly, una de mis hermanas, decía que cuando soñaba con nuestra casa, o sea, con Traquair, aparecía la Vieja Annie en lo alto de las escaleras del tercer piso blandiendo la vara de medir, con un vestido negro con mangas largas, como una araña.

Tenía un ojo que se le iba hacia un lado y por eso daba la impresión de enterarse de más cosas que las demás personas.

Nos tenían dicho que no molestáramos a los criados con preguntas sobre su vida privada, sobre todo a los que habían estado en prisión pero, naturalmente, lo hacíamos. A veces, la

Vieja Annie llamaba a la prisión el asilo. Decía que la chica que dormía en la cama al lado de la suya no paraba de gritar y que por eso se escapó y se fue a vivir al bosque. Por lo visto, a aquella muchacha le dieron una paliza por dejar que se apagase el fuego. Cuando le preguntábamos por qué había estado en la cárcel, decía: «¡Porque les conté una mentirijilla!». Así que durante algún tiempo creímos que se iba a la cárcel por decir mentiras.

Los días que estaba de buen humor jugaba con nosotras al escondite. A veces, cuando estaba de mal humor, nos clavaba alfileres aprovechando que nos estaba subiendo el bajo de un vestido si nos dábamos la vuelta demasiado deprisa o nos parábamos demasiado pronto. Decía que conocía un sitio en el que podías coger ladrillos y ponérselos en la cabeza a los niños para que no crecieran. Detestaba hacer trajes de novia —¡para mí no tuvo que hacerlo nunca!— y los hombres con los que se casaron mis hermanas no le parecían gran cosa. Odiaba tanto al prometido de Dolly que al coserle el vestido le pegó mal las mangas, a propósito, y eso le costó muchas lágrimas a mi hermana. Pero nos hizo unos vestidos de fiesta preciosos cuando vinieron a Walley el gobernador y lady Minto.

Con respecto a su matrimonio, unas veces decía que había estado casada y otras que no. Nos contaba que había ido un hombre al orfanato y que obligaron a desfilar a todas las chicas delante de él y que el hombre dijo: «Me llevo a la del pelo negro», o sea, la Vieja Annie, pero ella se negó a irse con él, a pesar de que era rico y de que había llegado allí en un buen carruaje. Como el cuento de Cenicienta pero con un final distinto. Después, un oso mató a su marido en el bosque, y mi abuelo mató el oso, envolvió a la Vieja Anne en su piel y la trajo a casa.

Mi madre siempre nos decía: «Vamos, niñas. No le tiréis de la lengua a la Vieja Annie y no os creáis ni una sola palabra de lo que cuenta».

Quizá me esté extendiendo demasiado, pero es porque usted me dijo que le interesaban los detalles de la época. Como la mayoría de las personas de mi edad, a lo mejor se me olvida comprar la leche pero soy capaz de recordar de qué color era el abrigo que tenía a los ocho años.

Pues bien: cuando me compré el Stanley, la Vieja Annie me pidió que diéramos una vuelta en él. Pero lo que tenía en mente era algo más que una excursión. Me sorprendió, porque nunca le habían gustado las excursiones. Se negó a ir a las cataratas del Niágara e incluso al puerto a ver los fuegos artificiales el primero de julio. Además, le daban miedo los automóviles y no se fiaba de mí como conductora. Pero lo más sorprendente fue que quisiera ir a ver a alguien. Quería ir a Carstairs a ver a la familia Herron que, según ella, eran sus parientes. Esta gente nunca le había hecho visitas ni le había enviado cartas, y cuando le pregunté si les había escrito para saber si podíamos ir a verlos, me contestó: «Yo no sé escribir.» Una estupidez, desde luego, porque le escribía notas a la cocinera y a mí unas listas larguísimas con las cosas que quería que comprase en la plaza o en el centro: tafetán, galones, bucarán, y lo escribía bien.

—No tienen que saberlo de antemano —dijo—. En el campo es distinto.

A mí me encantaba salir con el Stanley. Llevaba conduciendo desde los quince años pero era mi primer coche propio y seguramente el único de vapor del condado de Hurón. Todo el mundo corría para verlo pasar. No hacía un ruido espantoso ni traqueteaba como otros coches sino que se deslizaba en silencio, casi como un barco con las velas desplegadas sobre las aguas del lago y no ensuciaba el aire sino que dejaba una estela de vapor. Los Stanley se prohibieron en Boston porque el vapor formaba niebla. Y a mí me encantaba decirle a la gente que yo tenía un coche que estaba prohibido en Boston.

Salimos un domingo de junio, bastante temprano. El vapor tardó unos veinticinco minutos en ponerse a punto y durante todo ese tiempo la Vieja Annie estuvo en el asiento delantero, muy erguida, como si ya hubiera empezado el espectáculo en la carretera. Las dos llevábamos velo y guardapolvos largos pero su vestido era de seda, de color ciruela. En realidad, era el que le había hecho a mi abuela cuando le presentaron al príncipe de Gales, pero arreglado.

El coche recorrió kilómetros y kilómetros divinamente. Podía llegar a los ochenta por hora, pero preferí no forzarlo. No quería que la Vieja Annie se pusiera nerviosa. La gente estaba todavía en la iglesia cuando partimos, pero más tarde la carretera se llenó de caballos y calesas que volvían a casa. Yo conducía con cuidado, sorteándolos, pero al parecer la Vieja Annie no quería tanta moderación y no paraba de decir: «Apriétala», refiriéndose a la bocina, que estaba debajo de un guardabarros, a mi lado.

La Vieja Annie no debía de haber salido de Walley desde antes de que yo naciera. Cuando cruzamos el puente de Saltford —el viejo puente de hierro donde se producían tantos accidentes por las curvas de los dos extremos—, me dijo que antes había que pasar el río en barca y pagar al barquero.

—Como yo no tenía dinero cruzaba pisando las piedras, con las faldas subidas. Un verano estaba así de seco.

Naturalmente, yo no sabía a qué verano se refería.

Y de repente me dice:

—Mira los sembrados. ¿Dónde han ido a parar los árboles, el bosque? ¡Y fíjate en lo recta que es la carretera, y están construyendo las casas de ladrillo! ¿Qué son esos edificios que parecen iglesias de lo grandes que son?

—Graneros —le dije.

Yo conocía el camino hasta Carstairs pero esperaba que la Vieja Annie me ayudase cuando llegásemos. Pero no ocurrió así. Recorrimos la calle mayor de arriba a abajo esperando a que reconociese algo.

—Si por lo menos viese la posada, me orientaría, —dijo.

Era una ciudad industrial, no muy bonita en mi opinión. Naturalmente, el coche llamó la atención, y pude enterarme de la dirección de la casa de los Herron sin tener que parar el motor, desde la ventanilla. Tras muchos gritos y gestos llegamos a la carretera que debíamos seguir. Le dije a la Vieja Annie que se fijase en los buzones de correo pero a ella lo que le preocupaba era encontrar el arroyo. Fui yo quien vio el nombre, y nos internamos en un largo sendero con una casa de ladrillo rojo al final y dos graneros como los que tanto habían sorprendido a la Vieja Annie. Lo que estaba de moda por entonces eran las casas de ladrillo rojo con terraza y ventanas de cuña, y se veían por todas partes.

«¡Mira, mira!», dijo la Vieja Annie de repente, y yo pensé que se refería al sitio en el que había un hato de vacas que salieron corriendo al vernos, en un prado junto al sendero. Pero estaba señalando un montículo cubierto de vides silvestres, con unos cuantos troncos asomando. Dijo que era la cabaña, y yo le contesté: «Bueno, esperemos que por lo menos reconozcas a un par de personas».

Había bastante gente. Vimos dos calesas estacionadas en la sombra, con los caballos atados, paciendo. Cuando nos paramos en la terraza de un costado de la casa, se habían congregado varias personas para ver el coche. No se acercaron; ni siquiera los niños corrieron para verlo de cerca, como solían hacer los demás niños. Se quedaron todos en fila, muy serios.

La Vieja Annie tenía la mirada clavada en la otra dirección. Me dijo que bajara. «Bájate y pregúntales si aquí vive George Herron y si está vivo.»

Hice lo que me había dicho, y uno de los hombres dijo que sí, que era su padre.

—Pues es que les he traído a Annie Herron —les dije.

El hombre preguntó: ¿perdón?

(Interrupción debida a un par de lipotimias y una visita al hospital. Un montón de pruebas y análisis para malgastar el dinero de los contribuyentes. Al regresar he vuelto a leer lo que he escrito, y me he quedado atónita al ver cómo me he ido por las ramas, pero me da demasiada pereza volver a empezar. Ni siquiera he llegado a Treece Herron, que es lo que le interesa a usted, pero ya falta poco.)

Aquella gente se quedó muda de asombro al ver a la Vieja Annie, o eso me pareció. No sabían dónde se había metido ni qué hacía ni si seguía viva. Pero no vaya usted a creer que se precipitaron a saludarla, locos de alegría. Sólo se aproximó un joven, muy educado, que nos ayudó a bajar del coche, primero a ella y después a mí. Me dijo que la Vieja Annie era la cuñada de su abuelo y que era una lástima que no hubiéramos ido unos meses antes, porque entonces su abuelo estaba bien y le funcionaba la cabeza —incluso había escrito algo para el periódico sobre los primeros tiempos en que vivió allí—, pero después se puso enfermo. Se había recuperado pero ya no volvería a ser el mismo. No hablaba; sólo decía algunas palabras de vez en cuando.

Aquel joven tan educado era Treece Herron.

Debimos de llegar cuando acababan de comer. El ama de casa salió y le pidió al joven —a Treece Herron— que nos preguntase si nosotras habíamos comido. Cualquiera hubiera pensado que no hablábamos el mismo idioma. Eran todos muy tímidos: las mujeres con el pelo peinado hacia atrás, los hombres con el traje azul oscuro de los domingos, los niños como si les hubiera comido la lengua el gato. Espero que no piense usted que me burlo de ellos: es que no comprendo por qué hay que ser tan tímido.

Nos llevaron al comedor, que olía como si no lo hubieran usado —seguramente comían en otro sitio—, y nos pusieron un montón de comida. De lo que yo recuerdo, rábanos, lechuga, pollo asado y fresas con nata. Los platos, de la alacena de la vajilla, no los de diario. Tenían de todo. Los muebles del salón muy elegantes, los del comedor de nogal. Pensé que iban a tardar bastante en acostumbrarse a la riqueza.

La Vieja Annie disfrutó como nunca, encantada de que la sirvieran, y comió mucho, dejando los huesos del pollo mondos, sin una pizca de carne. Los niños se asomaban a las puertas y las mujeres hablaban en voz baja, un tanto escandalizadas, en la cocina. Treece Herron, el joven, tuvo la amabilidad de sentarse con nosotras y tomar una taza de té mientras comíamos. Habló de sí mismo y me contó que estudiaba teología en Knox College. Dijo que le gustaba vivir en Toronto. Me dio la impresión de que quería convencerme de que no todos los estudiantes de teología son tan envarados ni llevan una vida tan estricta como se cree. Él montaba en trineo por High Park, se iba de merienda al campo, había visto la jirafa del zoológico de Riverdale. Mientras tanto, los niños empezaron a ponerse más descarados y a entrar uno a uno en la habitación. Yo les pregunté las tonterías de costumbre... ¿Cuántos años tienes, en qué curso estás, te gusta tu maestro? El joven los animaba a contestar o lo hacía por ellos, y me explicó quiénes eran sus hermanos y quiénes sus primos.

La Vieja Annie dijo: «¿Y os queréis todos?», lo que provocó miradas de extrañeza.

Volvió el ama de casa y otra vez me habló por mediación del estudiante de teología. Le dijo que el abuelo se había levantado y estaba sentado en el porche. Miró a los niños y dijo: «¿Por qué los has dejado entrar aquí?».

Fuimos todos en procesión al porche, donde había dos sillas de respaldo recto y un hombre mayor sentado en una de ellas. Tenía una barba blanca preciosa que le llegaba hasta el bajo del chaleco. No demostró el menor interés por nosotros. Tenía la cara alargada, pálida, con expresión sumisa.

La Vieja Annie dijo: «Vaya, vaya, George», como si no hubiera esperado nada más. Se sentó en la otra silla y le dijo a una de las niñas: «Tráeme un cojín. Tráeme un cojín fino y pónmelo en la espalda».

Me pasé toda la tarde dándoles paseos en el coche. Ya los conocía lo suficiente para no andar preguntándolos quién quería dar una vuelta ni bombardearles con preguntas como si les interesaban los automóviles, por ejemplo. Me limité a salir y a darle unos golpecitos al coche, como si se tratara de un caballo, y miré la caldera. El estudiante de teología vino detrás de mí y leyó el nombre que estaba escrito en un costado. «El automóvil del caballero.» Me preguntó si era de mi padre.

No, mío, le dije. Le expliqué cómo se calentaba el agua en la caldera y cuánta presión podía soportar. La gente siempre quería enterarse de esas cosas, qué pasaba con las explosiones. Los niños se habían acercado más y de repente comenté que la caldera estaba casi vacía. Pregunté si podía ponerle agua.

Todos se pusieron en movimiento para coger cubos y mover la bomba. Fui a preguntarles a los hombres que estaban en la terraza si les parecía bien y les di las gracias cuando me dijeron que cogiera toda el agua que necesitara. Cuando se llenó la caldera, me pareció lo más natural preguntarles si querían ver el vapor, y un portavoz dijo que por qué no. Nadie mostró impaciencia durante la espera. Los hombres contemplaron muy concentrados la caldera. Desde luego, no era el primer automóvil que veían pero sí seguramente el primero de vapor.

Para empezar, les ofrecí dar una vuelta a los hombres, como era de rigor. Miraron con expresión escéptica las maniobras que tuve que hacer con los botones y las palancas hasta poner en marcha a la criatura. ¡Había que mover trece cosas distintas! Bajamos por el sendero a ocho kilómetros por hora, después a quince. Sabía que lo estaban pasando mal por ser una mujer quien conducía, pero los mantenía en vilo la novedad de la experiencia. A continuación subieron los niños, a los que fue colocando el estudiante de teología al tiempo que les decía que se sentaran erguidos y se sujetaran y no se cayeran ni tuvieran miedo. Aceleré un poco, porque ya conocía los baches, y no pararon de chillar, de miedo y alegría.

Hasta ahora no he hablado de mis sentimientos, pero voy a hacerlo, debido a los efectos del martini que estoy bebiendo, un placer que me permito todas las tardes a última hora. Por entonces tenía unos problemas que no le he confesado porque eran de tipo amoroso. Pero cuando salí aquel día con la Vieja Annie había decidido disfrutar lo más posible. Me parecía que si no lo hacía supondría un insulto para el coche. Toda mi vida he seguido esta norma: sacarles el mayor partido posible a las cosas incluso cuando no hay muchas posibilidades de ser feliz.

Le dije a uno de los chicos que fuera a la terraza a preguntarle a su abuelo si le apetecía dar una vuelta. Al volver me dijo: «Se han quedado los dos dormidos».

Tenía que llenar la caldera antes de marcharnos, y mientras lo hacía, se acercó Treece Herron.

—Ninguno de nosotros olvidará este día —dijo.

No me importaba coquetear con él. De hecho, coquetearía bastante desde entonces, una conducta normal cuando pierdes el amor y renuncias a la idea de casarte.

Yo le dije que lo olvidaría en seguida, en cuanto volviese con sus amigos de Toronto. Él lo negó, aseguró que no lo olvidaría jamás y me preguntó si podía escribirme. Yo le dije que no había nada que se lo impidiera.

Por el camino de vuelta pensé en sus palabras y en lo absurdo que sería que se enamorase de mí. Un estudiante de teología. Naturalmente, entonces no sabía que abandonaría la teología y se dedicaría a la política.

—Qué lástima que no haya podido hablar contigo el señor Herron —le dije a la Vieja Annie.

Ella contestó:

—Bueno, yo sí que he hablado con él.

Treece Herron me escribió, pero debía de sentir ciertos recelos porque además me envió unos folletos sobre las escuelas misioneras, algo para recoger dinero para las escuelas misioneras. Eso me molestó y no le contesté. —Años más tarde, decía en broma que podría haberme casado con él si hubiera hecho bien las cosas—.

Le pregunté a la Vieja Annie si el señor Herron la había entendido y me contestó: «Lo suficiente». Después le pregunté si se alegraba de haber vuelto a verle y me respondió que sí. «Y me alegro también de que él me haya visto», añadió, con cierta satisfacción, quizá por el vestido que llevaba y por el vehículo.

Y así continuamos, bajo los altos árboles que flanqueaban las carreteras en aquella época. Se veía el lago desde muy lejos: breves destellos de luz entre los árboles y las montañas a lo largo de kilómetros y kilómetros, de modo que la Vieja Annie me preguntó si era el mismo lago, el mismo en el que estaba Walley.

Por entonces había muchas personas mayores con ideas raras, pero creo que la Vieja Annie los ganaba a casi todos. Recuerdo que en otra ocasión me contó que una chica del orfanato había tenido un niño que nació de un forúnculo que le salió en el estómago y que el niño era del tamaño de una rata y estaba muerto pero que lo metieron en el horno y se infló y se coció hasta adquirir el tamaño y el color normales y se puso a mover las piernas. —Estará usted pensando que cuando se le pide a una vieja que escriba sobre sus recuerdos no hay quien la pare—.

Le dije que eso era imposible, que debía de haberlo soñado.

—A lo mejor —dijo, dándome la razón por primera vez en su vida—. Antes tenía unos sueños horribles.

HAN LLEGADO NAVES ESPACIALES

La noche de la desaparición de Eunie Morgan, Rhea estaba en casa del contrabandista de alcohol de Carstairs —Monk—, una casa estrecha, de madera, con las paredes manchadas de tierra hasta media altura a causa de dos desbordamientos periódicos del río. La había llevado Billy Doud, que estaba jugando a las cartas, sentado a un extremo de la mesa, mientras en el otro extremo se desarrollaba una conversación. Rhea estaba sentada en una mecedora, en un rincón, junto a la estufa de queroseno.

—Pues vale, una llamada de la naturaleza, vamos a llamarlo así —decía un hombre, que antes había pronunciado la palabra cagar. Otro hombre le dijo que no fuera malhablado. Nadie miró a Rhea, pero ella comprendió que lo hacían por ella.

—Se metió entre las rocas para atender una llamada de la naturaleza. Y pensó que le vendría bien un trozo de algo pero, desde luego, no esperaba encontrarlo allí. Y de repente, ¿qué ve? Un montón de no se sabe qué en el suelo, por todas partes. Así que lo coge, se lo mete en el bolsillo y dice, bueno, queda más que suficiente para la próxima vez. Se olvida del asunto y vuelve al campamento.

—¿Estaba en el ejército? —preguntó un hombre al que Rhea conocía, el que quitaba la nieve de los senderos de la escuela en invierno.

—¿Cómo que en el ejército?

—Has dicho el campamento —dijo el hombre que quitaba la nieve, llamado Dint Mason.

—Yo no he hablado de ningún campamento del ejército. Me refiero a un campamento de madereros del norte, en la provincia de Quebec. ¿Qué pinta allí un campamento del ejército?

—Yo creía que habías dicho un campamento del ejército.

—Así que alguien vio lo que tenía y le pregunta, ¿qué es eso? No sé, dice. ¿De dónde lo has sacado? Estaba en el suelo. Bueno, pero ¿qué crees que es? Pues no lo sé, dice.

—A mí me parece que tenía que ser asbesto —dijo otro hombre al que Rhea conocía de vista, antiguo maestro que por entonces se dedicaba a vender baterías de cocina para guisar sin agua. Era diabético y al parecer su estado era tan grave que siempre tenía una gota de azúcar pura, cristalizada, en el extremo del pene.

—Asbesto —dijo el hombre que contaba la historia, empezando a enfadarse—. Y allí mismo montaron la mayor mina de asbesto del mundo. ¡Y de esa mina sacaron una fortuna!

Volvió a hablar Dint Mason.

—Te apuesto lo que quieras a que no fue a parar al que lo descubrió. Los que lo encuentran nunca se llevan el dinero.

—A veces sí —dijo el hombre que contaba la historia.

—Nunca —dijo Dint.

—Algunos han encontrado oro y se han llevado los beneficios —insistió el hombre que estaba contando la historia—. ¡Y no sólo algunos! ¡Muchos! Muchos han encontrado oro y se han hecho millonarios. Hasta billonarios. Sir Harry Oakes, sin ir más lejos. Encontró oro y se hizo millonario.

—Lo que le pasó es que se mató —dijo un hombre que hasta entonces no había intervenido en la conversación.

Dint Mason se echó a reír y otros siguieron su ejemplo. El hombre de las cacerolas dijo:

—¿Millonarios? ¿Billonarios? ¿Y qué viene después de los billonarios?

—¡Se mató, así que a ver qué provecho le sacó! —gritó Dint Mason entre las risotadas.

El hombre que había contado la historia puso las palmas de las manos sobre la mesa y la sacudió.

—¡Yo no he dicho lo contrario! ¡Yo no he dicho que no se matara! ¡No estamos hablando de eso! ¡Lo que he dicho es que encontró oro y le sacó provecho! ¡Que se hizo millonario!

Todos habían cogido sus botellas y sus vasos, para impedir que se cayeran. Incluso los que estaban jugando a las cartas dejaron de reírse. Billy estaba de espaldas a Rhea; sus anchos hombros relucían con una camisa blanca. Su amigo Wayne estaba de pie al otro lado de la mesa, observando el juego. Wayne era hijo del pastor de la Iglesia Unida de Brondi, un pueblo no lejos de Carstairs. Había estudiado en la universidad con Billy e iba a ser periodista. Ya tenía trabajo, en un periódico de Calgary. Mientras los demás hablaban sobre el asbesto, sus ojos se encontraron con los de Rhea y se quedó mirándola, con una sonrisa leve, forzada, persistente. No era la primera vez que sus ojos se encontraban, pero normalmente Wayne no sonreía. La miraba y después desviaba la mirada, a veces cuando Billy estaba hablando.

El señor Monk se levantó con dificultad. Un accidente o una enfermedad le había dejado inválido: llevaba bastón y caminaba doblado por la cintura, prácticamente en ángulo recto. Cuando estaba sentado parecía casi normal. Una vez de pie, quedó inclinado sobre la mesa, entre las carcajadas.

El hombre que había contado la historia se levantó al mismo tiempo y, quizá sin intención, tiró el vaso al suelo. Se rompió, y los hombres vociferaron: «¡Que pague! ¡Que pague!».

—La próxima vez —dijo el señor Monk, en tono conciliador, con una voz inusitadamente profunda y animosa para un hombre tan enfermo y atormentado.

—¡Lo que hay en esta habitación es un montón de gilipollas! —gritó el hombre que había contado la historia.

Pisó los cristales del vaso y les pegó un punta pié. Pasó junto a la silla de Rhea y se dirigió a la puerta trasera. Iba abriendo y cerrando los puños y llevaba los ojos llenos de lágrimas.

La señora Monk trajo la escoba.

Normalmente, Rhea no habría estado en aquella casa. Se habría quedado fuera con Lucille, la novia de Wayne, en el coche de éste o en el de Billy. Billy y Wayne entraban a tomar una copa y prometían salir al cabo de media hora. —No había que tomarse la promesa demasiado en serio.— Pero aquella noche —era a principios de agosto—, Lucille estaba en casa, enferma, Billy y Rhea habían ido al baile de Walley solos y después, en lugar de estacionar el coche, habían ido directamente a casa de Monk, que estaba a las afueras de Carstairs, donde vivían Billy y Rhea. Billy vivía en el pueblo, Rhea en la granja avícola que había después del puente que unía aquella hilera de casas con la otra orilla del río.

Cuando Billy vio el coche de Wayne delante de la casa de Monk, lo saludó como si fuera su amigo.

—¡Vaya, Wayne! —gritó—. ¡Te nos has adelantado, chaval! —Le apretó un hombro a Rhea—. Vamos dentro —dijo—. Tú también.

La señora Monk les abrió la puerta trasera y Billy dijo:

—Mire, le he traído a una vecina suya.

La señora Monk miró a Rhea como a una piedra del suelo. Billy Doud tenía ideas raras sobre las personas. Las metía a todas en el mismo saco, si eran pobres —lo que él entendía por pobres— o de «clase obrera». —Rhea sólo conocía este término por los libros.— Metía a Rhea y a los Monk en el mismo saco porque ella vivía en la colina, en la granja, sin comprender que los miembros de su familia no se consideraban vecinos de la gente de aquellas casas, y que a su padre no se le ocurriría jamás ir a beber allí.

Rhea veía a veces a la señora Monk en la carretera del pueblo, pero la señora Monk nunca le dirigía la palabra. Llevaba el pelo, oscuro, que empezaba a encanecer, sujeto en una cola de caballo, y no se maquillaba. Conservaba una figura esbelta, algo que no conseguían muchas mujeres de Carstairs. Usaba ropa pulcra y sencilla, no especialmente juvenil pero tampoco como la que a Rhea le parecía típica de las amas de casa. Aquella noche llevaba una falda de cuadros y una blusa amarilla de manga corta. Siempre tenía la misma expresión: no exactamente hostil, pero sí seria y preocupada, como de pesadumbre y decepción.

Acompañó a Billy y Rhea hasta aquella habitación del centro de la casa. Los hombres sentados alrededor de la mesa no alzaron la mirada ni se fijaron en Billy hasta que él cogió una silla. Debía de existir una especie de norma al respecto. Nadie prestó atención a Rhea. La señora Monk quitó algo que había en la mecedora y le indicó con un gesto que se sentara.

—¿Te traigo una Coca-Cola? —le dijo.

El can-can que Rhea llevaba bajo el vestido de baile, de color verde lima, crujió como si fuera de paja cuando se sentó. Se echó a reír, como para disculparse, pero la señora Monk ya le había dado la espalda. La única persona que notó el ruido fue Wayne, que en aquel preciso momento entraba en la habitación. Enarcó las cejas, con expresión de camaradería pero también de recriminación. Rhea no sabía si a Wayne le caía bien o mal. Incluso cuando bailaba con ella, en Walley —Billy y él intercambiaban parejas obligatoriamente una vez por noche—, la sujetaba como si fuera un paquete del que se no se sintiera responsable. No tenía ninguna gracia como bailarín.

Billy y él no se habían saludado como de costumbre, con un gruñido y un puñetazo al aire. Ante aquellos hombres mayores se mostraban cautelosos y reservados.

Además de Dint Mason y del hombre que vendía baterías de cocina, Rhea conocía al señor Martin, el dueño de la tintorería, y al señor Boles, el de la funeraria. Le sonaba de algo la cara de algunos, y la de otros no. No suponía exactamente una deshonra ir allí: no era un sitio deshonroso. Pero la gente murmuraba «Va a casa de Monk», aunque se trataba de un hombre rico.

Lo que la señora Monk había quitado de la mecedora, para que se sentara Rhea, era un montón de ropa húmeda y enrollada para plancharla. Así que allí se realizaban tareas domésticas normales y corrientes, como planchar. A lo mejor extendían masa para empanada en aquella mesa. Se cocinaba: estaba la cocina de leña, fría y cubierta de periódicos entonces, porque en verano usaban la de queroseno. Olía a queroseno y a cemento húmedo. Manchas producidas por las avenidas del río en el papel de las paredes. Un orden estéril, las persianas verde oscuro bajadas hasta el alféizar. Una cortina metálica en un rincón, que probablemente ocultaba un antiguo montaplatos.

La señora Monk le resultaba a Rhea la persona más interesante de la habitación. Llevaba zapatos de tacón, pero no medias. Taconeaba continuamente sobre la madera del suelo. Rodeaba la mesa, iba hasta el aparador en el que estaban las botellas de whisky —allí se detenía, para anotar cosas en una libreta: la Coca-Cola de Rhea, el vaso roto—, y vuelta a la mesa. *Tac-tac-tac* por la entrada trasera, hacia una despensa de la que regresaba con varias botellas de cerveza en cada mano. Era tan observadora como una sordomuda e igualmente silenciosa: interpretaba todas las señales que le hacían desde la mesa, respondía obediente, sin sonreír, a todas las peticiones. Ese detalle le recordó a Rhea los rumores que circulaban sobre la señora Monk, y pensó en otra clase de señal que podía hacerle un hombre. La señora Monk se quitaba el delantal y salía delante de él, hacia la entrada principal, donde debía de haber una escalera que llevaba a los dormitorios. Los demás hombres, incluido su marido, hacían como si no hubieran visto nada. Remontaba las escaleras sin mirar atrás, mientras el hombre la seguía con los ojos clavados en sus bien proporcionadas nalgas bajo la falda de maestra de escuela. Después, en una cama, se preparaba sin la menor vacilación y sin el menor entusiasmo. Aquella disponibilidad, aquella indiferencia y frialdad, la idea de un encuentro tan rápido, comprado y pagado, se le antojaban a Rhea vergonzosamente excitantes.

Ser utilizada, sin apenas saber quién estaba haciéndotelo, aceptarlo con aquella maña, una y otra vez.

Pensó en Wayne, que venía de la puerta trasera cuando Billy y ella pasaron a la habitación. Pensó: ¿vendría de arriba? —Más tarde, Wayne le dijo que había ido a llamar por teléfono, a Lucille, como le había prometido. Después, Rhea acabó por convencerse de que aquellos rumores eran falsos.

Oyó decir a un hombre:

—No seas malhablado.

—Vale, entonces, una llamada de la naturaleza.

La casa de Eunie era la tercera despés de la de Monk, la última de la carretera. La madre de Eunie dijo que hacia medianoche había oído cerrarse la puerta de abajo. Oyó la puerta y no pensó nada especial. Bueno, sí, que Eunie había salido al retrete. En 1953, los Morgan todavía no tenían instalaciones sanitarias dentro de casa.

Naturalmente, ninguno de ellos llegaba al retrete por la noche. Eunie y la anciana se acuclillaban en la hierba. El anciano regaba los macizos de flores en el extremo del porche.

—Después debí de quedarme dormida —dijo la madre de Eunie—, pero al rato me desperté y pensé que no la había oído entrar.

Fue al piso de abajo y recorrió la casa. La habitación de Eunie estaba detrás de la cocina, pero podía dormir en cualquier parte en una noche de calor. Podía estar en el canapé del salón o tumbada en el suelo de la entrada aprovechando la corriente que se formaba entre las puertas. Quizás hubiera salido al porche, donde había un asiento de coche bastante bueno que su padre había encontrado hacía varios años abandonado junto a la carretera. No la encontró por ningún lado. El reloj de la cocina marcaba las dos y veinte.

La madre de Eunie volvió a subir y sacudió al padre hasta que se despertó.

—Eunie no está abajo —le dijo.

—Entonces ¿dónde está? —dijo su marido, como si fuera su obligación saberlo.

Tuvo que sacudirlo un rato, para evitar que se durmiera otra vez. El padre de Eunie mostraba gran indiferencia ante las noticias, cierta reticencia a escuchar lo que decía la gente, incluso cuando estaba despierto.

—Vamos, levántate —le dijo la madre de Eunie—. Tenemos que buscarla.

Por último la obedeció, se incorporó, se puso las botas y los pantalones.

—Coge la linterna —le dijo, y volvió a bajar las escaleras, con él a la zaga.

Salieron al porche, bajaron al patio. La tarea del marido consistía en enfocar con la linterna; ella le decía dónde. Le guió por el sendero hasta el retrete, que se alzaba entre matas de lilas y grosellas. Metieron la luz en la habitación y no encontraron nada. Después miraron entre los gruesos troncos de las lilas —eran prácticamente árboles—, y en el sendero, casi borrado, que atravesaba una parte de la cerca de alambre, desprendida, y llegaba hasta la maleza de la orilla del río. Nada. Nadie.

Volvieron atravesando el huerto, iluminando las plantas de las patatas rociadas de insecticida y el ruibarbo, que estaba granado. El anciano levantó una gran hoja de ruibarbo con la bota, la iluminó por debajo. Su mujer le preguntó si se había vuelto loco.

La madre recordó que Eunie era sonámbula, pero de aquello hacía años. Vio un destello en una esquina de la casa, algo como un cuchillo o una armadura.

—Ahí, ahí —dijo—. Enfoca ahí. ¿Qué es eso?

Era sólo la bicicleta de Eunie, con la que iba a trabajar todos los días.

Entonces gritó su nombre. Gritó delante y detrás de la casa: delante crecían unos ciruelos tan altos como el edificio y no había sendero, sólo un camino de tierra. Los troncos se arremolinaban, como vigilantes, retorcidos como animales negros. Mientras esperaba respuesta oyó una rana, tan cerca que le pareció que estaba entre aquellas ramas. A un kilómetro de distancia, la carretera terminaba en un terreno demasiado pantanoso para resultar aprovechable, con álamos cubiertos de líquenes que crecían entre sauces y bayas de saúco. Por el otro lado se cruzaba con la carretera del pueblo, atravesaba el río y subía hasta la granja avícola. En los llanos del río se extendían los terrenos de la antigua feria, con varias tribunas abandonadas desde antes de la guerra, cuando la feria de Walley absorbió la del pueblo. Aún estaba señalada en la hierba la pista oval para las carreras de caballos.

Allí fue donde comenzó el pueblo, hacía más de un siglo. Había molinos y posadas. Pero las riadas empujaron a la gente a trasladarse a terrenos más elevados. En los mapas seguían señaladas las fincas y las carreteras, pero sólo quedaba una hilera de casas habitadas, de gente demasiado pobre o demasiado tozuda para cambiar o, en el otro extremo, con vistas a una estancia temporal para que le importase la invasión del agua.

Se dieron por vencidos, los padres de Eunie. Se sentaron en la cocina, a oscuras. Eran entre las tres y las cuatro de la mañana. Daba la impresión de que estaban esperando a que llegase Eunie para decirles qué tenían que hacer. Era Eunie quien mandaba en la casa, y seguramente no se imaginaban una época en la que las

255

cosas hubieran sido distintas. Hacía diecinueve años, Eunie literalmente irrumpió en su vida. La señora Morgan pensaba que le iba a llegar la menopausia y que estaba engordando; como ya era bastante gruesa no importaba demasiado. También pensaba que las molestias que sentía en el estómago eran lo que se suele llamar indigestión. Sabía cómo se tenían hijos, no era tan tonta; pero llevaba mucho tiempo sin que le hubiera ocurrido semejante cosa. Un día, en Correos, tuvo que pedir una silla; se sentía débil y tenía muchos dolores. De repente rompió aguas, la llevaron corriendo al hospital y apareció Eunie, con una mata de pelo casi blanco. Empezó a llamar la atención desde el mismo momento de nacer.

Durante todo un verano Eunie y Rhea jugaron juntas, pero ellas nunca lo consideraron un juego. Lo llamaban juego para contentar a los demás, pero era la parte más seria de su vida. Lo que hacían el resto del tiempo les parecía frívolo, algo fácilmente olvidable. Cuando salían del jardín de la casa de Eunie e iban por la orilla del río, se convertían en personas distintas. Las dos se llamaban Tom. Las dos Toms. Para ellas, un Tom era un nombre común, no sólo un nombre propio. No era ni masculino ni femenino. Designaba a alguien excepcionalmente valiente e inteligente pero no siempre afortunado y —casi— indestructible. Los Toms libraban una batalla, que nunca acabaría, con los Trasagos. (Quizá Rhea y Eunie hubieran oído hablar de los trasgos.) Los Trasagos merodeaban por el río y podían adoptar la forma de ladrones, alemanes o esqueletos. Tenían una maldad infinita. Tendían trampas y emboscadas y torturaban a los niños que secuestraban. A veces, Eunie y Rhea conseguían llevarse a niños de verdad —los McKay, que vivieron una corta temporada en una de las casas del río— y les convencían de que se dejaran atar y azotar. Pero los McKay o no sabían o no querían someterse al juego y enseguida se ponían a gritar o se escapaban a casa, así que volvían a quedarse las dos Toms a solas. Las Toms construyeron una ciudad de barro a orillas del río. Estaba amurallada con piedras para protegerla del ataque de los Trasagos y tenía un palacio real, una piscina, una bandera. Pero se fueron de viaje y los Trasagos la arrasaron. —Naturalmente, Eunie y Rhea tenían que transformarse muchas veces en Trasagos.— Apareció una nueva dirigente, la reina de aquellos seres, que se llamaba Joylinda y trazaba unos planes diabólicos. Envenenó las moras que crecían en la orilla y las Toms, las comieron, porque al volver del viaje tenían hambre y no se preocuparon de nada. Cuando empezó a actuar el veneno se tumbaron, retorciéndose y sudando, entre las jugosas hierbas. Apretaron el estómago contra el barro, que estaba blando y ligeramente caliente, como caramelo recién hecho. Notaron que se les contraían las entrañas y les temblaban los miembros, pero tuvieron que levantarse y buscar un antídoto, tambaleándose. Intentaron comer una hierba en forma de espada que, como tal, corta la piel; se metieron barro en la boca y pensaron en morder una rana viva si lograban cazarla, pero por último llegaron a la conclusión de que lo que les salvaría la vida serían unas bayas. Comieron un puñado cada una y empezó a arderles la boca terriblemente: tuvieron que correr hasta el río para beber agua. Se precipitaron sobre él, por donde estaba lleno de sedimentos entre los nenúfares y no se veía el fondo. Bebieron y bebieron, mientras las moscardas volaban como flechas por encima de sus cabezas. Se salvaron.

Al salir de aquel mundo, por la tarde, regresaban a casa de Eunie, donde sus padres seguían trabajando, o habían vuelto a trabajar, cavando o limpiando de malas hierbas el huerto. Se tumbaban a la sombra de la casa, agotadas como si hubieran recorrido lagos enteros a nado o escalado montañas. Olían al agua del río, al ajo silvestre y la menta que habían pisado, a la hierba caliente y fétida y al cieno a los que iba a parar el desagüe. A veces, Eunie entraba en casa y preparaba algo de comer, rebanadas de pan con jarabe de maíz o melaza. Nunca tenía que preguntar si podía hacerlo y siempre se quedaba con el trozo más grande. No eran amigas, o por lo menos, no como lo que Rhea consideraría amigos más adelante. Nunca intentaban consolarse ni agradarse mutuamente. No compartían secretos, salvo el juego, y ni siquiera eso era un secreto porque dejaban que otros participasen en él. Pero nunca consentían que fuesen Toms. Así que quizá fuera eso lo que compartían, en su colaboración cotidiana, intensa. El carácter, el peligro de ser Toms.

Parecía como si Eunie jamás hubiera estado sometida a sus padres, ni siquiera relacionada con ellos, de la misma manera que los demás niños. A Rhea le sorprendía cómo gobernaba su propia vida, el poder que ejercía en su casa. Cuando Rhea decía que tenía que volver a la suya a cierta hora, o cambiarse de ropa o hacer algún recado, Eunie se ofendía, incrédula. Eunie tomaba sus propias decisiones. Cuando cumplió quince años, dejó de ir al colegio y se puso a trabajar en la fábrica de guantes, y Rhea se imaginó que habría llegado a casa y les habría anunciado a sus padres lo que había hecho. No, ni siquiera lo habría anunciado: lo habría soltado como si tal cosa, quizá cuando empezó a llegar más tarde. Como ganaba dinero, se compró una bicicleta. También una radio, y la escuchaba en su habitación hasta altas horas de la noche. Seguramente sus padres oirían entonces disparos y vehículos rugiendo por las calles. A lo mejor les contaba lo que oía, las noticias sobre crímenes y accidentes, huracanes, avalanchas. Rhea no creía que ellos le prestaran demasiada atención. Trabajaban mucho y los altibajos de su vida, si bien con carácter temporal, dependían de las verduras que vendieran en el pueblo. Las verduras, las frambuesas, el ruibarbo. No tenían tiempo para mucho más.

Mientras Eunie asistió al colegio, Rhea iba en bicicleta, de modo que nunca iban juntas a pesar de que recorrían el mismo camino. Cuando Rhea pasaba junto a Eunie, ésta tenía la costumbre de gritarle algo provocador, despectivo. «¡Hola, cara de mona!» Y cuando Eunie se compró la bicicleta, Rhea empezó a ir a pie: en el instituto estaba muy extendida la idea de que, a esa edad, una chica en bicicleta parecía torpe y ridícula. Pero Eunie desmontaba y acompañaba andando a Rhea, como si le hiciera un favor.

No era para nada un favor: Rhea no quería ir con ella. Eunie siempre había sido rara, demasiado alta para su edad, con unos hombros estrechos y puntiagudos, una cresta de pelo rizado, rubio y blanquecino en la coronilla, expresión presuntuosa y una mandíbula alargada, fuerte. La mandíbula le confería a la parte inferior de la cara una pesadez que parecía reflejarse en la voz, gruesa, ronca. Cuando era más joven, no importaba: su propia convicción de ser perfecta intimidaba a muchos. Pero por entonces medía uno setenta y tantos, casi uno ochenta, y tenía un aspecto viril y gris con los pantalones amplios y los pañuelos atados a la cabeza que llevaba, con aquellos pies tan grandes embutidos en unos zapatos que parecían de hombre, un tono de voz imperioso y unos andares torpes: había pasado de ser una niña a ser un auténtico personaje cómico. Y a Rhea le hablaba con unos aires de suficiencia hirientes cuando le decía que si no estaba harta de ir al colegio o que si se le había estropeado la bicicleta y su padre no tenía dinero para arreglarla. Cuando Rhea se hizo la permanente, le preguntó qué le había pasado en el pelo. Pensaba que podía hacer todo aquello porque Rhea y ella vivían en la misma zona y porque habían jugado juntas, en una época que a Rhea se le antojaba remota y odiosa. Y lo peor era cuando Eunie se lanzaba a contar cosas que aburrían y enfurecían a Rhea, sobre asesinatos y sucesos monstruosos que había oído en la radio. Rhea se ponía furiosa porque no conseguía que Eunie le dijera si todo aquello había ocurrido de verdad, ni siquiera que distinguiese entre lo real y lo ficticio, o eso le parecía a ella.

«Eunie, ¿te has enterado de eso en el noticiario? ¿Era una obra de teatro radiofónica? ¿Había gente actuando delante de un micrófono o era una noticia? ¡Eunie! ¿Es de verdad o era una representación?»

Siempre era Rhea, no Eunie, quien acababa por darse por vencida con estas preguntas. Eunie se limitaba a montar en la bicicleta, y se marchaba. «¡Adiooós! ¡Vete por la sombra!»

Desde luego, a Eunie le pegaba su trabajo. La fábrica de guantes ocupaba la segunda y la tercera plantas de un edificio de la calle mayor, y en los meses de calor, cuando las ventanas estaban abiertas, no sólo se oían las máquinas de coser, sino las bromas pesadas, las peleas y los insultos, las palabrotas que caracterizaban a las mujeres que trabajaban allí. Supuestamente, pertenecían a una clase inferior a la de las camareras y las dependientas. Trabajaban más horas y ganaban menos dinero, pero no por eso eran más humildes. Todo lo contrario. Bajaban a la calle empujándose y bromeando. Gritaban a los coches en los que iba gente que conocían y que no conocían. Sembraban el desorden como si estuvieran en su perfecto derecho de hacerlo.

La gente de los estratos más bajos, como Eunie Morgan, o de los más altos, como Billy Doud, mostraba una indiferencia y una franqueza parecidas.

El último año del instituto, también Rhea se puso a trabajar, los sábados por la tarde, en la zapatería. Un día, a principios de primavera, Billy Doud entró en la tienda y le dijo que quería unas botas de goma como las que estaban fuera.

Por fin había terminado de estudiar en la universidad y había vuelto a casa a aprender a dirigir la fábrica de pianos Doud. Se quitó los zapatos y exhibió los pies, enfundados en unos bonitos calcetines negros. Rhea le dijo que sería mejor que se pusiera calcetines gruesos de lana para que no resbalasen dentro de las botas. Él le preguntó si allí vendían aquellos calcetines porque quería comprar un par. Después añadió que si podía ponérselos ella.

Fue un truco, según le contó más adelante. No necesitaba ni las botas ni los calcetines.

Tenía los pies alargados y blancos, y olían bien. Desprendían un agradable aroma de jabón, con un toque de polvos de talco. Se reclinó en la silla, alto y pálido, limpio y fresco, como si toda su persona estuviera tallada en jabón. La frente curvada y las sienes ya despejadas, el pelo con destellos de plata, los párpados somnolientos, marfileños.

—Es usted un encanto —le dijo, y le preguntó si quería ir al baile aquella noche, a la inauguración de la temporada en Walley.

Después de aquel día fueron al baile de Walley todos los domingos por la noche. No salían durante la semana, porque Billy tenía que levantarse temprano para ir a la fábrica a aprender el negocio —con su madre, a la que llamaban la Tatar—, y Rhea tenía que hacer cosas en la casa, encargarse de su padre y sus hermanos. Su madre estaba en el hospital, en Hamilton.

—Ahí va tu amorcito —le decían las chicas cuando Billy pasaba junto al colegio en coche mientras jugaban al balonvolea, o andando por la calle, y la verdad era que a Rhea le latía el corazón más deprisa al verlo, al ver su brillante pelo, sus manos negligentes pero fuertes al volante. Pero también al pensar que de repente la había elegido a ella, de una forma tan inesperada, y disfrutar del aura de quien ha ganado un premio —o de ser el premio mismo—, un honor oculto hasta entonces. Por la calle le sonreían mujeres mayores que ni siquiera conocía, la llamaban por su nombre chicas que llevaban anillos de compromiso, y se despertaba con la sensación de que le habían hecho un regalo maravilloso pero que lo había olvidado durante la noche y no podía recordar qué era.

Billy le proporcionaba prestigio en todas partes menos en su casa. No le extrañaba: como bien sabía, en casa es donde te bajan los humos. Sus hermanos menores imitaban a Billy cuando le ofrecía a su padre un cigarrillo. «Tome un Pall Mall, señor Sellers», sacando un paquete imaginario. Aquella voz afectada, aquellos gestos zalameros, hacían parecer a Billy un tanto estúpido. *El Bobito*: así le llamaban. Primero fue *Billy el Tonto*, después simplemente *el Bobito*.

—No incordieis a vuestra hermana —dijo un día el padre de Rhea. Después, empezó él, con una pregunta de carácter práctico—: ¿Tienes intención de seguir trabajando en la zapatería?

Rhea dijo:

—¿Por qué?

—No, por nada. Es que a lo mejor te hace falta.

—¿Para qué?

—Para mantener a ese muchacho. Cuando se muera su madre y se hunda el negocio.

Y Billy Doud no paraba de decir cuánto admiraba al padre de Rhea. «Hay que ver —decía—, los hombres como tu padre, que trabajan tanto. Sólo para seguir adelante, sin esperar nada más. Y, encima, tan buenas personas, con tan buen carácter. El mundo le debe mucho a los hombres como él.»

Billy Doud, Rhea, Wayne y Lucille salían del baile alrededor de medianoche e iban en dos coches hasta el aparcamiento, situado al final de un camino de tierra en las escarpas del lago Hurón. Billy ponía la radio, baja. Siempre la tenía encendida, incluso cuando le estaba contando a Rhea una historia complicada. Las historias que contaba eran sobre su vida en la universidad, sobre fiestas y bromas y aventuras tremendas en las que a veces había intervenido la policía. Siempre tenían algo que ver con la bebida. Una vez, alguien que estaba borracho vomitó por la ventanilla de un coche, y el alcohol que había tomado era tan malsano que la pintura de un lado se borró. Rhea no conocía a los personajes de aquellos relatos, salvo a Wayne. A veces surgían nombres de chicas, y entonces ella le interrumpía. Había visto a Billy cuando volvió de la universidad, durante años, con chicas que llevaban una ropa o que tenían un aspecto, un aire de fragilidad o de confianza, que siempre le habían llamado la atención, y por eso tenía que preguntarle: «Claire, ¿era la del sombrerito con velo y los guantes morados? ¿La que vi en la iglesia? ¿Quién era la de la melena pelirroja y el abrigo de pelo de camello? ¿Y la que llevaba botas de terciopelo con el borde de piel?»

Por lo general, Billy no se acordaba, y si le contaba más detalles sobre aquellas chicas, no solían ser demasiado lisonjeros.

Cuando estacionaba el coche, y a veces incluso cuando iba conduciendo, Billy rodeaba a Rhea por los hombros, la apretaba contra sí. Una promesa. También brotaban las promesas mientras bailaban. Entonces él no tenía demasiado orgullo y le acariciaba las mejillas con la boca o dejaba caer una serie de besos sobre su pelo. Los besos en el coche eran más rápidos, y su velocidad y su ritmo, y los ruiditos con que los acompañaba en ocasiones le indicaban que eran bromas, o al menos en parte. Billy le tamborileaba con los dedos en las rodillas, en la parte superior de los pechos, con murmullos de admiración, y se reñía a sí mismo, o a Rhea, y decía que debía tener las manos quietas.

—Eres tú la mala —decía. Apretaba con fuerza los labios contra los de Rhea como si fuera su obligación mantener cerrada la boca de los dos.

—Cómo me tientas —decía, con una voz que no era la suya, sino la de algún actor de cine repeinado y lánguido, y deslizaba una mano por entre las piernas de Rhea, le tocaba la piel por encima de las medias, y de repente daba un respingo, se echaba a reír, como si estuviera demasiado caliente allí, o demasiado fría.

—¿Qué tal andará Wayne? —decía.

Tenían una norma, consistente en que, pasado un rato, o Wayne o él tocaban la bocina y el otro tenía que contestar. Aquel juego —Rhea no comprendía que era una competición, ni qué clase de competición— acababa por acaparar toda su atención. «¿Qué te parece? —le decía, escrutando la oscuridad para ver el coche de Wayne—. ¿Qué te parece? ¿Le doy un bocinazo al muchacho?»

En el camino de vuelta a Carstairs, cuando se dirigían a casa de Monk, Rhea sentía deseos de llorar, por ninguna razón concreta, y los brazos y las piernas como si les hubieran puesto cemento. A solas, ella se hubiera dormido inmediatamente, pero no podía quedarse sola porque a Lucille le daba miedo la oscuridad, y cuando Billy y Wayne entraban en la casa, le hacía compañía.

Lucille era una chica delgada, rubia, de estómago delicado, períodos irregulares y piel sensible. Los caprichos de su cuerpo le fascinaban y lo trataba como si fuera un animalito díscolo pero valioso. Siempre llevaba aceite para niños en el bolso y se lo ponía en la cara, irritada por los cañones de la barba de Wayne. El coche olía a aceite para niños y a algo más, como a masa de pan.

—Cuando nos casemos le obligaré a que se afeite —dijo Lucille—. Justo antes.

Billy Doud le había contado a Rhea que Wayne le había dicho que le había sido fiel a Lucille todo aquel tiempo y que iba a casarse con ella, porque sería buena esposa. Que no era la chica más guapa del mundo y, desde luego, tampoco la más lista, y que por esa razón siempre se sentiría seguro en su matrimonio. Lucille no tendría demasiada fuerza para pactar, dijo. Y además, no estaba acostumbrada a tener mucho dinero.

—Algunos pensarán que es una actitud cínica —dijo Billy—. Pero otros que es realista. El hijo de un sacerdote tiene que ser realista, tiene que buscarse su forma de vida. Y en fin, Wayne es Wayne.

Wayne es Wayne —repitió, satisfecho y solemne.

Un día, Lucille le dijo a Rhea:

—¿Y tú? ¿Te estás acostumbrando a eso?

—Sí, sí —dijo Rhea.

—Dicen que es mejor sin gomas. Supongo que lo sabré cuando me case.

A Rhea le dio demasiada vergüenza admitir que no había entendido inmediatamente a qué se refería.

Lucille dijo que cuando se casara utilizaría cremas. Rhea pensó que parecía que estaba hablando de un postre, pero no se rió, porque Lucille se lo habría tomado como un insulto. Lucille se puso a hablar del terrible problema que se había planteado con su boda, si las damas de honor llevarían pamelas o guirnaldas de capullos de rosa. Ella quería capullos y creía que estaba todo decidido, pero de repente la hermana de Wayne se hizo una permanente y le quedó mal. Al final quería llevar sombrero para taparla.

—Y ni siquiera es amiga mía. Estará en la boda porque es su hermana y yo no puedo darle de lado, pero es una persona muy egoísta.

Por el egoísmo de la hermana de Wayne, a Lucille le había salido urticaria.

Bajaron las ventanillas para que entrase el aire. Fuera estaban la noche y el río que se perdía de vista, con el agua al nivel más bajo en aquella época, entre las grandes piedras blancas, y el canto de las ranas y los grillos, los caminos de tierra que no conducían a ninguna parte con un leve brillo, y la tribuna medio derruida de la antigua feria como una torre esquelética, absurda. Rhea sabía que todo aquello estaba allí, pero no podía prestarle atención. Se lo impedía algo más que la palabrería de Lucille, algo más que los sombreros de la boda. Tenía suerte: la había elegido Billy Doud, una chica prometida confiaba en ella, su vida tomaba un giro quizá mejor de lo que nadie hubiera predicho. Pero en un momento como aquél, podía sentirse aislada y confusa, como si hubiera perdido algo en lugar de ganarlo. Como si la hubieran desterrado. ¿De dónde?

Wayne levantó la mano desde el otro extremo de la habitación, para preguntarle si tenía sed. Le llevó otra botella de Coca-Cola y se sentó en el suelo, a su lado.

—¡O me siento o me caigo! —dijo.

Rhea comprendió desde el primer sorbo, o simplemente al olerlo, o incluso antes, que en el vaso había algo más que Coca-Cola. Pensó que no se la bebería toda, ni siquiera la mitad. Le daría un traguito de vez en cuando, para demostrarle a Wayne que no la había engañado.

—¿Está bien? —dijo Wayne—. ¿Es lo que te gusta beber?

—Sí, sí —dijo Rhea—. A mí me gusta beber de todo.

—¿De todo? Estupendo. Parece que eres la chica ideal para Billy Doud.

—¿Bebe mucho? —dijo Rhea—. O sea, Billy.

—Vamos a ver —dijo Wayne—. ¿Es el papa judío? No. Un momento. Jesucristo, ¿era católico? No. Sigamos. No quisiera que pensaras lo que no es. Y tampoco quiero ponerme en plan médico. ¿Es Billy un borracho? ¿Es alcohólico? ¿Es un gilhólico? ¿O sea, un gilipoalcohólico? No, tampoco vale. Se me había olvidado con quién estaba hablando. Perdona. Olvídalo, por favor.

Pronunció estas palabras con dos voces extrañas: una artificialmente alta, monótona; la otra bronca y seria. Rhea pensó que nunca le había oído decir tantas cosas, en ningún tono de voz. Normalmente era Billy quien hablaba. Wayne soltaba una palabra de vez en cuando, una palabra sin importancia que parecía importante por el tono en que la pronunciaba. Y sin embargo, muchas veces era un tono hueco, neutro, y su mirada inexpresiva. Eso ponía nerviosa a la gente. Parecía como si intentara dominar su desprecio. Rhea había visto a Billy estirar interminablemente una historia, cambiarla, darle otro matiz, sólo para conseguir que Wayne emitiese un gruñido de aprobación, un ladrido absolutorio.

—Espero que no llegues a la conclusión de que Billy me cae mal —dijo Wayne—. No, no. No quisiera que pensaras eso.

—Pero no te cae bien —dijo Rhea con satisfacción—. Te cae fatal.

La satisfacción se debía al hecho de que estuviera respondiendo a Wayne. Le estaba mirando a los ojos. Nada más que eso. Porque también a ella la había puesto nerviosa. Wayne era una de esas personas que causan una impresión que no justifican ni su altura ni su cara ni ningún otro detalle. No era muy alto, y su cuerpo compacto seguramente fue rechoncho en la niñez y podría volver a serlo. Tenía la cara cuadrada, pálida salvo por la sombra azulenca de la barba que le hacía daño a Lucille, el pelo negro, muy liso y fino y a veces se le caía sobre la frente.

—¿No? —dijo él con sorpresa—. ¿No me cae bien? ¿Cómo es posible? Si Billy es una persona encantadora. Mírale, bebiendo y jugando a las cartas con la gente normal y corriente. ¿No es estupendo? ¿O a veces te parece un poco raro que alguien sea tan estupendo todo el tiempo? Todo el tiempo. Yo sólo le he visto meter la pata en una ocasión, y es cuando se pone a hablar de alguna de sus antiguas novias. No me digas que tú no te has dado cuenta.

Tenía la mano en la mecedora de Rhea. Estaba meciéndola. Ella se echó a reír, mareada por el movimiento o quizá porque Wayne había dicho la verdad. Según Billy, a la chica del velo y los guantes morados le olía el aliento a tabaco, otra soltaba palabrotas cuando se emborrachaba y otra tenía una infección de la piel, un hongo, debajo de los brazos. Billy le había contado aquellas cosas a Rhea con aire contrito, pero al hablar del hongo soltó una risita. Involuntariamente, satisfecho y culpable, pero se rió.

—Pone a esas pobres chicas que no hay por donde cogerlas —dijo Wayne—. Las piernas velludas. La ha-li-to-sis. ¿A ti no te pone nerviosa? Pero claro, tú eres muy limpia y aseada. Seguro que te afeitas las piernas todas las noches. —Le pasó la mano por una pierna que, afortunadamente, se había afeitado para ir al baile—. ¿O te das eso que derrite el vello? ¿Cómo se llama?

—Es una crema.

—Ah, una crema. ¿Pero no huele mal? ¿Como a moho o a levadura o algo? ¿Te estoy avergonzando? Debería ser un caballero e ir a buscarte algo más de beber.

—Esto casi no tiene whisky —dijo, a propósito de la siguiente Coca-Cola que le llevó—. No te sentará mal.

Rhea pensó que lo primero era probablemente mentira, pero lo segundo cierto. Nada podía sentarle mal. Y con ella no se desperdiciaba nada. No pensaba que Wayne tuviera buenas intenciones, pero de todos modos se estaba divirtiendo. Había desaparecido la confusión, el desconcierto que sentía cuando estaba con Billy. Tenía ganas de reír con todo lo que decía Wayne, o con lo que decía ella. Se sentía segura.

—Qué casa tan rara —dijo.

—¿Por qué? —dijo Wayne—. ¿Qué tiene de raro esta casa? Aquí la única rara eres tú.

Rhea le miró la cabeza bamboleante, de pelo negro, y se echó a reír porque le recordó a un perro. Era inteligente pero tenía una tozudez rayana en la estupidez. En aquel momento, se golpeaba la cabeza contra la rodilla de Rhea y la sacudía para retirarse el pelo de los ojos con la tozudez de un perro y también con cierto aire de aflicción.

Ella le explicó, con muchas interrupciones para reírse ante la posibilidad de explicarlo, que lo raro era la cortina de metal del rincón. Dijo que pensaba que había un montaplatos detrás que subía y bajaba del sótano.

—Podríamos acurrucarnos dentro —dijo Wayne—. ¿Probamos? Billy podría soltar la cuerda.

Rhea volvió a buscar la camisa blanca de Billy. Que ella supiera, no se había dado la vuelta para mirarla ni una sola vez desde que se sentó. Wayne estaba justo enfrente de ella, de modo que si Billy se daba la vuelta no vería que tenía un zapato colgando del pie y que Wayne le estaba rozando la planta con los dedos. Dijo que primero tenía que ir al baño.

—Te acompaño —dijo Wayne.

Se aferró a sus piernas para incorporarse. Rhea le dijo:

—Estás borracho.

—No soy yo el único.

En la casa de los Monk había un retrete —en realidad un cuarto de baño— junto a la puerta trasera. La bañera estaba llena de cajas de cerveza, no enfriándose, sino simplemente guardadas allí. La cisterna del retrete funcionaba bien. Rhea temía lo contrario, porque daba la impresión de que a la última persona no le había funcionado.

Se miró la cara en el espejo que había encima del lavabo y habló con ella, con osadía y expresión de aprobación. «Déjale —dijo—. «Déjale.» Apagó la luz y salió al oscuro pasillo. Unas manos la recogieron en seguida, y la guiaron e impulsaron para que saliera por la puerta de atrás. Contra la pared de la casa, Wayne y ella se empujaron y se abrazaron y se besaron. En tal tesitura, tuvo la sensación de que la abrían y la estrujaban, la volvían a abrir, a estrujar y a cerrar, como un acordeón. Además, estaba recibiendo un aviso, algo lejano, sin relación con lo que estaban haciendo Wayne y ella. Una especie de amontonamiento, de bufido, dentro o fuera de ella, que intentaba hacerse comprender.

Había llegado el perro de los Monk y estaba olisqueando entre ellos. Wayne sabía cómo se llamaba.

—¡Bájate, *Rory*! ¡Bájate, *Rory*! —gritó, mientras tiraba del can-can de Rhea.

El aviso provenía de su estómago, que estaba comprimido contra la pared. Se abrió la puerta trasera, Wayne le dijo algo claramente al oído —nunca sabría cuál de las dos cosas ocurrió antes—, de repente se liberó y se puso a vomitar. No tenía intención de vomitar hasta que empezó a hacerlo. Después se apoyó en el suelo, con las manos y las rodillas, y vomitó hasta que sintió el estómago retorcido, como un trapo podrido. Cuando terminó, tiritaba como si tuviera fiebre, y el vestido y el can-can estaban húmedos de vómito.

Alguien —no Wayne— la levantó y le limpió la cara con el bajo del vestido.

—Cierra la boca y respira por la nariz —le dijo la señora Monk—. Tú, fuera de aquí —les dijo a Wayne o a *Rory*. Dio todas las órdenes en el mismo tono, sin simpatía ni reproche.

Llevó a Rhea al otro lado de la casa, al camión de su marido, y la izó hasta un asiento.

Rhea dijo:

—Billy.

—Ya se lo explicaré a Billy. Le diré que estabas cansada. No intentes hablar.

—Ya no voy a devolver más —dijo Rhea.

—Nunca se sabe —dijo la señora Monk, dando marcha atrás para salir a la carretera. Llevó a Rhea colina arriba y la dejó en el jardín de su casa sin añadir palabra. Cuando paró el camión, dijo—: Ten cuidado al bajar. Hay más distancia que desde un coche.

Rhea entró en la casa, se metió en el cuarto de baño dejando la puerta abierta, se quitó los zapatos en la cocina, subió la escalera, hizo un rebuño con el vestido y el can-can y lo escondió bajo la cama.

El padre de Rhea se levantó temprano para recoger los huevos y prepararse para ir a Hamilton, como cada segundo domingo de mes. Los chicos irían con él; podían subirse en la trasera del camión. Rhea no los acompañaría, porque no había sitio en el asiento delantero. Su padre iba a llevar a la señora Corey, cuyo marido estaba en el mismo hospital que la madre de Rhea. Cuando llevaba a la señora Corey, se ponía camisa y corbata, porque a veces comían en un restaurante al volver a casa.

Llamó a la puerta de la habitación de Rhea para decirle que se marchaban.

—Si te aburres, puedes limpiar los huevos que hay en la mesa —dijo.

Llegó a la escalera y volvió. Gritó por la puerta entreabierta:

—¡Bebe mucha agua!

Rhea sintió deseos de chillarles a todos que se fueran de la casa. Tenía cosas sobre las que reflexionar, cosas que no podían quedar libres en su mente a causa de la presión de la gente. Eso le había producido un dolor de cabeza tan espantoso. Después de oír cómo se desvanecía el ruido del camión por la carretera, salió de la cama con cuidado, bajó las escaleras con igual cuidado, se tomó tres aspirinas, bebió toda el agua que pudo, midió el café y lo puso en la cafetera sin mirar hacia abajo.

Los huevos estaban sobre la mesa, en cestas. Tenían manchas de estiércol de gallina y trozos de paja pegados, que habría que quitar frotando con una esponja de acero.

¿Qué cosas? Palabras, sobre todo. Las palabras que le había dicho Wayne cuando la señora Monk salía por la puerta trasera.

«Me gustaría follarte si no fueras tan fea.»

Se vistió, y cuando el café estuvo listo se sirvió una taza y salió al porche lateral, inundado por la oscura sombra de la mañana. Las aspirinas empezaron a hacerle efecto y en lugar de dolor de cabeza sintió como un espacio en el cerebro, un espacio claro y precario rodeado por un leve zumbido.

No era fea. Sabía que no lo era. Aunque, ¿cómo podía estar segura?

Pero si era fea, ¿habría salido Billy Doud con ella? Billy se preciaba de ser amable.

Pero Wayne estaba muy borracho cuando se lo dijo. Los borrachos dicen la verdad.

Menos mal que no iba a ver a su madre aquel día. Si llegaba a sonsacarle lo que le pasaba —y Rhea no podía tener la certeza de que no lo hiciera—, querría que Wayne recibiera un escarmiento. Sería capaz de llamar a su padre, el sacerdote. Lo que la encolerizaría sería la palabra «follar». No comprendería el asunto en absoluto.

El padre de Rhea reaccionaría de una forma más complicada. Culparía a Billy por haberla llevado a un sitio como la casa de Monk. Billy y los amigotes de Billy. Se enfadaría por lo del «follar», pero en realidad se avergonzaría de Rhea. Siempre sentiría vergüenza de que un hombre la hubiera llamado fea.

No se puede intentar que los padres comprendan las verdaderas humillaciones.

Sabía que no era fea. ¿Cómo podía saber que no era fea?

No pensó ni en Billy ni en Wayne, ni en lo que podría ocurrir entre ellos. Todavía no le interesaban demasiado las demás personas. Pensó que Wayne lo había dicho con su tono de voz normal.

No quería volver a casa, para tener que ver las cestas llenas de huevos sucios. Echó a andar por el sendero, haciendo muecas de dolor con la luz del sol, bajando la cabeza entre una isla de sombra y la siguiente. Allí, cada árbol era distinto, y cada uno representaba un hito cuando le preguntaba a su madre hasta dónde podía llegar para ir a buscar a su padre cuando volvía del pueblo. Hasta el espino, hasta el haya, hasta el arce. Su padre se paraba y la dejaba que se subiera en el estribo. Alguien tocó la bocina de un coche en la carretera. Alguien que la conocía, o simplemente un hombre que pasaba. Rhea quería perderse de vista, así que atravesó el sembrado que los pollos habían picoteado, dejándolo vacío y con una capa de excrementos. En uno de los árboles del extremo sus hermanos habían construido una cabaña. No era mas que una plataforma, con tablones clavados al tronco para poder subir. Eso hizo Rhea: subió y se sentó en la plataforma. Vio que sus hermanos habían abierto ventanas entre las hojas, para espiar. En la carretera vio varios coches que llevaban niños del campo a la catequesis de la iglesia anabaptista. Los que iban en los coches no podían verla a ella. No la descubrirían ni Billy ni Wayne, si por casualidad venían a darle explicaciones, a acusarla de algo o a pedir excusas.

En la otra dirección divisó los destellos del río y una parte de la antigua feria. Desde allí resultaba fácil distinguirla, entre la hierba, con la pista de carreras.

Vio a una persona que seguía el contorno de la pista. Era Eunie Morgan en pijama. Estaba recorriendo la pista, con un pijama de color claro, quizá rosa pálido, a las nueve y media de la mañana. Siguió andando hasta la curva y bajó hacia donde antes estaba el sendero de la orilla del río. Allí quedó oculta por los arbustos.

Eunie Morgan con su pelo blanco alborotado, el pelo y el pijama reflejando la luz. Como un ángel con plumas. Pero con sus andares de costumbre, torpes y enérgicos, la cabeza echada hacia adelante, los brazos colgando. Rhea no comprendía qué podía hacer allí. No se había enterado de su desaparición. Verla se le antojó extraño y natural a la vez.

Recordó que en los días calurosos de verano pensaba que el pelo de Eunie se parecía a una bola de nieve o a unas tiras de hielo conservadas desde el invierno, y que quería frotarse la cara contra él para refrescarse.

También recordó la hierba caliente y el ajo y la sensación de pavor cuando se transformaban en Toms.

Volvió y llamó por teléfono a Wayne. Contaba con que él estuviera en casa y el resto de la familia en la iglesia.

—Quiero preguntarte una cosa, pero no por teléfono —le dijo—. Mi padre y los chicos han ido a Hamilton.

Cuando llegó Wayne, Rhea estaba en el porche limpiando huevos.

—Quiero saber a qué te referías —dijo.

—¿Con qué? —dijo Wayne.

Rhea le miró y mantuvo la mirada, con un huevo en una mano y una esponja de acero en la otra. Él tenía un pie en el escalón de abajo, la mano en la barandilla. Quería subir, apartarse del sol, pero ella le impedía el paso.

—Estaba borracho —dijo—. No eres fea.

Rhea dijo:

—Ya lo sé.

—Estaba borracho. Era una broma.

Rhea dijo:

—No quieres casarte con ella. Con Lucille.

Él se apoyó en la barandilla. Rhea pensó que iba a vomitar. Pero se recuperó e intentó enarcar las cejas, con su deprimente sonrisa.

—¿De verdad? ¿Y qué me aconsejas?

—Que le escribas una nota —dijo Rhea, como si se lo hubiera preguntado en serio—. Súbete en el coche y vete a Calgary.

—Así de sencillo.

—Si quieres, voy contigo a Toronto. Me dejas allí y me quedaré en la residencia de chicas hasta que encuentre un trabajo. Eso era lo que tenía intención de hacer. Siempre juraría que eso era lo que tenía intención de hacer. Se sentía más libre y más deslumbrada por sí misma que la noche anterior, cuando estaba borracha. Le propuso aquello como si fuera lo más fácil del mundo. Tendrían que pasar días enteros —semanas, quizá— para que lo asimilara todo, lo que había dicho y hecho.

—¿Se te ha ocurrido mirar un mapa alguna vez? —dijo Wayne—. Para ir a Calgary no se pasa por Toronto. Hay que cruzar la frontera en Sarnia, pasar por Estados Unidos, hasta Winnipeg, y después se llega a Calgary.

—Pues entonces me dejas en Winnipeg. Mejor.

—Una pregunta —dijo Wayne—. ¿Te has hecho una prueba de cordura últimamente?

Rhea no se movió ni sonrió.

—No —dijo.

Eunie volvía a su casa cuando Rhea la vio. A Eunie le sorprendió que el sendero de la orilla del río no estuviera despejado, como esperaba, sino lleno de zarzas. Cuando entró en su jardín llevaba arañazos y manchas de sangre en los brazos y la frente y trocitos de hojas prendidos del pelo. También tenía un lado de la cara sucio, de haberla apretado contra el suelo.

En la cocina encontró reunidos a su madre, su padre, su tía Muriel Martin, Norman Coombs, el comisario de policía, y Billy Doud. Después de que su madre telefoneara a la tía Muriel, su padre pareció reaccionar y dijo que iba a llamar al señor Doud.

Había trabajado en la fábrica cuando era joven y recordaba que siempre avisaban al señor Doud, el padre de Billy, cuando había cualquier emergencia.

—Está muerto —dijo la madre de Eunie—. ¿Y si la llamas a *ella*? —Se refería a la señora Doud, que tenía muy mal genio.

Pero de todos modos, el padre de Eunie telefoneó y habló con Billy Doud, que todavía no se había acostado.

Cuando llegó la tía Muriel, telefoneó al comisario. Él dijo que bajaría en cuanto se vistiera y desayunara. Tardó bastante. Le desagradaba cualquier cosa complicada o subversiva, cualquier cosa que le obligase a tomar decisiones por las que después pudieran criticarle o que le dejaran en ridículo. De todas las personas que esperaban en la cocina, quizá fuera él quien más se alegró de ver a Eunie sana y salva y de oír la historia que contó. Aquello no era de su competencia. No había nada que averiguar ni nadie a quien acusar.

Eunie explicó que se le habían acercado tres niños en el jardín, a medianoche. Le dijeron que querían enseñarle una cosa. Ella les preguntó qué era y qué hacían allí tan tarde. No recordaba qué le contestaron.

Se dio cuenta de que se la llevaban sin siquiera haber aceptado. Pasaron por el agujero de la cerca en el extremo del jardín y por el sendero de la orilla del río. Le sorprendió ver lo despejado que estaba: no iba por allí desde hacía años.

Eran dos niños y una niña. Parecían tener entre nueve y once años y los tres llevaban la misma ropa, unos pantalones de sarga con peto. Todos pulcros y aseados, como recién salidos del baño. Tenían el pelo castaño claro, liso y brillante. Eran encantadores, limpios, educados. Pero ¿cómo pudo ver de qué color tenían el pelo y de qué tela eran los petos? No había cogido la linterna al salir de casa. Ellos debían de llevar alguna luz, o esa era la impresión que le dio, pero no sabía qué exactamente.

La llevaron por el sendero y por la antigua feria. Después entraron en su tienda de campaña. Pero no creía haber visto la tienda por fuera, sino que de repente se encontró dentro, y vio que era blanca, muy alta y muy blanca, y que se zarandeaba como las velas de un barco. Además, estaba iluminada, pero tampoco sabía de dónde procedía la luz. Y una parte de la tienda, o del edificio o lo que fuera, parecía de cristal. Sí, seguro. De cristal verde, un verde muy claro, como si entre las velas hubiera paneles de vidrio. Posiblemente también el suelo era de cristal, porque iba descalza y notó algo suave y frío, y no era hierba, y mucho menos grava.

Más adelante, en el periódico apareció un dibujo de algo como un velero en una fuente. Pero según Eunie, no se trataba de un platillo volante, por lo menos cuando lo contó, inmediatamente después. Tampoco comentó nada sobre lo que apareció más tarde en letra impresa, en un libro de relatos sobre el tema, en el que contaban que habían recogido y analizado su cuerpo, tomado muestras de su sangre y demás fluidos, y apuntaban la posibilidad de que se hubieran llevado misteriosamente uno de sus óvulos ocultos, de que se hubiera producido la fertilización en una dimensión desconocida, de que hubiera habido un apareamiento sutil o explosivo pero, en cualquier caso, indescriptible, y que la corriente vital de los invasores hubiera absorbido los genes de Eunie.

La acomodaron en un asiento que ella no había visto; no podía decir si era una silla normal o un trono, y los niños se pusieron a tejer un velo a su alrededor. Se parecía a un mosquitero, ligero pero resistente. Los tres se movían sin cesar, tejiendo, y ni una sola vez tropezaron entre sí. Para entonces Eunie se encontraba en tal estado que no podía preguntar nada. «¿Se puede saber qué estáis haciendo?» y «¿Cómo habéis llegado hasta aquí?» y «¿Dónde están vuestros padres?» eran preguntas que habían ido a parar a un lugar que no podía describir. Debieron de cantar o tararear algo que se le metió en la cabeza, algo precioso, tranquilizador. Y todo parecía absolutamente normal. Hubiera resultado tan absurdo preguntar como en una cocina normal y corriente decir: «¿Qué pinta ahí esa cacerola?».

Cuando se despertó, no tenía nada a su alrededor, ni encima. Estaba tumbada al sol, ya bien entrada la mañana. Sobre el duro suelo de la feria.

Fantástico —ldijo Billy Doud varias veces mientras observaba y escuchaba a Eunie.

Nadie sabía a qué se refería exactamente. Olía a cerveza pero parecía sobrio y muy atento. Algo más que atento: podría decirse que hechizado. La extraña historia de Eunie, su cara sonrojada y sucia, su tono de voz un tanto arrogante, parecía todo encantarle. Quizás estuviera pensando: qué alivio, qué alegría. Encontrar en el mundo a alguien tan sosegado, tan absurdo, y encima tan cerca. «Fantástico.»

Su amor —la clase de amor que experimentaba Billy— podía dispararse para cubrir una necesidad de Eunie que ella misma ignoraba.

La tía Muriel dijo que había que llamar a los periódicos.

La madre de Eunie dijo:

—Pero Bill Proctor estará en la iglesia, ¿no?

Se refería al director del *Argus*, de Carstairs.

—Que zurzan a Bill Proctor —dijo la tía Muriel—. ¡Voy a llamar a *The Free Press*, de Londres!

Así lo hizo, pero no consiguió hablar con la persona indicada, sólo con una especie de vigilante, porque era domingo.

—¡Se arrepentirán! —dijo—. ¡Pienso llegar hasta *The Star*, de Toronto, y se les adelantarán!

Ella se hizo cargo de todo el asunto y Eunie la dejó. Eunie parecía totalmente satisfecha. Cuando terminó su relato, se quedó sentada con aire de indiferencia, pero también de satisfacción. No se le ocurrió pedirle a nadie que se hiciera cargo de ella e intentara protegerla, que le ofreciera respeto y cariño para lo que pudiera aguardarla de allí en adelante. Pero Billy Doud ya había decidido hacerlo.

Eunie gozó de cierta fama durante una temporada. Aparecieron periodistas, un escritor. Un fotógrafo hizo fotografías del terreno de la feria y sobre todo de la pista de carreras, donde supuestamente había dejado sus huellas la nave espacial. También hicieron una fotografía de la tribuna y aseguraron que se había desmoronado durante el aterrizaje.

El interés que despertó este tipo de historias llegó al punto culminante hace unos años; después fue disminuyendo gradualmente.

«¿Quién sabe lo que ocurriría de verdad?», decía el padre de Rhea en una carta que envió a Calgary. «Sólo hay una cosa segura: que Eunie Morgan no se llevó ni un centavo de todo ello.»

La carta iba dirigida a Rhea. Poco después de llegar a Calgary, Wayne y ella se casaron. En aquella época había que estar casado para alquilar un apartamento juntos —al menos en Calgary— y, además, descubrieron que no querían vivir cada uno por su lado. Así fue la mayor parte del tiempo, aunque a veces lo discutían —vivir separados— y amenazaban con ello. Incluso lo intentaron en un par de ocasiones, brevemente.

Wayne dejó el periódico y entró en televisión. Se le vio durante muchos años en el último noticiario, así cayeran chuzos de punta, en Parliament Hill, comentando algún rumor o noticia. Después se dedicó a viajar a ciudades del extranjero, con la misma tarea, y a continuación llegó a ser uno de los que se quedan dentro de los estudios y discuten el significado de las noticias y quién miente.

Eunie se aficionó mucho a la televisión, pero nunca veía a Wayne, porque detestaba que la gente se limitase a hablar: entonces siempre cambiaba a algo que estuviese ocurriendo en el momento.

De nuevo en Castairs para una corta estancia, Rhea pasea por el cementerio para ver quién se ha trasladado allí desde su última inspección y descubre el nombre de Lucille Flagg en una lápida. Pero no pasa nada; Lucille no ha muerto. Su marido sí, y a ella le han grabado su nombre y su fecha de nacimiento antes de tiempo. Hay mucha gente que hace lo mismo, porque el precio de la talla en piedra sube continuamente.

Rhea recuerda las pamelas y los capullos de rosa y siente una oleada de ternura hacia Lucille que nunca será correspondida.

Por entonces, Rhea y Wayne llevan viviendo juntos bastante más de la mitad de su vida. Han tenido tres hijos y, entre los dos, cinco veces más amantes. Y de repente, por sorpresa, toda aquella turbulencia y fecundidad, todas aquellas expectativas, inciertas pero vivas, han quedado atrás, y Rhea sabe que han empezado a envejecer. Allí mismo, en el cementerio, dice en voz alta:

—No puedo acostumbrarme.

Van a ver a los Doud, que, en cierto modo, son amigos suyos, y las dos parejas llegan en coche a donde está la antigua feria.

Rhea vuelve a decir lo mismo.

Todas las casas del río han desaparecido. La de los Morgan, la de los Monk: no queda ni rastro de aquel primer núcleo, tan mal elegido. Es ahora una llanura pantanosa, bajo el control de las autoridades del río Peregrine. Ya no se puede construir nada allí. Un espacioso aparcamiento, una ribera yerma y civilizada: no queda nada, salvo unos cuantos árboles viejos, con las hojas aún verdes pero agobiadas por una difusa bruma dorada que impregna el aire en una tarde de septiembre de hace pocos años, antes de finales de siglo.

—No puedo acostumbrarme —dice Rhea.

Tienen el pelo blanco, los cuatro. Rhea es una mujer delgada y ágil, cuya actitud vivaz y persuasiva le ha servido de mucho a la hora de dar clase de inglés como segundo idioma. Wayne también está delgado y tiene una cuidada barba blanca y ademanes delicados. Cuando no aparece en televisión, puede recordar a un monje tibetano. Ante las cámaras se pone cáustico, incluso brutal.

Los Doud son grandones, imponentes y de piel lozana, con un saludable acolchado de grasa.

Billy Doud sonríe ante la vehemencia de Rhea y mira a su alrededor distraídamente, asintiendo.

—El tiempo pasa —dice.

Da unas palmaditas en la ancha espalda de su mujer, en respuesta a un leve gruñido que los demás no han oído. Le dice que volverán a casa dentro de unos minutos, que no se perderá el programa que ve todas las tardes.

El padre de Rhea tenía razón. Eunie no sacó provecho de sus experiencias. Y también acertó en su predicción sobre Billy Doud. Tras la muerte de su madre empezaron a multiplicarse los problemas y vendió la fábrica. Al poco tiempo, los que la habían comprado la vendieron a su vez, y se cerró. Ya no se fabricaban pianos en Carstairs. Billy se fue a Toronto y encontró un trabajo que, según el padre de Rhea, tenía algo que ver con esquizofrénicos, drogadictos o cristianos.

En realidad, Billy trabajaba en una cooperativa de viviendas, y Wayne y Rhea lo sabían. Billy había mantenido la amistad. También había mantenido su amistad especial con Eunie. La contrató para que cuidara a su hermana Bea cuando ésta empezó a beber demasiado para cuidar de sí misma. Billy ya no bebía.

Cuando murió Bea, Billy heredó la casa y la transformó en un asilo para ancianos e inválidos que no fueran ni demasiado ancianos ni estuvieran demasiado inválidos para tener que quedarse en cama. Quería que fuera un lugar en el que se les ofreciera comodidad, cariño y entretenimiento. Volvió a Carstairs y se puso manos a la obra.

Le pidió a Eunie Morgan que se casara con él.

—No querría que pasara nada allí, nada —dijo Eunie.

—¡Ay, Eunie! —dijo Billy—. Ay, mi querida Eunie.

VÁNDALOS

I

«Mi querida Liza: todavía no te había escrito para darte las gracias por haber ido a nuestra casa el pasado febrero (pobre Tétrica: supongo que ahora sí que se merece el nombre) en plena nevada o al menos en medio de sus consecuencias y por contarme qué te habías encontrado allí. Dale también las gracias a tu marido por haberte llevado en su vehículo para la nieve, y además porque sospecho que fue él quien tapió la ventana rota para impedirles el paso a las bestias salvajes, etc. No acumuléis tesoros en la tierra que la polilla y el polvo, por no hablar de los quinceañeros, puedan corromper. Me he enterado de que te has hecho cristiana, Liza. Me parece estupendo. ¿Has vuelto a nacer? Siempre me ha gustado esa idea.

»Ay, Liza, ya sé que me pongo pesada, pero todavía sigo pensando en el pobre Kenny y en ti de pequeños, cuando salíais de detrás de un árbol para asustarme y os lanzabais a la charca.

»Ladner no tuvo ninguna premonición de muerte la noche antes de la operación, o quizá fuera la noche anterior, cuando te llamé por teléfono. Hoy en día es raro que la gente se muera en una simple operación para implantar un marcapasos y, además,

Ladner no pensaba que estuviera tan grave. Sólo le preocupaban cosas como si habría cerrado la llave de paso del agua. Cada día estaba más obsesionado con esos detalles. Era en lo único que se notaba la edad que tenía. Aunque, bien pensado, en realidad no son detalles si las cañerías revientan, sino una catástrofe. Pero de todos modos ocurrió una catástrofe. Sólo he vuelto allí una vez para echar un vistazo y lo más curioso es que me pareció normal. Después de la muerte de Ladner, casi llegué a pensar que así tenían que ser las cosas. Lo que no me parecería natural sería ponerme a arreglarlo todo, aunque supongo que tendré que hacerlo, o contratar a alguien para que lo haga. Siento tentaciones de prenderle fuego y ya está, pero me imagino que entonces me encerrarían.

»Me habría gustado que a Ladner le hubieran incinerado, pero no se me ocurrió en su momento. Le llevé al panteón de los Doud para sorprender a mi padre y a mi madrastra. Pero mira, la otra noche tuve un sueño. Soñé que estaba detrás del Tiro Canadiense, los almacenes, y que tenían instalada esa tienda de plástico grande, como cuando venden plantas en primavera. Abrí el maletero del coche, como si fuera a meter la salvia y la impatiens que compro todos los años. Había más gente esperando, y unos hombres con delantales verdes que entraban y salían. Una señora me dijo: «¡Hay que ver lo rápido que pasan siete años!». Parecía conocerme, pero yo no, y pensé, ¿por qué siempre me pasa lo mismo? ¿Porque estuve dando clases una temporada? ¿Se debe a lo que, cortésmente, podría llamarse mi modo de vida?

»De pronto comprendí a qué se refería con lo de los siete años y qué estaba haciendo yo allí y qué estaban haciendo los demás. Habían ido a por los huesos. Yo había ido a por los huesos de Ladner, porque en el sueño hacía siete años que lo habían enterrado. Pero pensé, ¿eso no lo hacen en Grecia o no sé dónde? Le pregunté a algunas personas que si las tumbas se estaban poniendo a tope. ¿Por qué hemos adoptado esta costumbre? ¿Es pagana, cristiana o qué? Las personas con las que hablé parecieron ofenderse muchísimo y yo pensé, vaya, ya he metido la pata otra vez. Llevo viviendo aquí toda la vida y todavía siguen mirándome mal... ¿Será por la palabra «pagana»? Entonces, uno de los hombres me dio una bolsa de plástico, y yo la cogí agradecida, pensando en los fuertes huesos de las piernas de Ladner y sus anchos hombros, en su cráneo inteligente, todos ellos abrillantados y limpios gracias a un cepillo que sin duda estaba escondido en la bolsa. Podía guardar alguna relación con mis sentimientos hacia él y mi purificación, pero la idea me resultaba mucho más interesante y sutil que todo eso. Me puse muy contenta al recibir mi parte, y los demás también. Algunos incluso estaban encantados y tiraban las bolsas por el aire. Unas eran azul claro, pero la mayoría verdes, y la mía también era verde.

»—Oiga, ¿tiene usted a la niña? —me preguntó alguien.

»Comprendí a qué se refería. A los huesos de la niña. Vi que mi bolsa era demasiado pequeña y ligera para que dentro estuviera Ladner. Quiero decir, los huesos de Ladner. ¿Qué niña?, pensé, pero empezaba a sentirme confusa y sospechaba que se trataba de un sueño. Lo que me vino a la cabeza fue si se referirían al niño. Cuando me desperté, estaba pensando en Kenny, si habían pasado siete años desde el accidente. (Espero que no te moleste que hable de esto, Liza. Además, ya sé que por entonces Kenny ya no era un niño, cuando lo del accidente.) Al despertarme, pensé que tenía que preguntárselo a Ladner. Incluso antes de despertarme, siempre sé que el cuerpo de Ladner no está a mi lado y que la sensación de tenerlo cerca, de su peso y su calor y su olor, es sólo un recuerdo. Pero de todos modos tengo la sensación —al principio— de que está en la habitación de al lado y de que puedo llamarle y contarle lo que he soñado o lo que sea. Después tengo que aceptar que no es verdad, todas las mañanas, y siento escalofríos. Es como si me encogiera, como si me pusieran dos planchas de madera en el pecho, y se me quitan las ganas de levantarme. Es algo que me ocurre muy a menudo. Pero en este momento no me pasa, sólo lo estoy describiendo, y en realidad estoy bastante contenta aquí, escribiendo con mi botellita de vino tinto.»

Bea Doud no llegó a enviar esta carta, ni siquiera a terminarla. Había iniciado una época de reflexión y bebida en su enorme casa de Carstairs, ya muy descuidada. Todos los demás opinaban que había iniciado un lento declive, pero ella lo veía como una convalecencia, triste pero placentera.

Bea Doud conoció a Ladner un domingo, cuando salió a dar un paseo en coche con Peter Parr. Peter Parr era profesor de ciencias y director del instituto de Carstairs, donde Bea hizo algunas sustituciones. No tenía título para ejercer como profesora, pero sí título universitario, y en aquella época las cosas eran más laxas. Además, la llamaban para que ayudase en las excursiones escolares, para que llevase a una clase al Royal Museum de Ontario o a Stratford, a recibir la dosis anual de Shakespeare. En cuanto empezó a sentirse interesada por Peter Parr, intentó evitar una relación. Quería mantener las apariencias, por el bien de él. La mujer de Peter Parr estaba en una clínica, aquejada de esclerosis múltiple, y él iba a verla fielmente. Todo el mundo pensaba que era un hombre admirable y casi todos comprendían que necesitara una novia estable —palabra que Bea detestaba—, pero quizás otros pensaran que había hecho una elección lamentable. Bea había llevado una vida que ella misma denominaba a salto de mata. Pero con Peter sentó la cabeza: su amabilidad, su buena fe y su buen humor la llevaron a una vida ordenada, y ella pensaba que incluso le gustaba.

Cuando Bea hablaba de su vida a salto de mata, adoptaba un tono sarcástico o despectivo que no reflejaba lo que realmente pensaba sobre sus historias amorosas. Aquella vida empezó cuando estaba casada. Su marido era un aviador inglés destinado cerca de Walley durante la segunda guerra mundial. Después de la guerra, se fue con él a Inglaterra, pero se divorciaron al cabo de poco tiempo. Al volver a Canadá hizo varias cosas, como llevarle la casa a su madrastra y obtener el título. Pero sus amores eran lo principal para ella, y sabía que cuando les restaba importancia no era sincera. Fueron dulces, amargos; ella fue feliz, desgraciada. Sabía lo que suponía esperar en un bar a un hombre y que no apareciese. Esperar cartas, llorar en público y, por otra parte, que insistiera un hombre al que ya no deseaba. —Se vio obligada a abandonar la Sociedad de Opereta porque un barítono imbécil le dedicaba solos.— Pero seguía experimentando las primeras señales de un amor como el calor del sol sobre la piel, como la música a través de una puerta o, como decía a veces, el momento en el que un anuncio de televisión en blanco y negro estalla en colores. No pensaba que estuviera malgastando el tiempo. No pensaba que lo hubiera malgastado.

Pensaba, admitía que era vanidosa. Le gustaba que la halagaran, que le prestasen atención. Le molestaba, por ejemplo, que cuando Peter Parr la llevaba en el coche al campo, no lo hiciera sólo por disfrutar de su compañía. Era un hombre que caía bien y a él le caían bien muchas personas, incluso si apenas las conocía. Bea y él siempre acababan yendo a casa de alguien, o hablando con un antiguo alumno que trabajaba en una gasolinera, o formando parte de un grupo de gente que habían conocido en la tienda de cualquier pueblo en la que habían comprado unos helados. Bea se enamoró de él por su triste situación y su aire galante y triste y su sonrisa tímida, pero en realidad era compulsivamente sociable, la clase de persona incapaz de pasar delante del jardín de una casa en el que la familia está jugando al balonvolea y no sentir deseos de saltar del coche y participar en el juego.

Un domingo por la tarde, en mayo, un día radiante, de un verde nuevo, él le dijo que quería pasar unos minutos por casa de un tal Ladner. —Para Peter Parr siempre eran unos minutos.— Bea pensó que le conocía de algo, porque le llamaba por su nombre de pila y parecía saber muchas cosas sobre él. Dijo que Ladner había venido de Inglaterra poco después de la guerra, que había estado en las Fuerzas Aéreas —¡sí, como su marido!—, y que cuando su avión fue derribado se le quemó un lado entero del cuerpo. Desde entonces decidió llevar vida de ermitaño. Le volvió la espalda a la sociedad corrupta, autoritaria y competitiva, compró ciento sesenta hectáreas de tierra improductiva, pantanosa en su mayor parte, en el norte, en el municipio de Stratton, y creó una especie de reserva natural extraordinaria, con puentes, senderos, arroyos en los que había construido diques para formar charcas y ejemplares vivos de aves y otros animales en los senderos. Porque se ganaba la vida como taxidermista, trabajando sobre todo para museos. No cobraba nada por pasear por los senderos y ver los animales. Era un hombre herido y decepcionado, de la peor manera posible, y aunque se había retirado del mundo, le devolvía cuanto podía dedicándose a la naturaleza.

Gran parte de esto era falso o una verdad a medias, como descubriría Bea más adelante. Ladner no era en absoluto pacifista: apoyaba la guerra de Vietnam y estaba convencido de que las armas nucleares tenían una función disuasoria. Era partidario de la sociedad competitiva. Sólo se había quemado un lado de la cara y del cuello, y se debió a la explosión de un obús en el transcurso de la batalla de Caen —estaba en el ejército de tierra—. No se marchó de Inglaterra inmediatamente, sino que siguió allí varios años, trabajando en un museo, hasta que pasó algo —Bea nunca llegó a enterarse de qué— que le enfrentó con el trabajo y con el país.

Lo de las tierras y lo que había hecho con ellas era cierto. También que era taxidermista.

Bea y Peter tuvieron dificultades para dar con la casa de Ladner. En aquellos días era una construcción sencilla, con tejado a dos aguas, oculta entre los árboles. Por fin encontraron el sendero de entrada, estacionaron el coche y bajaron. Bea pensaba que la presentarían, harían el recorrido, se aburriría considerablemente durante un par de horas y que después tendría que sentarse a tomar cerveza o té mientras Peter Parr afianzaba una amistad.

Ladner dio la vuelta a la casa y se enfrentó a ellos. A Bea le dio la impresión de que llevaba un perro fiero; pero no era así. Ladner no tenía perro. Él era su propio perro, y muy fiero.

Las primeras palabras que les dirigió Ladner fueron:

—¿Qué quieren?

Peter Parr dijo que iría directamente al grano.

—He oído hablar mucho sobre este maravilloso lugar que ha construido usted —dijo—. Y, francamente, me interesa. Soy educador. Educo a los chicos del instituto, o eso intento. Intento inculcarles algunas ideas para que no estropeen el mundo ni lo hagan pedazos cuando les llegue su momento. ¿Qué ven a su alrededor sino ejemplos terribles? Prácticamente nada positivo. Y por eso me he atrevido a venir. Para pedirle que piense en mi propuesta.

Excursiones al campo. Alumnos escogidos. Que vean cómo puede cambiar las cosas una persona. Respeto a la naturaleza, colaboración con el medio ambiente, la oportunidad de verlo de cerca.

—Pues yo no soy educador —dijo Ladner—. Me importan tres cojones sus quinceañeros, y lo que menos me apetece en el mundo es tener una pandilla de gamberros en mi finca, fumando y riéndose como memos. No sé de dónde ha sacado usted la idea de que esto que he hecho aquí es un servicio público, porque no me interesa lo más mínimo. A veces dejo entrar a alguien, pero sólo a quien yo quiero.

—Bueno, ¿y nosotros? —dijo Peter Parr—. ¿No nos dejaría echar un vistazo a nosotros hoy?

—Hoy, fuera —dijo Ladner—. Estoy trabajando en el sendero.

Una vez en el coche, por la carretera de grava, Peter Parr le dijo a Bea:

—Bueno, me parece que hemos roto el hielo, ¿no crees?

No era una broma. Él no hacía esa clase de bromas. Bea dijo algo para animarle un poco, pero se dio cuenta —o ya se había dado cuenta unos minutos antes, en el sendero de las tierras de Ladner— de que se había equivocado con Peter Parr. Estaba harta de su simpatía, de sus buenas intenciones, de sus problemas y sus esfuerzos. Todo lo que la atraía de él, lo que la confortaba, se había reducido a cenizas. Lo había visto con Ladner.

Naturalmente, podría haber intentado convencerse de lo contrario, pero no era su carácter. Incluso después de varios años de portarse bien, no era su carácter.

Por entonces tenía dos amigas a las que escribía, y en sus cartas intentó investigar y explicar este aspecto de su vida. Les contó que le horrorizaría pensar que andaba tras Ladner porque él era brusco y un poco bruto y tenía mal humor, con una mancha a un lado de la cara que brillaba como un trozo de metal entre los árboles a la luz del sol. Le horrorizaría una cosa así, porque era lo que pasaba en las novelas de amor: el bruto le hace tilín a la mujer y adiós muy buenas al chico educado y maravilloso.

No, les contó —aunque sabía que era algo retrógrado, inadmisible—, lo que ella pensaba era que algunas mujeres, como ella misma, tienen que estar siempre a la búsqueda de un cierto tipo de locura que las frene. Porque, ¿para qué vivir con un hombre si no es para vivir dentro de su locura? Un hombre puede tener una locura muy corriente, como adorar a un equipo de fútbol. Pero eso quizá no sea suficiente, no lo suficientemente grande, y una locura que no es suficientemente grande sólo contribuye a que una mujer se sienta descontenta y amargada. Peter Parr, por ejemplo, hacía gala de una amabilidad y un optimismo rayanos en el fanatismo. Pero al final, decía Bea en una carta, esa locura no resultaba convincente.

Entonces, ¿le ofrecía algo Ladner en lo que pudiera vivir? No se refería sólo a tener que admitir la importancia de aprender las costumbres de los puerco espines y de escribir cartas furibundas sobre el tema a revistas de las que ella, Bea, no había oído hablar jamás. Se refería también a ser capaz de vivir rodeada de inflexibilidad, de interminables dosis de indiferencia que a veces se parecían al desprecio.

Así explicaba su situación durante el primer medio año.

Otras mujeres también se habían considerado capaces de hacer otro tanto. Bea encontró huellas de ellas. Un cinturón, un tarro de manteca de cacao, peinetas. Ladner no había dejado que se quedara ninguna. «¿Por qué ellas no y yo sí?», le preguntó Bea.

«Ninguna tenía dinero», fue su respuesta.

Una broma. «Estoy de bromas hasta las mismísimas narices». Por entonces ya sólo escribía cartas mentalmente.

Pero mientras se dirigía a casa de Ladner, unos días después de haberle conocido, ¿en qué estado se encontraba? Llena de deseo y terror. Sintió autocompasión, con su ropa interior de seda. Le castañeteaban los dientes. Sintió lástima de sí misma, por ser víctima de tales deseos, algo que ya había experimentado anteriormente, no podía negarlo. No era muy distinto de lo que había experimentado antes.

No le costó trabajo encontrar la casa. Debía de haber memorizado el camino. Había pensado una buena historia: que se había perdido. Estaba buscando un sitio en el que vendían arbustos para plantar. En aquella estación del año, parecería normal. Pero Ladner estaba fuera, trabajando en la alcantarilla de la carretera, y la saludó con tal naturalidad, sin sorpresa ni desagrado, que Bea no tuvo que recurrir a la excusa.

—Quédese unos momentos por ahí hasta que termine esto —dijo Ladner—. Tardaré unos diez minutos.

Para Bea no había nada como aquello, nada como observar a un hombre haciendo un trabajo duro, cuando se olvida de ti y trabaja bien, limpia y rítmicamente: nada como eso para que se te caliente la sangre. En Ladner no había desperdicio: ni exceso de altura, ni un despliegue de energías innecesario y, desde luego, nada de conversación sofisticada. Llevaba el pelo, gris, muy corto, como en su juventud: le brillaba la plata de la coronilla, igual que la mancha de la piel, que parecía de metal.

Bea dijo que estaba de acuerdo con él sobre lo de los alumnos.

—He hecho algunas sustituciones y los he llevado de excursión —dijo—. A veces, me daban ganas de soltarles una jauría de doberman o de estrangularlos con mis propias manos. Espero que no piense que he venido para convencerle —añadió—. Nadie sabe que estoy aquí.

Él tardó tiempo en responder.

—Supongo que le gustaría dar una vuelta —dijo cuando se sintió preparado para hacerlo—. ¿Sí? ¿Le gustaría dar una vuelta por estas tierras?

Eso fue lo que dijo y no tenía otras intenciones. Una vuelta. Bea llevaba unos zapatos nada adecuados para la ocasión; en aquella época de su vida, a todos sus zapatos les ocurría lo mismo. Él no aminoró el paso ni la ayudó a cruzar un arroyo o a trepar por una escarpa. No le tendió una mano ni propuso que se sentaran un rato en un tronco o una roca.

Atravesaron una ciénaga por un camino de troncos, él a la cabeza, y llegaron a una charca en la que habían anidado unos gansos y un par de cisnes trazaban círculos el uno alrededor del otro, con los cuerpos serenos pero con el cuello erguido, mientras emitían fuertes graznidos.

—¿Están apareados? —preguntó Bea.

—Evidentemente.

No lejos de aquellas aves vivas había una jaula con la parte delantera de cristal que contenía un águila dorada con las alas extendidas, un búho y un cárabo. La jaula era una vieja nevera destripada, con una ventana a un lado y remolinos de pintura gris y verde que la camuflaban.

—Qué ingenioso —dijo Bea.

Ladner dijo:

—Uso lo que encuentro.

Le enseñó el prado de los castores, los tocones picudos de los árboles que habían cortado, sus construcciones, los dos castores, de brillante pelaje, en su jaula. Después contempló un zorro rojo, un visón, un hurón, una familia de delicadas mofetas y un puerco espín. Mapaches vivos y disecados se aferraban al tronco de un árbol, había un lobo en pleno aullido y un oso negro de cara melancólica acababa de alzar la cabeza, grande y sedosa. Ladner le dijo que era un ejemplar pequeño. No podía mantener los grandes; resultaban muy caros.

También muchas aves. Pavos silvestres, un par de gallos lira, un faisán con un brillante anillo rojo alrededor de un ojo. Había letreros que explicaban su hábitat, los nombres latinos, las preferencias alimentarias y el comportamiento. Algunos árboles también tenían rótulos, con datos exactos, complicados. En otros había citas.

La Naturaleza no hace nada inútilmente.

ARISTÓTELES

La Naturaleza nunca nos engaña; somos siempre nosotros quienes nos autoengañamos.

ROUSSEAU

Cuando Bea dejó de leerlos, le dio la impresión de que Ladner estaba impaciente, un poco enfadado. No hizo ningún otro comentario sobre las cosas que iba viendo.

No sabía ni por dónde iban ni podía hacerse una idea de la situación de la finca. ¿Habían cruzado arroyos distintos o el mismo varias veces? Los bosques podían extenderse por espacio de kilómetros y kilómetros, o sólo hasta la cima de una colina cercana. Las hojas eran nuevas y no protegían del sol. Ladner levantó la hoja de una planta para mostrarle la flor oculta. Hojas gruesas, helechos que empezaban a desplegarse, berzas que apuntaban, explosivas, entre la ciénaga, todo lleno de savia y sol, y las traicioneras raíces debajo, y de repente entraron en un antiguo pomar, rodeado de bosque, y él le explicó cómo buscar setas. Ladner encontró cinco y no se ofreció a compartirlas. Bea las confundió con las manzanas podridas del año anterior.

Ante ellos se extendía una empinada cuesta, cubierta de espinos en flor.

—Los niños lo llaman la Colina del Zorro —dijo Ladner—. Ahí arriba hay un cubil.

Bea se quedó inmóvil.

—¿Tiene hijos?

Él se echó reír.

—No, que yo sepa. Me refiero a los niños que viven al otro lado de la carretera. Cuidado con las ramas, que tienen espinas.

Para entonces Bea había perdido todo deseo, aunque el olor de las flores de espino se le antojaba íntimo, como a moho.

Hacía ya tiempo que había dejado de clavar la mirada entre los omóplatos de Ladner, con la esperanza de que se diera la vuelta y la abrazase. Pensó que con aquella excursión, tan agotadora física y mentalmente, quizás estuviera gastándole una broma, castigándola por ser una coqueta y una mentirosa. Así que hizo acopio de todo su orgullo y actuó como si hubiera ido allí precisamente para eso. Preguntó, se interesó por las cosas, no demostró el menor cansancio. Al igual que más adelante —pero no aquel día—, aprendería a ponerse a la altura de él con el mismo orgullo en las energías desplegadas en el sexo.

No esperaba que la invitase a entrar en la casa. Pero Ladner dijo: «¿Quiere una taza de té? Puedo prepararle una taza de té», y entraron. La recibió un olor a pieles, a jabón desinfectante, a virutas de madera, a trementina. Las pieles estaban amontonadas, dobladas. En los estantes había cabezas de animales, con las cuencas de los ojos y las bocas vacías. Lo que al principio tomó por el cuerpo desollado de un ciervo resultó ser una armadura de alambre con bultos que parecían paja engomada. Ladner le explicó que reconstruiría el cuerpo con cartón piedra.

En la casa había libros: una pequeña parte de taxidermia, los demás en colecciones. Historia de la segunda guerra mundial. Historia de la Ciencia. Historia de la Filosofía. La guerra peninsular. Las guerras del Peloponeso. Las guerras de Francia y la India. Bea pensó en las largas noches de invierno de Ladner: la soledad ordenada, la lectura sistemática, la yerma satisfacción.

Él parecía un poco nervioso cuando se puso a preparar el té. Examinó las tazas para ver si tenían polvo. Se le olvidó que ya había sacado la leche de la nevera y también que Bea había dicho que no quería azúcar. Cuando ella probó el té, Ladner la observó, le preguntó si estaba bien. ¿Estaba demasiado fuerte, quería un poco de agua caliente? Bea le tranquilizó y le dio las gracias por la excursión y habló de las cosas que le habían gustado de forma especial. Vaya, vaya, pensó; este hombre no es tan extraño, después de todo. No tiene nada especialmente misterioso, a lo mejor ni siquiera interesante. Los estratos de información. Las guerras de Francia y de la India. Le pidió un poco de leche para el té. Quería tomárselo rápidamente y marcharse.

Ladner le dijo que volviera si pasaba por aquella zona y no tenía nada que hacer. «Y si siente la necesidad de hacer un poco de ejercicio —añadió—. Siempre hay algo que ver, en cualquier estación del año.» Habló de las aves de invierno y de las huellas que dejaban en la nieve y le preguntó si tenía esquís. Bea comprendió que no quería que se marchase. Junto a la puerta abierta se puso a hablar del esquí en Noruega, de las telesillas y de las montañas a las afueras de la ciudad.

Bea le dijo que nunca había estado en Noruega pero que le gustaría ir.

Bea consideraba aquel momento como el comienzo real de su relación con Ladner. Los dos parecían incómodos y apagados, no exactamente vacilantes sino más bien preocupados, incluso como si se compadecieran mutuamente. Más adelante, Bea le preguntó si había sentido algo importante aquel día, y él dijo que sí, que había comprendido que era una persona con la que podía vivir. Bea le preguntó si no podía decir una persona con la que quería vivir, y él dijo que sí, que podía decirlo. Podía haberlo dicho, pero no lo hizo.

Bea tuvo que aprender muchas cosas sobre el mantenimiento de la finca y también sobre el arte de la taxidermia. Tuvo que aprender, por ejemplo, a colorear labios, párpados y narices con una hábil mezcla de óleo, linaza y trementina. También tuvo que aprender otras cosas: lo que Ladner decía y lo que no decía. Prácticamente, tuvo que curarse de su superficialidad, de su vanidad y sus antiguas ideas sobre el amor.

«Una noche, me metí en su cama y no apartó los ojos del libro que estaba leyendo, ni se movió ni me dirigió la palabra, ni siquiera cuando me arrastré hasta mi cama. Me quedé dormida casi inmediatamente, supongo que porque no podía soportar la vergüenza de estar despierta.

»Por la mañana, vino a mi cama y todo fue como de costumbre.

»Me enfrento con bloques de oscuridad impenetrable. Bea aprendió, cambió. La edad le sirvió de ayuda. También la bebida.

Y cuando él se acostumbró a ella, o se sintió a salvo de ella, sus sentimientos se transformaron, para mejor. Le hablaba de buena gana sobre lo que le interesaba de un libro y se reanimaba con el cuerpo de Bea de una forma más dulce.

La noche antes de la operación se tendieron juntos en aquella cama extraña, tocándose con toda la piel posible: piernas, brazos, vientre.

II

Liza le dijo a Warren que había telefoneado desde Toronto una mujer llamada Bea Doud para preguntar si podían— es decir, los dos, Warren y Liza— ir a echar un vistazo a la casa de campo, en la que vivían su marido y ella. Querían asegurarse de que habían cerrado la llave de paso del agua. Bea y Ladner —que en realidad no era su marido, dijo Liza— estaban en Toronto esperando a que le operasen a él. Le iban a poner un marcapasos. «Porque pueden estallar las cañerías», dijo Liza. Eso ocurrió un domingo de febrero por la noche, durante la peor nevada de aquel invierno.

—Sabes quiénes son —dijo Liza—. Claro que sí. ¿Te acuerdas de aquella pareja a la que te presenté? Un día del otoño pasado, en la plaza, junto a la Casa de la Radio. Él tiene una cicatriz en la cara y ella el pelo largo, mitad negro y mitad gris. Te dije que él es taxidermista y tú me dijiste: «¿Y eso qué es?». Warren lo recordó. Una pareja mayor —pero no demasiado—, con camisas de franela y pantalones anchos. Él con la cicatriz y acento inglés, ella con un pelo raro y una actitud exageradamente amistosa. Un taxidermista rellena animales muertos. O sea, pieles de animales. También pájaros y peces muertos.

Le preguntó a Liza: «¿Qué le ha pasado al tipo en la cara?», y ella dijo: «La guerra. La segunda guerra mundial».

—Yo sé dónde está la llave. Por eso me ha llamado —dijo Liza—. La casa está en Stratton, donde vivía yo antes.

—¿Iban a la misma iglesia que tú o algo? —dijo Warren.

—¿Quiénes? ¿Bea y Ladner? Qué cosas tienes. No. Es que vivían al otro lado de la carretera. Ella fue la que me dio dinero —añadió, como si fuera algo que Warren tuviera que saber—. Para ir a la universidad. Yo no se lo pedí. De repente, llama por teléfono un día y dice que quiere darme dinero. Y yo pensé, pues vale. Tiene un montón.

Cuando era pequeña, Liza vivía en el municipio de Stratton con su padre y su hermano Kenny, en una granja. Su padre no era granjero. Simplemente había alquilado la casa. Trabajaba de techador. Su madre ya había muerto. Cuando Liza estaba a punto de entrar en el instituto —Kenny era un año menor y estaba dos cursos más atrás—, su padre se los llevó a Carstairs. Allí conoció a una mujer que tenía una caravana y más adelante se casó con ella. Después se fueron juntos a Chatham. Liza no sabía con certeza dónde estaban en aquel momento, si en Chatham, en Wallaceburg o en Sarnia. Cuando se marcharon, Kenny había muerto: se mató a los quince años, en uno de los grandes accidentes automovilísticos que sufrían los adolescentes todas las primaveras, a causa de los conductores borrachos, muchas veces sin carnet, los coches robados, la grava reciente en las carreteras rurales, el exceso de velocidad. Liza terminó el instituto y fue a la universidad un año, en Guelph. No le gustó, ni tampoco la gente que había allí. Por entonces ya se había hecho cristiana.

Así fue como la conoció Warren. Su familia pertenecía a la Asociación del Templo de la Biblia del Salvador de Walley. Él llevaba toda la vida yendo allí. Liza empezó a ir después de trasladarse a Walley y se puso a trabajar en la tienda gubernamental de bebidas alcohólicas. Seguía trabajando allí, aunque le preocupaba y a veces pensaba que debía dejarlo. Jamás bebía alcohol; ni siquiera tomaba azúcar. Como no quería que Warren tomase tarta de manzana en el descanso, le envolvía unas galletas de avena que preparaba en casa. Hacía la colada todos los miércoles por la noche, contaba las veces que se pasaba el cepillo cuando se lavaba los dientes y se levantaba temprano para hacer flexiones y leer versículos de la Biblia.

Pensaba que debía dejar el trabajo, pero necesitaban el dinero. La tienda de maquinaria en la que trabajaba Warren había cerrado y se estaba reciclando para poder vender ordenadores. Llevaban un año casados.

Por la mañana, el cielo estaba claro, y salieron en el vehículo para la nieve poco después del mediodía. El lunes era el día que libraba Liza. En la autopista funcionaban las máquinas quitanieves, pero las carreteras más pequeñas todavía estaban cubiertas. Los vehículos como el de Warren rugían por las calles del pueblo desde antes del amanecer y habían dejado huellas en el campo y en el río helado.

Liza le dijo a Warren que siguiera el río hasta la autopista 86 y que después se dirigiera hacia el noreste campo a través, rodeando los pantanos. Por todo el río se veían huellas de animales que formaban líneas rectas, círculos y ochos. Las únicas que Warren distinguía eran las de perro. El río, con una capa de hielo de más de un metro y una nieve uniforme, ofrecía una excelente carretera. La tormenta había venido del oeste, como suele ocurrir en esa región, y los árboles de la ribera oriental estaban cubiertos de nieve, cuajados, con las ramas extendidas como cestas de mimbre. En la ribera occidental, los remolinos se rizaban como olas detenidas, como enormes pegotes de nata. Resultaba excitante salir con los demás vehículos que tallaban los senderos y atacaban el día con rugidos y torbellinos de ruido.

Desde lejos, los pantanos eran negros, una mancha alargada en el horizonte septentrional. Pero de cerca, también estaban tapados por la nieve. Los troncos negros recortados contra la blancura relampagueaban en una sucesión ligeramente mareante. Liza dirigió a Warren dándole golpecitos con la mano en la pierna hasta una carretera hinchada como una cama y le dio un golpe fuerte para que se detuviera. El cambio, el paso del ruido al silencio y de la velocidad a la inmovilidad, les produjo la sensación de haber caído de las nubes sobre algo sólido. Estaban parados en el sólido mediodía invernal.

A un lado de la carretera había un granero derruido del que sobresalía heno viejo, gris.

—Ahí vivíamos —dijo Liza—. No, en serio. Había una casa, pero ya no está.

Al otro lado de la carretera se veía el letrero «Menos Tétrica», con árboles detrás, y una casa ampliada pintada de gris claro. Liza dijo que en Estados Unidos había un pantano llamado el Gran Tétrico, y que de ahí habían sacado el nombre. Una broma.

—La primera vez que lo oigo —dijo Warren.

Otros letreros decían: «Prohibida la entrada», «Prohibido cazar», «Prohibido circular en vehículos para la nieve».

La llave de la puerta trasera estaba en un sitio extraño: en una bolsa de plástico, metida en un agujero de un árbol. Había varios árboles viejos, doblados, probablemente frutales, junto a la escalera. El agujero tenía alquitrán alrededor, según Liza para que no entrasen las ardillas. También estaban rodeados de alquitrán los agujeros de otros árboles, para que la llave no destacase. «Entonces, ¿cómo has sabido dónde tenías que buscarla?» Liza señaló un perfil —fácil de distinguir cuando se miraba de cerca—, resaltado por un cuchillo que seguía las grietas de la corteza. Una nariz larga, un ojo sesgado hacia abajo y una gota grande —el agujero alquitranado— en la punta de la nariz.

—Curioso, ¿verdad? —dijo Liza, al tiempo que se guardaba la bolsa de plástico en un bolsillo y metía la llave en la cerradura—. No te quedes ahí. Entra. ¡Ostras, qué frío! Esto parece una tumba. —Siempre ponía cuidado en cambiar la exclamación «¡Hostias!» por «¡Ostras!» y «¡Maldita sea!» por «¡Que usted lo vea!», como debían hacer en la asociación.

Recorrió la casa conectando los termostatos para poner en funcionamiento la calefacción del sótano.

Warren dijo:

—No vamos a quedarnos mucho rato, ¿no?

—Hasta que entremos en calor —dijo Liza.

Warren abrió los grifos de la cocina. No salió nada.

—El agua está cortada —dijo—. Todo bien.

Liza había ido al salón.

—¿Qué? —gritó.— ¿Qué está bien?

—El agua. Está cortada.

—¿Ah, sí? Estupendo.

Warren se detuvo en la puerta del salón.

—¿No deberíamos quitarnos las botas? —dijo—. O sea, si vamos a pisar...

—¿Por qué? —dijo Liza, plantando los pies en la alfombra—. La nieve está limpia.

Warren no era la clase de persona que observa cómo es y qué hay en una habitación, pero vio que en aquella había algunas cosas normales y otras no. Había alfombras, sillas, un televisor, un sofá, libros y una mesa grande. Pero también estanterías con pájaros disecados, algunos muy pequeños y brillantes, otros grandes y como de caza. También un animal marrón y lustroso —¿una comadreja?— y un castor, que reconoció por la forma de la cola.

Liza estaba abriendo los cajones de la mesa y hurgando entre los papeles. Warren pensó que estaría buscando algo que le hubiera pedido aquella mujer. De repente, Liza sacó los cajones y los tiró, junto con lo que contenían, al suelo. Hizo un ruido raro, un chasquido de admiración con la lengua, como si los cajones hubieran actuado por sí solos.

—¡Hostias! —dijo Warren. Como llevaba en la asociación toda la vida, no tenía tantos escrúpulos con el lenguaje como Liza—. ¿Se puede saber qué haces, Liza?

—Nada que te interese lo más mínimo —dijo Liza, pero en tono animoso, incluso amable—. ¿Por qué no descansas un rato viendo la tele o algo?

Estaba cogiendo los animales disecados y tirándolos uno a uno, aumentando así el lío que ya se había formado en el suelo.

—Utiliza madera de balsa, que es muy ligera.

Warren fue a encender la televisión. Era un aparato en blanco y negro, y en la mayoría de los canales no encontró más que nieve o rayas. Lo único que apareció con claridad fue una escena de la antigua serie con la chica rubia con ropa de harén —era bruja— y el actor J. R. Ewing, tan joven que todavía no era J. R.

—Mira —dijo—. Como volver al pasado.

Liza no miró. Warren se sentó en una mecedora, de espaldas a ella. Intentaba portarse como un adulto que prefiere no darse por enterado. Si no le hacía caso, lo dejaría. Pero oía cómo rompía papeles y libros. Cogía libros de las estanterías, los destrozaba, los arrojaba al suelo. La oyó ir a la cocina y sacar cajones, dar portazos en los armarios, estrellar platos. Al cabo de un rato volvió al salón y el aire se llenó de polvo blanco. Debía de haber tirado harina. Tosía.

Warren también tosió, pero no se volvió. Al poco la oyó derramar líquidos, chapoteos y gorgoteos. Olía a vinagre, a jarabe de arce y a whisky. Lo estaba vertiendo sobre la harina, los libros, las alfombras, las plumas y el pelo de los pájaros y los animales. Algo se hizo añicos contra la estufa. Estaba casi seguro de que la botella de whisky.

—¡Diana!

Warren no se volvió. Sentía el cuerpo como si le bullera, del esfuerzo por mantenerse inmóvil para que acabara aquello.

Una vez, Liza y él fueron a un concierto de rock cristiano y a bailar a St. Thomas. En la asociación había grandes debates sobre el rock, sobre si debía existir tal cosa. A Liza le preocupaba el asunto. A Warren, no. Había ido a varios conciertos y bailes de rock que ni siquiera se llamaban cristianos. Pero cuando se pusieron a bailar, fue Liza la que se pasó, desde el principio, la que llamó la atención del dirigente juvenil, de mirada triste y vigilante, que sonreía y daba palmadas con aire inseguro desde los laterales. Warren nunca había visto bailar a Liza, y aquel espíritu enloquecido y salvaje que se apoderó de ella le dejó atónito. Sintió más orgullo que preocupación, pero sabía que sus sentimientos no tenían la menor importancia. Era Liza, bailando, y lo único que él podía hacer era esperar mientras ella se movía frenéticamente al son de la música, giraba, saltaba, ciega a cuanto había a su alrededor.

Es lo que tiene en su interior, sintió deseos de decirles a todos. Pensó que ya lo sabía. Lo supo la primera vez que la vio en la asociación. Era verano y llevaba un gorrito de paja y un vestido de manga larga, obligatorios para todas las chicas de la asociación, pero su piel era demasiado dorada y su cuerpo demasiado delgado para ser una de ellas. No es que pareciera sacada de una revista, o una modelo, con aquella frente despejada curva, los ojos castaños y hundidos, una expresión infantil y dura al tiempo. Parecía única, y lo era. Una chica que no decía «¡Hostias!» pero que en momentos de alegría evidente y pereza pensativa, sí decía: «¡Joder!»

Le contó a Warren que se había desmandado antes de hacerse cristiana. «Incluso cuando era pequeña», añadió.

—¿Desmandado en qué sentido? —le preguntó él—. ¿Con los chicos y eso?

Lo miró como diciendo: no seas bobo.

Warren notó algo que le goteaba por un lado de la cabeza. Ella se le había acercado por detrás, en silencio. Warren se llevó una mano al pelo y la retiró verde y pegajosa, con olor a licor de menta.

—Toma un sorbito —le dijo Liza, tendiéndole una botella.

Él dio un trago y la fuerte bebida estuvo a punto de asfixiarlo. Liza volvió a coger la botella y la arrojó contra la ventana grande del salón. No atravesó el cristal pero lo cuarteó. La botella no se rompió; cayó al suelo, y se formó un riachuelo de un hermoso líquido. Sangre verde oscura. El cristal de la ventana se había llenado de grietas que irradiaban del centro y estaba blanco, como envuelto en un halo. Warren se levantó, sofocado por el licor. Oleadas de calor le recorrían el cuerpo. Liza pisaba delicadamente por entre los libros rotos, salpicados, y los cristales rotos, los pájaros manchados, los charcos de whisky y jarabe de arce y los palos quemados que había arrastrado desde la estufa pintando rayas negras en la alfombra, las cenizas, la harina pegada y las plumas. Pisaba delicadamente, a pesar de las grandes botas, contemplando su obra, lo que había hecho hasta el momento.

Warren levantó la mecedora en la que había estado sentado y la lanzó contra el sofá; no pasó nada, pero aquel acto le metió de lleno en la situación. No era la primera vez que participaba en el saqueo de una casa. Tiempo atrás, cuando tenía nueve o diez años, un amigo suyo y él se colaron en una casa al volver del colegio. Era de la tía de su amigo. Estaba fuera; trabajaba en una joyería. Vivía sola. Warren y su amigo entraron porque tenían hambre. Se prepararon galletas con mermelada y bebieron cerveza de jengibre. Derramaron salsa de tomate sobre el mantel, se untaron los dedos con ella y escribieron en la pared: «¡Ojo! ¡Sangre!». Rompieron platos y tiraron comida por el suelo.

Tuvieron mucha suerte. Nadie los vio entrar ni salir. La tía echó la culpa a unos adolescentes a los que había echado de la tienda unos días antes.

Al recordarlo, Warren fue a la cocina a buscar un frasco de salsa de tomate. No lo encontró, pero sí un bote, y lo abrió. Era menos densa y no funcionaba igual de bien, pero intentó escribir en la pared de madera de la cocina: «¡Ojo!» «¡Ésta es vuestra sangre!».

La salsa penetró en los tablones o se escurrió. Liza se acercó a leerlo antes de que se borrase. Se echó a reír. Entre aquel batiburrillo encontró un rotulador. Se subió a una silla y escribió sobre la falsa sangre: «El precio del pecado es la muerte.»

—Debería haber sacado más cosas —dijo—. Donde él trabaja está lleno de pintura y cola y todo tipo de porquerías. En esa habitación.

Warren dijo:

—¿Quieres que traiga algo?

—No, déjalo —dijo. Se desplomó en el sofá, uno de los pocos sitios del salón en el que aún podían sentarse—. Liza Minelli —dijo con tranquilidad—. ¡Liza Minelli, ponte el capelli!

¿Se lo cantaban los niños en el colegio? ¿O se lo habría inventado ella?

Warren se sentó a su lado.

—¿Qué te hicieron? —dijo—. ¿Qué te hicieron para que estés tan enfadada?

—¿Enfadada, yo? —dijo Liza.

Se levantó pesadamente y fue a la cocina. Warren la siguió y vio que estaba marcando un número de teléfono. Tuvo que esperar un poco. Después dijo, en tono suave, dubitativo, como herido:

—¿Bea? ¡Ah, Bea!

Le indicó a Warren con la mano que apagase la televisión. La oyó decir:

—Por la ventana al lado de la puerta de la cocina... eso creo. Hasta jarabe de arce, es increíble... Ah, y la ventana del salón, tiraron algo y sacaron palos de la estufa y las cenizas, y los pájaros de las estanterías y el castor, todo. No puedes hacerte idea de cómo está...

Warren volvió a la cocina y ella le hizo una mueca, enarcando las cejas y frunciendo los labios, como si fuera a echarse a llorar, mientras escuchaba la voz al otro extremo del teléfono. Después siguió describiendo el estado de la casa, en tono de conmiseración, con la voz temblorosa de indignación y pena. A Warren no le gustó verla. Se puso a buscar los cascos.

Cuando colgó el teléfono, Liza se acercó.

—Era ella. Ya te he contado lo que me hizo. ¡Mandarme a la universidad!

Eso les hizo reír a los dos.

Pero Warren estaba mirando un pájaro que había entre el caos del suelo. Las plumas empapadas, la cabeza desprendida, con un furibundo ojo rojo.

—Es un poco raro ganarse la vida así —dijo—. Estar siempre rodeado de cosas muertas.

—Son muy raros —dijo Liza.

Warren dijo:

—¿Te importa que grazne?

Liza graznó para evitar que a Warren le diera por pensar. Después le rozó el cuello con los dientes, con la punta de la lengua.

III

Bea les preguntó muchas cosas a Liza y a Kenny: cuáles eran sus programas de televisión y sus sabores de helado preferidos y en qué animales se transformarían si pudieran y qué era lo primero que recordaban.

—Comer garbanzos —dijo Kenny, sin pretender hacer gracia.

Ladner, Liza y Bea se echaron a reír, Liza más fuerte que ninguno. Después Bea dijo:

—¡Fíjate, es una de las primeras cosas que recuerdo yo también!

«Es mentira —pensó Liza—. Está mintiendo por Kenny, aunque no se dé cuenta.

«Es la señorita Doud —les había dicho Ladner—. Intentad portaros como es debido.»

—La señorita Doud —dijo Bea, como si se hubiera tragado algo inesperadamente—. Bea. Bezzz. Me llamo Bea.

—¿Quién es ésa? —le preguntó Kenny a Liza cuando Bea y Ladner iban andando delante—. ¿Va a vivir con él?

—Es su novia —dijo Liza—. Seguramente se casarán.

Cuando Bea llevaba un semana en casa de Ladner, Liza no soportaba la sola idea de que se marchase.

La primera vez que Liza y Kenny entraron en las tierras de Ladner se colaron por debajo de una cerca, pues su padre y todos los letreros se lo prohibían. Cuando se internaron tanto entre los árboles que Liza no sabía cómo salir, oyeron un silbido.

Lander les gritó:

—¡Eh, vosotros! —Se aproximó como un asesino de la televisión, con un hacha, saliendo de detrás de un árbol—. ¿Es que no sabéis leer?

Por entonces tenían siete y seis años, respectivamente. Liza dijo:

—Sí.

—¿Y habéis leído los letreros?

Kenny dijo con voz débil:

—Se ha metido un zorro aquí.

Un día, cuando iban en el coche con su padre, vieron un zorro rojo que atravesaba la carretera y desaparecía entre los árboles. Su padre dijo:

—El mamón vive en los bosques de Ladner.

Los zorros no viven en los bosques, les dijo Ladner. Los llevó a ver dónde vivía aquel zorro. Un cubil; así lo llamó. Había un montón de arena junto a un agujero en una colina cubierta de hierba seca y dura y florecitas blancas.

—Dentro de poco se transformarán en fresas —dijo Ladner.

—¿Qué? —dijo Liza.

—Mira que sois bobos —dijo Ladner—. ¿Qué hacéis durante todo el día? ¿Ver la televisión?

Así empezaron a pasar los sábados —y, en verano, casi todos los días— con Ladner. Su padre les dijo que le parecía muy bien, si Ladner era lo suficientemente tonto para aguantarlos.

—Pero más os vale no enfadarle, o si no, os desollará vivos —les dijo—. Como hace con sus bichos. ¿No lo sabíais?

Sabían lo que hacía Ladner. Les dejaba mirar. Le habían visto dejar monda la cabeza de una ardilla y ensamblar las plumas de un pájaro con alfileres y un alambre muy fino. Cuando tuvo la certeza de que serían cuidadosos, les permitió colocar los ojos de cristal. Habían visto cómo despellejaba los animales, les raspaba la piel y la salaba, y después la dejaba secar con la parte de dentro para afuera antes de enviarla al curtidor, que le ponía un veneno y así no se agrietaba ni se le desprendía el pelo.

Ladner ajustaba la piel a un cuerpo en el que nada era de verdad. El de un pájaro podía construirse todo de una pieza, de madera tallada, pero el de un animal más grande era un armazón prodigioso, de alambre, arpillera, cola, arcilla y papel mezclados.

Liza y Kenny cogían cadáveres desollados duros como sogas. Tocaban tripas que parecían tuberías de plástico. Aplastaban las órbitas de los ojos hasta reducirlas a gelatina. Después se lo contaban a su padre.

—Pero no vamos a coger ninguna enfermedad —dijo un día Liza—. Nos lavamos las manos con jabón desinfectante.

No todo lo que aprendían era sobre cosas muertas. ¿Qué grita el mirlo? *¡Ven aquíii!* ¿Y el troglodito? *¡Pipiripí! ¡Que me hago pipí!*

—¿De verdad? —dijo su padre.

Al cabo de poco tiempo sabían muchas más cosas. Al menos Liza. Conocía aves, setas, árboles, fósiles, el sistema solar. Sabía de dónde habían salido ciertas rocas y que en el tallo de la vara de oro hay un gusanito blanco que no puede vivir en ningún otro sitio.

También sabía que no tenía que hablar tanto sobre lo que sabía.

Bea estaba en la orilla del estanque, en quimono. Liza ya estaba nadando. Le gritó a Bea: «¡Ven, ven!». Ladner estaba trabajando en el otro extremo del estanque, cortando juncos y los hierbajos que habían invadido el agua. Supuestamente, Kenny le ayudaba. Como una familia, pensó Liza.

Bea dejó caer el quimono al suelo y se quedó con el bañador, amarillo y sedoso. Era bajita, con el pelo oscuro, ligeramente canoso, que le caía sobre los hombros. Tenía las cejas también oscuras y pobladas y su línea arqueada, como el dibujo dulce y mohíno de su boca, suplicaba cariño y consuelo. El sol la había llenado de pecas, y estaba un poquito blanda por todas partes. Cuando bajaba la barbilla, se le formaban bolsitas en la mandíbula y debajo de los ojos. Era víctima de pequeñas flacideces, de ligeras abolladuras y ondas en la piel y la carne, de venitas moradas que se rompían con el sol, de tenues decoloraciones en los huecos. Y, en realidad, eran todos aquellos defectos, aquel vago deterioro, lo que Liza adoraba especialmente. También adoraba la humedad que tantas veces se veía en los ojos de Bea, el temblor y la burla y la súplica juguetona de su tono de voz, su ronquera y artificialidad. Liza no juzgaba ni medía a Bea como lo hacían otras personas. Pero eso no significaba que su amor por ella fuera fácil ni reposado: siempre estaba a la expectativa, pero no sabía qué era lo que esperaba.

Bea se internó en la charca, por etapas. Decisión, una carrerita, pausa. Metida en el agua hasta las rodillas, se rodeó los hombros con los brazos y chilló.

—No está fría —dijo Liza.

—¡No, no, si me encanta! —dijo Bea.

Y siguió avanzando, emitiendo ruiditos de placer, hasta un punto en el que el agua le llegó a la cintura. Se volvió hacia Liza, que se había acercado por detrás con intención de salpicarla.

—¡No, no, estate quieta! —gritó Bea.

Y se puso a saltar, a pasar las manos por el agua, con los dedos extendidos, recogiéndola como si se tratara de pétalos de flores. Intentó salpicar a Liza, en vano.

Liza se dio la vuelta, se quedó flotando y dio unas patadas, suavemente, para echarle agua a la cara de Bea. Bea subía y bajaba, evitando las salpicaduras, mientras entonaba una especie de cántico, estúpido y alegre. «*Huuuy-huuyhuy-huy*». Algo así.

Aunque estaba flotando de espaldas, Liza vio que Ladner había dejado de trabajar. Estaba en el otro extremo de la charca, con el agua por la cintura, detrás de Bea. La observaba. De repente, también él se puso a dar saltos. Tenía el cuerpo rígido pero giraba la cabeza bruscamente, dando golpecitos al agua, chapoteando con las manos. Pavoneándose, retorciéndose, como admirándose a sí mismo.

Estaba imitando a Bea. Hacía lo mismo que ella, pero de una forma más tonta, más fea. La ridiculizaba, intencionada y persistentemente. Mirad qué presumida es, venía a decir con sus brincos. Mirad qué pretenciosa. Quiere convencernos de que no le da miedo el agua, de que es feliz, de que no sabe cómo la despreciamos.

Resultaba fascinante y terrible. A Liza le temblaba la cara por las ganas de reírse. Por una parte quería obligar a Ladner a detenerse, a parar antes de que el daño no tuviera remedio, y por otra parte deseaba que la hiriese, que le infligiese aquel daño a Bea, el desgarro, el deleite final.

Kenny soltó un grito desaforado. Él no se daba cuenta de nada.

Bea ya había observado el cambio de expresión de Liza, y después oyó a Kenny. Se dio la vuelta para ver qué había detrás de ella. Pero Ladner estaba arrancando malas hierbas otra vez.

Liza provocó inmediatamente una marejada, para distraer a Bea. Como ella no respondió, nadó hacia la parte más profunda de la charca y se sumergió. Hasta las profundidades, donde está oscuro, donde habitan las carpas, en el cieno. Se quedó allí todo el tiempo que pudo aguantar. Nadó hasta tan lejos que se enredó entre los juncos, cerca de la otra orilla, y volvió a la superficie jadeante, a un metro de Ladner.

—Me he quedado enganchada entre los juncos. Podría haberme ahogado.

—No caerá esa breva —dijo Ladner.

Se abalanzó sobre ella como para agarrarla, entre las piernas, al tiempo que ponía una expresión de horror hipócrita, como si su cabeza detestara lo que iba a hacer con la mano.

Liza simuló no darse cuenta.

—¿Dónde está Bea? —dijo.

Ladner miró hacia la orilla opuesta.

—A lo mejor ha ido a casa —dijo—. No la he visto salir.

Había vuelto a adoptar una actitud normal, de trabajador serio, un poco harto de tanta tontería. Ladner hacía esas cosas. Podía pasar de una personalidad a otra y echarle la culpa a quien lo recordase.

Liza cruzó la charca en línea recta, nadando con todas sus fuerzas. Fue salpicándolo todo y se izó pesadamente hasta la orilla. Pasó junto a los búhos y el águila con su mirada fija tras el cristal, el cartel de «La Naturaleza no hace nada inútilmente».

No vio a Bea por ningún lado. Ni en el puente de troncos que atravesaba el pantano, ni en el claro bajo el pinar. Tomó el sendero que llevaba hasta la puerta trasera de la casa. En medio se alzaba una haya que había que rodear, con unas iniciales grabadas en la lisa corteza. Una «L», que representaba a Ladner, otra «L», de Liza, y una «K» de Kenny. Un poco más abajo, se veían las letras «B.L.C.». Cuando Liza se las enseñó a Bea, Kenny les dio un puñetazo. «¡Bájense los calzoncillos!», gritó, pegando brincos. Ladner hizo ademán de darle un capón. «Bajen el camino», dijo, y señaló la flecha garabateada en la corteza del árbol, que seguía la curva del tronco. «No hagas caso a estos jovencitos de mente calenturienta», le dijo a Bea.

Liza no se animó a llamar a la puerta. Estaba llena de culpabilidad y presagios. Tenía la impresión de que Bea tendría que marcharse. ¿Cómo iba a quedarse después de semejante insulto, cómo volvería a mirarles a la cara? Bea no comprendía a Ladner. ¿Cómo iba a hacerlo? Liza tampoco hubiera podido describir a nadie cómo era Ladner. En la vida secreta que llevaba con él, lo terrible siempre era divertido, lo malo se mezclaba con la tontería, tenía que apuntarse a las caras y las voces de bobo y simular que creía que era un personaje cómico. No había forma de evitarlo, como tampoco se pueden evitar las agujetas.

Liza rodeó la casa y abandonó la sombra de los árboles. Descalza, cruzó la ardiente carretera de grava. Su casa estaba en medio de un maizal, al final de un corto sendero. Era de madera, con la parte superior pintada de blanco y la inferior de un rosa deslumbrante, como de lápiz de labios. Se le había ocurrido a su padre. Quizá pensara que con el rosa parecería que había una mujer dentro.

En la cocina se encuentra con un revoltijo —cereales por el suelo, charcos de leche agriándose en la mesa—. Un montón de ropa de la lavandería desbordando del sillón del rincón y el paño de cocina —Liza lo sabe sin necesidad de mirarlo— hecho una pelota en el fregadero, junto a la basura. Es tarea suya limpiarlo todo, y más le vale hacerlo antes de que su padre vuelva a casa.

Pero todavía no se preocupa por eso. Va al piso de arriba, donde hace un calor insoportable bajo el techo inclinado, y saca la bolsita que contiene sus objetos más preciados. La tiene guardada en la punta de una bota de goma que se le ha quedado pequeña. Nadie sabe de su existencia. Y desde luego, tampoco Kenny.

En la bolsa hay un vestido de noche de Barbie, que Liza le robó a una niña con la que jugaba —ya no le gusta demasiado, pero sigue siendo importante por ser robado—, un estuche azul con las gafas de su madre, un huevo de madera pintado, el premio que le dieron en segundo en el concurso de dibujo de Pascua —con un huevo más pequeño dentro y otro todavía más pequeño dentro de éste—. Y un pendiente de aguamarinas que se encontró en la carretera. Durante mucho tiempo creyó que las aguamarinas eran diamantes. El diseño del pendiente es complicado y elegante, con aguamarinas en forma de lágrima que cuelgan de aros y orlas con otras piedras más pequeñas, y cuando se lo cuelga de la oreja casi le roza los hombros. Como sólo lleva el traje de baño, tiene que esconderlo en la palma de la mano, como un nudo de destellos. Siente la cabeza hinchada del calor, después de haber estado inclinada sobre la bolsa secreta, después de su decisión. Piensa con nostalgia en la sombra bajo los árboles de las tierras de Ladner, como una charca oscura.

Cerca de su casa no hay ni un árbol; únicamente un arbusto de lilas, de hojas rizadas, con los bordes marrones, junto a la escalera de atrás. Alrededor de la casa no hay nada más que maíz, y a lo lejos, el viejo granero inclinado al que Kenny y ella tienen prohibido acercarse, porque puede derrumbarse en cualquier momento. Ninguna separación, ningún lugar secreto: todo es sencillo, todo está al desnudo.

Pero al cruzar la carretera— como está haciendo Liza en ese momento, corriendo sobre la grava—, cuando se llega a los dominios de Ladner, parece como si se entrase en un mundo de regiones distintas. Están los pantanos, una tierra profunda, selvática, llena de plantas y arbustos. Allí, parecen acechar amenazas y obstáculos tropicales. Después, el pinar, solemne como una iglesia, con sus ramas altas y su alfombra de agujas, que invita al susurro. Y las oscuras estancias bajo las ramas bajas de los cedros, estancias totalmente secretas y ensombrecidas, con el desnudo suelo de tierra. Según los diversos lugares, el sol cae de una forma distinta, y por algunos ni siquiera asoma. En unos, el aire está cargado, es íntimo, y en otros se siente una brisa vigorizante. Los olores son penetrantes, tentadores. Ciertos senderos imponen decoro y ciertas piedras están situadas a un salto de distancia la una de la otra e invitan a desmandarse. Es el escenario de una instrucción seria, donde Ladner les enseñó a distinguir un nogal de un castaño y una estrella de un planeta, y también parajes por los que han corrido y chillado, y se han colgado de las ramas y han hecho piruetas. Y sitios en los que Liza cree que hay una magulladura, en el suelo, un cosquilleo y algo bochornoso sobre la hierba.

B.L.C.
Cochino.
Tururú.

Cuando Ladner aferró a Liza y se frotó contra ella, Liza percibió un peligro en el interior de aquel hombre, un chisporroteo mecánico, como si fuera a apagarse, a fundirse, y entonces sólo hubiera quedado humo negro y olor a quemado y cables fundidos. Pero Ladner se desplomó pesadamente, como el pellejo de un animal despojado de repente de la carne y los huesos. Parecía tan pesado e inútil que Liza e incluso Kenny pensaron unos momentos que sería una transgresión mirarlo. Tuvo que sacar la voz de las entrañas, para decirles que eran muy malos.

Chasqueó la lengua y sus ojos destellaron, duros y redondos como los ojos de vidrio de los animales.

Malos. Malos. Malos.

—Es precioso —dijo Bea—. ¿Era de tu madre?
Liza dijo que sí. En aquel momento se dio cuenta de que aquel regalo, un solo pendiente, podía parecer infantil, lástima,

incluso destinado intencionadamente a inspirar piedad. Aun guardarlo como un tesoro podía considerarse una estupidez. Pero si era de su madre, era comprensible, y tendría cierta importancia ofrecerlo como regalo.

—Puedes llevarlo con una cadena —dijo—. Ponerlo en una cadena y colgártelo del cuello.

—¡Justo lo que yo estaba pensando! —dijo Bea—. Estaba pensando que quedaría precioso con una cadena. De plata, ¿no crees? ¡No sabes cuánto me alegro de que me lo hayas dado, Liza!

—También podrías ponértelo en la nariz —dijo Ladner. Pero lo dijo sin acritud. Estaba tranquilo; travieso pero tranquilo. Habló de la nariz de Bea como si se tratase de algo agradable para la vista.

Ladner y Bea estaban bajo los ciruelos, detrás de la casa. Se habían sentado en las sillas de mimbre que había cogido Bea en el pueblo. No había llevado gran cosa: lo suficiente para crear islas entre las pieles y los instrumentos de Ladner. Las sillas, unas tazas, un cojín. Las copas de vino en las que estaban bebiendo en aquel momento.

Bea se había cambiado. Se había puesto un vestido azul oscuro, de tela muy suave y ligera. Le caía suelto desde los hombros. Manoseaba las piedras del pendiente, las pasaba entre los dedos, las dejaba caer sobre los pliegues de su vestido azul. Había perdonado a Ladner, o había decidido no acordarse.

Bea podía transmitir una sensación de seguridad, cuando quería. Y sin duda quería. Lo único que necesita es transformarse en una clase de mujer distinta, dura y rápida, objetiva, de las que dicen hasta aquí hemos llegado, fuerte, intolerante. «De eso nada. Se acabó». A ser buenos. La mujer que podía rescatarlos, que podía hacerlos buenos, que podía mantenerlos bien a todos ellos.

Bea no comprende para qué ha sido enviada a aquella casa. Sólo Liza lo comprende.

IV

Liza cerró la puerta como es debido, desde fuera. Metió la llave en la bolsa de plástico y la bolsa en el agujero del árbol. Se dirigió al vehículo de nieve, y como Warren no siguió su ejemplo, le dijo:

—¿Qué pasa?

Warren dijo:

—¿Y la ventana al lado de la puerta trasera?

Liza soltó un bufido.

—¡Si seré imbécil! —dijo—. ¡Si seré imbécil!

Warren fue hasta la ventana y le dio una patada al cristal de abajo. Después cogió un palo del montón que había junto al cobertizo de metal y logró romper la ventana.

—Por aquí cabría un niño —dijo.

—¿Cómo puedo ser tan tonta? —dijo Liza—. Me has salvado la vida.

—La de los dos —dijo Warren.

El cobertizo de metal no estaba cerrado con llave. Dentro, Warren encontró unas cajas de cartón, trozos de madera, herramientas. Arrancó un pedazo de cartón del tamaño que le pareció conveniente. Se sintió muy satisfecho al clavarlo sobre el cristal que acababa de destrozar.

—Si no, igual entran los animales —le dijo a Liza.

Cuando hubo terminado, vio que Liza había ido a dar un paseo entre los árboles. La siguió.

—Estaba pensando si aún estará el oso —dijo Liza.

Warren iba a decirle que no creía que los osos llegaran hasta allí, pero Liza no le dio tiempo.

317

—¿Distingues los árboles por la corteza? —le dijo.

Warren dijo que ni siquiera por las hojas.

—Pero son arces —dijo—. Arces y pinos.

—Cedros —dijo Liza—. Tienes que conocer los cedros. Esto es un cedro. Eso, un cerezo silvestre. Allí hay abedules. Los blancos. ¿Y sabes qué es ése con la corteza como piel gris? Pues una haya. ¿Ves las letras grabadas? Pero se han separado. Parecen manchas.

A Warren no le interesaba. Lo único que quería era volver a casa. No eran mucho más de las tres, pero se notaba que la oscuridad había empezado a ascender, por entre los árboles, como un humo frío que brotase de la nieve.